Das Glück der anderen

ISBN: 979-8-7472-0337-2
ASIN: B094HDFWGP

Cover-Foto: Susanne Bacon
Autorenfoto: Donald A. Bacon

Aufgrund der Dynamik des Internets können sich in diesem Buch enthaltene Web-Adressen oder -Links seit der Veröffentlichung verändert haben und nicht weiter gültig sein.

Susanne Bacon

Das Glück der anderen

Ein Wycliff Roman

Weitere deutschsprachige Bücher von Susanne Bacon:

Träume am Sund. Ein Wycliff Roman (2020)

Schweigen ist Silber. Ein Wycliff Roman (2020)

Wissen und Gewissen. Ein Wycliff Roman (2020)

Wo ein Wille ist. Ein Wycliff Roman (2020)

Schatten der Vergangenheit. Ein Wycliff Roman (2020)

Weihnacht in Wycliff. Ein Wycliff Roman (2021)

Inseln im Sturm (2020)

Non-Fiction

In der Fremde daheim. Deutsch-Amerikanische Essays (2019)

Für Angela Schofield,

Karen Lodder Carlson,

und Pamela Lenz Sommer.

Und für Donald,

meinen Rückhalt, meine Liebe.

Vorbemerkung

Die Stadt Wycliff ist frei erfunden. Das gilt auch für alle Personen in diesem Roman. Jegliche Ähnlichkeiten mit lebenden oder verstorbenen Personen und aktiven oder stillgelegten Unternehmen sind rein zufällig mit Ausnahme der in der Danksagung Erwähnten.

Susanne Bacon

1

Schädlingsbefall

„Frühling bedeutet, dass Insekten ihren alljährlichen Brutzyklus beginnen. Sie fressen Ihre wertvollen Pflanzen, um Nachwuchs zu produzieren. Untersuchen Sie die Pflanze. Sehen Sie nach, welches Insekt den Schaden verursacht. Ich trage dazu gern eine Lupe bei mir. Verwenden Sie die Integrierte Schädlingsbekämpfungsmethode. Das bedeutet, dass man seinen Garten kulturell sauber und gesund hält. Dass man die richtigen physischen Werkzeuge wie Fallen, Beschnitt und andere physische Methoden verwendet, die den Schädling oder die Krankheit ins Visier nehmen. Und dass man die biologische Kontrolle übernimmt, indem man nützliche Insekten einsetzt, die die zu bekämpfenden Schädlinge fressen."

(Tipp von Gärtner Joe, Pangea Gardenscapes)

1840

Hätte er gewusst, welche Schwierigkeiten seine Entscheidung verursachen würde, hier zu landen und zu bleiben, hätte Carson Milholland vielleicht seine Paddelgeschwindigkeit erhöht und wäre weitergezogen. Aber er sollte es nie erfahren. Außerdem: Wenn sich Ärger zusammenbraut, der geschehen soll, passiert das egal, wo.

Aber Carson landete sein Kanu, betrat den Strand, und nahm vorsichtig einige Decken und Weißblechteller aus einem

7

Stapel, den er vorn im Boot gesichert hatte. Er ließ seinen Blick über die Pfahlbauten am Ufer schweifen und sah nur ein paar Kinder, die auf dem Boden herumspielten. Eine ältere Frau mit einem der legendären Hüte, die die Ureinwohner im Pazifischen Nordwesten trugen, betrachtete ihn neugierig von ihrem Sitz nahe dem Eingang einer der Hütten. Es war ein sauberes, stilles Dorf, eingebettet in eine sanfte Bucht mit einer steilen weißlichen Klippe, die sich etwa auf halber Strecke zum Ende der Bucht erhob. Es war ein warmer Sommertag, und eine leise Brise kühlte Carsons schweißbedeckte Stirn.

Vorsichtig ging er los. Er war natürlich Ureinwohnern oben in der kanadischen Stadt Victoria begegnet, wo die Hudson's Bay Company ihren Sitz hatte. Er hatte mit ihnen Pelze getauscht, und nach einer Weile hatte er entschieden, dass es lukrativer für ihn sein könnte, wenn er selbst Fallen stellen würde. Auch hatte er von einer Gruppe Haida-Indianern gehört, die vor einer Weile einige Weiße gefangen gehalten hatten, und die Gräuelgeschichten hatten ihm fast den Magen umgedreht und ihn seine Meinung ändern lassen. Aber letztlich war sein Wille stärker, nach seinen eigenen Regeln zu leben anstatt nach denen des Forts und des stetig wachsenden Siedlerzustroms, der die Umgebung genau dahin veränderte, wovor er im Osten geflohen war. Eines Tages hatte er ein altes, aber solides Kanu und für den Rest seiner Ersparnisse ein paar Handelswaren gekauft und war auf sein Abenteuer ausgezogen.

Die Gezeiten hatten ihm geholfen und ihn in eine Inselgruppe gedriftet, wo er zur Nacht landen konnte, um auszuruhen. Er hatte sogar ein Kaninchen fangen können, es zu Reiseproviant verarbeitet und seine weiche Haut so behandelt, dass der flauschige Pelz später einmal für ein Kleidungsstück nützlich sein konnte. Er hatte an den Gestaden, an denen er vorbeikam, einige Eingeborene gesehen, aber er und sie hatten sich meist voneinander ferngehalten. Ein einzelner Weißer schien es nicht wert zu sein, als Feind oder Handelspartner eingestuft zu werden. Was hätte die Energieverschwendung einer Begegnung irgendjemandem gebracht?

Carson war es gewohnt, sein Bauchgefühl übernehmen zu lassen, wenn es um größere Entscheidungen ging. „Instinkt" hätte mancher es genannt. Er hatte nach einem guten Landeplatz wie einem eher sandigen als steinigen Strand gesucht. Er musste sich keine Sorgen hinsichtlich Feuer- oder Bauholzes machen. Beides wuchs üppig in dieser feuchten, milden Region. Auch hielt er Ausschau nach etwas Freiland, um einen Garten zu pflanzen – vielleicht ein paar Kartoffeln. Und Möhren, Kohl, was immer nützlich wäre. Er hatte auch an Mais und Kürbis gedacht, da ersterer sich leicht säte und letzterer eine vielseitige und reichliche Ernte versprach. Ein nachträglicher Gedanke war, sich nahe einer einheimischen Siedlung niederzulassen; es würde das Überleben und Handeln einfacher machen.

Er sog die würzige Luft ein, die intensiv nach Tannen duftete, nach Algen, die an der Luft trockneten, und nach leichtem Rauch, der von einem Kochfeuer weiter unten am Strand rührte. Ein paar junge Frauen hatten sich darum versammelt, und er ging langsam auf sie zu, während er misstrauisch die Pfahlbauten nach anwesenden Männern absuchte. Es waren keine da. Was bedeutete, dass sie entweder auf der Jagd waren, beim Fischfang oder in einer Beratung.

Als ihn die Frauen erblickten, erhoben sie sich vom Boden, auf dem sie gehockt hatten, und bildeten eine dichte Reihe vor dem Kochfeuer. Carson zog seine Waschbärenmütze und zeigte ihnen die Decken und die Teller. Ihre Augen begannen zu leuchten, und dann flüsterten sie untereinander, aber keine von ihnen trat vor, um die Gegenstände von ihm in Empfang zu nehmen. Er begann, mit rauer Stimme zu sprechen, weil er sie einige Tage nicht benutzt hatte und weil seine Kehle dem Wind ausgesetzt gewesen war und der Gischt, die in seinem Mund einen salzigen Geschmack hinterlassen hatte.

Schließlich sprach ihn ein schlankes, hochgewachsenes Mädchen mit ein paar Pockennarben, die ihm nichts von seiner Attraktivität nahmen, mit melodischer Stimme an. Sie machte Zeichen des Essens und deutete auf das Feuer. Er verstand sie nicht, dachte aber, es sei wohl eine Einladung, sich zu setzen und mitzuessen, welches Mahl auch immer sie zubereitet haben mochten. Es war ein überraschend schmackhaftes Gericht aus

Muscheln und Grünzeug, das sie offenbar am Strand gesammelt hatten. Und er dachte, dass dies und der Friede, dem er begegnete, die Decke und die wenigen Teller wohl wert waren, die er aus seinem Bündel geopfert hatte.

An jenem Abend schlug er sein Nachtlager neben dem Kanu auf, nur mit einem kleinen Feuer an seiner Seite, um jegliches Wildtier abzuhalten, das sich seinem Lager beim Indianerdorf nähern mochte. Als er am nächsten Morgen erwachte, wurde er von einer Gruppe einheimischer Männer eher neugierig als feindselig angestarrt. Er erhob sich rasch und deutete auf sich.

„Carson Milholland", sagte er und zeigte auf seine Brust.

„Wir wissen das", sagte ein junger, muskulöser Mann in Zedernkleidung mit einem eindrucksvollen, feingewobenen Hut. „Es spricht sich schnell herum."

„Ihr sprecht meine Sprache?" fragte Carson überrascht.

„Ihr seid nicht der erste weiße Mann, der hier vorbeikommt."

„Aber ich hoffe, der einzige zu sein, der bleiben darf."

„Unser Volk ist bekannt dafür, dass es mit Bedürftigen teilt. Aber erst kommt einer von euch und ist bedürftig. Und dann kommt der nächste und braucht mehr. Und die Welle wächst und wird unser Volk überwältigen."

„Das ist eine ziemlich trostlose Perspektive", meinte Carson.

„Euer Volk hat unserem Volk bereits zwei Wellen von dem gebracht, was ihr die Pocken nennt. Es hat die Alten, die Schwachen und die ganz Jungen getötet. Wir sind weniger als wir waren, als meines Vaters Vater mit seinem Kanu diese Wasser befuhr. Aber wir werden dennoch teilen."

„Ich erwarte nicht von euch ..." Carson empfand seine Worte als seltsam verkehrt. Er kam als ungebetener Gast. Er durfte vielleicht bitten, aber nie erwarten. Er räusperte sich. „Ich würde mich gern irgendwo in der Nähe niederlassen, wenn es euch nichts ausmacht. Ich verspreche, dass ihr nicht einmal merken werdet, dass ich da bin."

Der Eingeborene hob nur die Brauen und wandte sich ab. „Die Weißen fragen nicht danach, wo sie siedeln dürfen. Sie tun es einfach."

Carson war verblüfft. Die Ureinwohner verließen sein Lager, und er war sich selbst und seiner Entscheidung überlassen, ob er dies als Genehmigung zu bleiben oder als Aufforderung zum Gehen verstehen sollte. Er starrte ihnen nach und blickte dann zum Dorf. In der Tür einer der Pfahlbauten blickte die junge Frau von gestern zu ihm zurück, und er spürte, dass ihre Augen vor verhaltener Heiterkeit glitzerten. In dem Augenblick beschloss er zu bleiben.

Jener Sommer wurde hart und beschwerlich für Carson. Aber er war zäh und an Mühsal gewöhnt. Er begann, für sich eine Unterkunft zu bauen, denn er wusste, dass das Wetter bald grauen Himmel mit sich bringen würde, mehr oder weniger ständige Nässe und eine Temperatur, die ungemütlich wäre, wenn man nicht am Feuer sitzen konnte. Die Ureinwohner beobachteten ihn von ihrem Dorf aus. Zuerst nahmen sie seine Anwesenheit mit etwas Neugier und Misstrauen zur Kenntnis. Aber als sich im September die Blätter färbten und der Wind, der übers Wasser wehte, kälter wurde, schienen sie damit aufzuhören, ihn zu beobachten, und bereiteten sich auf das Jahresende vor. Die Männer gingen auf die Jagd, die Frauen dörrten Lachs auf großen Gestellen am Strand. Die Kinder sammelten, was am Waldrand verfügbar war – einige späte Beeren, die ersten Pilze, Kräuter, von denen Weiße nicht einmal gewusst hätten, wozu man sie verwenden konnte.

Dann eines Tages wurde Carson von Schritten geweckt, die sich seiner armseligen Behausung näherten, und er sprang von seinem Pelzlager auf, die Pistole in der Hand. Es waren fünf Männer aus dem Dorf, darunter der, der seine Sprache sprach.

„Bald wird die Sonne den Himmel verlassen, und es wird beginnen, was ihr Weißen Winter nennt. Wir werden dir helfen, ein Haus zu bauen."

Carson war wie vom Donner gerührt. „Warum solltet ihr das tun wollen? Und was muss ich im Gegenzug dafür tun?"

„Wenn du krank wirst, wirst du zur Gefahr für mein Volk. Deshalb helfen wir dir. Du kannst dein Teil tun, wenn es soweit ist."

13

Und so wurde Carsons Unterschlupf in eine Blockhütte mit genügend Platz zum Leben für ihn und vielleicht noch eine weitere Person umgewandelt. Carson baute an ihrer Rückseite einen Kamin aus Steinen. Und gerade, als die Hütte fertig war, verließ die Sonne den Himmel, und die grauen tiefhängenden Wolken verströmten einen stetigen, sanften Nieselregen. Die Inseln im Sund versteckten sich hinter Vorhängen aus Nebel und Wolken, und der Wind wurde eisiger. Carson hatte kaum genügend Vorräte, um den ersten Winter zu überstehen; aber er widerstand dem Drang, seine einheimischen Nachbarn um Nahrung oder jegliche andere Unterstützung zu bitten.

Das erste Jahr verging friedlich. Ab und zu paddelten Ureinwohner anderer Stämme in ihren Kanus vorüber. Einige legten einen Zwischenstopp ein, andere grüßten die Leute am Strand lediglich. Keinen kümmerte der weiße Mann mit dem merkwürdig lockigen Haar und Bart, der an jedem siebten Tag, den sie zählten, sang. Er beobachtete, was sie taten, und begann, sie nachzuahmen. Als er seinen Garten pflanzte, kam das schlanke, hochgewachsene Mädchen, das ihm in dieser Bucht sein erstes Mahl vorgesetzt hatte, den Hügel zu seiner Hütte herauf und zeigte ihm, wo er Fehler gemacht hatte. Und als er erntete, kam sie, um ihm zu zeigen, wie er die Nahrung lagern müsse. Als der zweite Winter kam, schlüpfte sie in einer eisigen Nacht in seine Hütte und blieb einfach.

Carson und seine einheimische Frau bekamen Kinder, eine fröhliche, kleine Schar mit hellerer Haut und lockigerem Haar als ihre Mutter, mit kühnerer Stimme und der Vorliebe, mit ihrem Vater mitzusingen. Dann kam eine Zeit, in der mehr Weiße in der Bucht ankamen. Sie fragten nicht wie Carson, ob sie bleiben dürften. Sie begannen, Häuser zu bauen. Sie begannen, in die Gebiete vorzudringen, in denen die Ureinwohner zu ernten pflegten, und sie schlugen den Wald, wo jene immer gejagt hatten. Sie fischten, wann immer sie wollten, und ihr Lärm brachte die wilden Tiere dazu, sich tiefer in die Wälder zurückzuziehen.

Carson mit seiner einheimischen Frau und seinen Mischlingskindern wurde neugierig und misstrauisch von ihnen beobachtet. Aber sie fanden bald heraus, dass er als Dolmetscher nützlich war, wenn sie etwas wollten oder brauchten, das nur die Ureinwohner zu besorgen wussten. Der sanfte Hang, der an der Klippe endete, wurde bald Baugrund für eine ganze Reihe Familien, und der Strand wurde von Hütten bedeckt, die jenen, die auf dem Wasser vorbeireisten, oder den eigenen Siedlern alle möglichen Waren und Dienstleistungen verkauften. Die Weißen bauten sogar ein Dock im tiefen Teil des Wassers nahe der Landspitze und nannten es einen Hafen.

Nach zehn Jahren Ehe mit der immer noch schönen, aber nun reifen Frau an seiner Seite beobachtete Carson das Schwinden des Stammes, verursacht von den Fiebern des weißen

Mannes und dem Alkohol, den die Einheimischen nicht vertrugen. Er wusste, dass er nicht viel daran ändern konnte. Er unterrichtete seine älteren Kinder zu Hause, so dass sie nicht von den Kindern der Siedler in ihrer Einraumschule in einer Hütte nahe am Wasser verspottet würden. Er versuchte, seine Frau vor den gierigen Blicken einiger Junggesellen zu beschützen, die einen Saloon nahe dem Ufer eingerichtet hatten.

Schließlich baute Carson Milholland noch ein Kanu. Und eines Tages fanden die Siedler dessen, was sie nun Wycliff nannten, seine Hütte verlassen vor. Und seine beiden Kanus waren verschwunden. Die Ureinwohner im Pfahldorf wussten nicht, wohin er gegangen war; oder sie wollten ihn nicht verraten. Ein paar Jahre später kamen Gerüchte auf, er sei auf der Olympischen Halbinsel gesehen worden. Aber ein anderes Gerücht besagte, seine Familie sei von einem Stamm umgebracht worden. Ein drittes Gerücht behauptete, er sei zurück nach Kanada gegangen. Und mit der Zeit vergaßen die Leute ihn, der den Ort als geeignet für den Bau einer Siedlung markiert hatte. Die Hütte selbst hielt allen Widrigkeiten stand, selbst einem Buschfeuer eines extrem trockenen Sommers. Ihr Gebälk war nur etwas versengt, aber die Struktur hielt. Die wenigen Reisenden, die kein Geld auf die örtlichen Hotels verwenden wollten, die entstanden waren, sobald der Handel in Wycliff zu blühen begonnen hatte, fanden wohl Unterschlupf in der Hütte und *hinterließen ihre Initialen im Türrahmen. Und eines Tages erinnerte sich niemand mehr, wer die Hütte wann gebaut hatte.*

*

Tiffany Delaney ließ sich beim Frühstücken Zeit. Es war immerhin ein sonniger Sonntagmorgen Anfang April, und tags zuvor war sie damit beschäftigt gewesen, ein neues Garten-Layout für ein brandneues Haus am Stadtrand von Wycliff zu entwerfen. Wycliff war eine gemütliche viktorianische Kleinstadt an den Gestaden von Western Washingtons Puget Sound, irgendwo zwischen Olympia und Seattle. Sein Wohngebiet Uptown lag oberhalb eines Steilhangs, der nur über steile Treppen oder eine Umgehungsstraße erreicht werden konnte, die durch das gesamte Geschäftsviertel Downtown vorbei am Fähr-Terminal und bergauf führte. Uptown bestand aus großen, alten Herrenhäusern und Landhäusern sowie einigen moderneren Häusern, viele davon mit wundervollem Blick auf den Puget Sound, seine Inseln und das Olympic-Gebirge jenseits davon.

Delaney & Delaney Landscaping lief außerordentlich gut dank all dieser Leute, die alte oder neue Häuser mit großen Gärten kauften, um die sie sich selbst nicht kümmern wollten. Gärten, die sie nur genießen wollten, ohne all die Arbeit, die nötig war, damit sie schön und gedeihend blieben. Heute Morgen also gönnte sich Tiffany eine wohlverdiente Pause von all dem und genoss ihren „Biscuit and Gravy", also einen salzigen Mürbekeks mit

Wurstsauce, und ein paar Streifen knusprigen Specks dazu, einen Blaubeer-Muffin und einen einzelnen, fluffigen Pfannkuchen, auf dem gesalzene Butter und Ahornsirup eine glitzernde Pfütze bildeten.

Ihr gegenüber genoss ihr Mann Thomas ziemlich das Gleiche, allerdings ohne den Blaubeer-Muffin. „Zu viel Obst", hatte er vorhin gescherzt, als sie ihm einen angeboten hatte.

Tom und Tiffany waren schon ziemlich lange verheiratet und immer noch glücklich. Während Tom von außerhalb der Stadt gekommen war, als er der jungen Tiffany begegnet war, hatte sie schon einige Zeit in Wycliff gelebt. Sie war in einem der ärmeren Gebiete nahe den Werften aufgewachsen. Ihr Vater war Fischer gewesen, und ihre Mutter hatte ein Kind nach dem anderen geboren, was das Haus Jahr für Jahr kleiner gemacht hatte. Das Budget der Familie war knapp bemessen gewesen, und Tiffany war eines der Kinder gewesen, die gratis Schulmittagessen erhalten hatten. Daheim war das Essen knapp gewesen, und so hatte Tiffany noch als Schülerin einen Job in der Schulküche der Wycliff High School angenommen und Tische abgeräumt; und sie hatte endlich nach Herzenslust essen dürfen. Sie hatte allmählich zugenommen.

Aber der Job an der Wycliff High School hatte Tiffanys Abschluss-Schuljahr nicht überdauert. Und eine Ausbildung am College war völlig außerhalb ihrer finanziellen Reichweite gewesen. Tom war ihr begegnet, als sie so etwas wie eine Haushälterin einer ihrer früheren High-School-Lehrerinnen gewesen war. Und Tiffany konnte immer noch nicht glauben, dass er tatsächlich damit angefangen hatte, mit ihr auszugehen; mit ihr, dem runden Teenager, dessen Familie immer noch unten bei den Werften lebte und nichts war, womit man hätte angeben können. Tom hatte damals gerade sein Gartenbau-Unternehmen gegründet, und er hatte seine Klientel vergrößern wollen, als er zufällig Tiffany begegnet war. Es hatte sich gezeigt, dass sie ziemlich viel gemeinsam hatten und dass sie sich unglaublich wohl und gelassen in der Gesellschaft des jeweils anderen fühlten. Tom war auch ein sehr kräftiger Mann, aber er schien, die Tatsache zu ignorieren, und sein sonniges Wesen ließ auch alle anderen seinen Umfang vergessen. Um ihn herum fühlten sich die Menschen wohl, und seine Effizienz machte ihn zu einem gefragten Landschaftsgärtner.

Als Tiffany nicht nur seine Frau, sondern auch seine Miteigentümerin in der Firma geworden war, hatte ihr geschmackvolles Landschaftsdesign rasch Nachfrage erregt, und um dem Unternehmen ihres Mannes gerecht zu werden, hatte Tiffany Gartenbau studiert und war wie Tom Gärtnermeister geworden. Das Zwei-Personen-Unternehmen war rasch gewachsen, und dieser Tage hatte sie sechs Angestellte, die sie aussandten, wo immer sie gebraucht wurden. Tiffany blieb meist daheim im Büro, um neue Designs zu kreieren, die Buchhaltung zu erledigen und Termine oder Verträge festzuschreiben. Tom erledigte die Fahrten zu neuen Aufträgen, um Voranschläge zu erstellen hinsichtlich Potenzials, Kosten und Zahl der für die Arbeiten benötigten Angestellten, sowie zur Kundenbindung.

Da ihre Zwillingskinder längst erwachsen waren und ihre eigenen Karrieren machten, Ron als orthopädischer Chirurg in einem Krankenhaus in Seattle, Sandra als Lehrerin an einer ziemlich noblen Privatschule ebenfalls in der „smaragdenen Stadt", hatten Tom und Tiffany so ziemlich ihre eigene Routine entwickelt. Tiffany war vielbeschäftigt als Präsidentin der Handelskammer von Wycliff und als Vorsitzende von dessen viktorianischem Weihnachtskomitee. Tom spielte ab und zu Golf mit einigen seiner Freunde; außerdem hatte er unlängst Holzgestaltung aufgenommen, und seine Werkzeugsammlung auf diesem Gebiet wuchs stetig. Die wenige verbleibende Zeit wurde meist mit Kochen und gemeinsamem Essen verbracht und vor dem Fernsehbildschirm.

Manchmal fragte sich Tiffany, ob sie Thomas gerecht wurde. Aber er hätte dann vermutlich etwas zu ihrem starken Engagement außerhalb ihres Unternehmens gesagt. Und Thomas fragte sich mitunter, ob er seine Hobbies einschränken müsse, um Tiffany mehr Gelegenheit zu geben, mit ihm zu reden. Aber sie beschwerte sich nie. Und sie wusste die Blumen, die er ihr schenkte, immer zu schätzen. Oder die Makronen. Oder die Pralinen.

„Also weswegen will Mrs. Lawrence dich morgen sehen?" fragte Tiffany zwischen einem Schluck Kaffee und einem Bissen Muffin. Sie aß furchtbar gern in ihrer gemütlichen Küche mit den blauweiß-karierten Vorhängen und passendem Tischtuch und dem schlicht-weißen Landhaus-Mobiliar. Nicht, dass sie kein hübsches, formales Esszimmer gehabt hätten. Aber in der Küche zu essen, hieß, dass sie alles in Reichweite hatte, vom Geschirr bis hin zu einer möglichen zweiten oder dritten Portion. „Ich dachte, sie hätte dir bereits gesagt, dass sie den Garten gern generalüberholt hätte, bevor sie ihr Haus verkauft."

Thomas schluckte den Rest seines Orangensaftes hinunter. „Sie möchte, dass ich die Innenarchitektin treffe, die Hunter Madigan für das Haus angeheuert hat. Ich denke, es geht darum, eine Verbindung der Stilrichtungen des Inneren des Lawrence-Hauses und der Außenfläche herzustellen." Sein Gesichtsausdruck verriet, dass er es als etwas seltsames Konzept empfand, aber willens war, es mitzutragen. Er lehnte sich in seinem Stuhl zurück; dessen Lehne knarrte leise unter dem Gewicht, das er dagegen drückte.

„Ich hoffe doch, dass sie möchte, dass du diese scheußliche Steinmauer entfernst", seufzte Tiffany. „Ich höre, sie sei wegen eines Familienkrachs mit den Nachbarn gebaut worden. Aber ich habe nur ein paar vage Gerüchte gehört. Es ist eine Schande, so eine klotzige Mauer neben dem eleganten Haus und dem schönen Garten zu haben."

„Tja, lass uns sehen, was Mrs. Lawrence und Hunter dazu zu sagen haben." Tiffany wusste, dass ihr Mann ein Mann der Fakten war und Spekulationen verabscheute. „Eigentlich bin ich ziemlich neugierig darauf, das Hausinnere zu sehen und dann die

Pläne zu diskutieren, in welche Richtung wir gehen sollten. Du weißt ja, wie sehr ich gegen alles bin, was in künstliche Formen geschnitten wird. Ich sehe eine wundervolle Gelegenheit, einige Pflanzen endlich zum Leben zu erwecken und ihre natürliche Form spielen zu lassen. Ich hoffe nur, dass ich den Kirschbaum retten kann, dessen Krone irgendein Trottel letztes Jahr gekappt hat. Ich meine, wer will denn einen schachtelförmigen Kirschbaum?!"

„Vielleicht Mrs. Lawrence?" schlug Tiffany vor und lachte. „Und wenn sie es so angeordnet hat, hat derjenige, der es getan hat, lediglich ihre Wünsche befolgt."

„Hätte er aber nicht tun sollen", protestierte Tom. „Das könnte den Baum getötet haben! Fast alles Laub dabei zu entfernen, wo doch Blätter der Nahrungslieferant für einen Baum sind – was könnte man noch Schlimmeres tun?! Kein Landschaftsgärtner sollte sowas je tun, egal was derzeit in Mode ist. Außerdem …"

„Ich weiß", sagte Tiffany. „Das Kappen verringert die Größe eines Baumes auch nicht für längere Zeit. Er wird nur verzweifelt Nottriebe hervorbringen, um den Nahrungsverlust auszugleichen. Und die Zweige, die aus Knospen hervortreiben, sind so leicht angewachsen, dass sie schnell abbrechen. Durch diese Öffnungen können dann alle möglichen Parasiten und Pilze eindringen und die Probleme des Baumes verschlimmern. – Ich hoffe wirklich, dass du diesen Kirschbaum retten kannst, Tom!"

Er nickte. Dann stand er auf. „Ich esse im Golfklub zu Mittag. Und danach fahre ich rüber nach Port Orchard und treffe mich mit Joe. Er hat gerade an einem neuen Gärtnermeister-Kurs teilgenommen, und ich möchte gern mit ihm darüber sprechen, was er über diese Mason-Bienen erfahren hat und welche Erfahrungen seine Kunden mit ihnen gemacht haben."

„Oh!" Tiffany war etwas enttäuscht. „Ich hatte gehofft, wir könnten an irgendeinem hübschen Ort zusammen spazieren gehen und dann auf dem Rückweg etwas essen."

„Tut mir leid, Schatz." Tom trat an Tiffanys Seite und gab ihr einen Kuss auf die Stirn. „Das Mittagessen war eine langfristige Einladung an Luke McMahon. Es ist selten, dass der Polizeichef von Wycliff an einem Sonntag frei hat – und als er dann ‚Ja' gesagt hat, haben alle anderen versprochen, auch da zu sein."

„Was macht dann Dottie?"

„Keine Ahnung. Warum rufst du sie nicht an? Vielleicht könnte sie mit dir spazieren gehen?"

„Ja, nein. Sie ist mir viel zu lebhaft. Sie erinnert mich nur daran, dass ich abnehmen muss, während ich gleichzeitig ständig an Essen denke, weil ihr der deutsche Feinkostladen gehört. Keine gute Kombination für mich." Sie lachte ein wenig, fühlte sich im Innern aber schrecklich.

„Da ist nichts verkehrt dran, genauso zu sein, wie du bist", sagte Tom. „Bis später, Schatz. Ich bin mir sicher, du findest was zu tun, was Spaß macht. Warum gehst du nicht runter zur *Main Gallery* und schaust, was es da Neues gibt?" Und weg war er.

Tiffany aß ihren Muffin auf und begann, das Geschirr abzuräumen. Sie hatte offenbar einen dieser melancholischen Morgen. Sie hätte sich eigentlich glücklich schätzen sollen. Immerhin hatte sie eine Auszeit für sich, während andere Menschen sogar sonntags arbeiten mussten. Selbst Toms Treffen mit Joe Machcinski war so etwas wie Geschäftliches.

Auszeit für sich. Vielleicht lag da das Problem. Es war für ihr einsames Ich. Und überhaupt, warum gab es den Begriff „Einzeit" nicht?

*

Astrid Lund presste ihre Lippen zusammen, bis sie fast unsichtbar waren. Sie stand mit einem Becher dampfenden schwarzen Kaffees an der Kücheninsel in ihrer glänzenden High-Tech-Küche und starrte ihren Mann Roy finster an. Erst gestern Abend hatte sie ihn zufällig in seinem Studierzimmer überrascht, als er mit jemandem telefoniert hatte, den er „Zuckerschnecke" genannt hatte. Sie hatte ihr Nachthemd geschnappt, war hinüber ins Gästezimmer gegangen und hatte die Tür abgeschlossen. Aber nun, nach einer unruhigen Nacht voller Tränen des Zorns und der Enttäuschung, war es an der Zeit, die Wahrheit herauszufinden.

„Wie lange geht das schon so?" fragte sie Roy. Wenn sie zornig war, trat ihr deutscher Akzent immer deutlicher zutage, und ihre blauen Augen wurden stechend.

„Da ist nichts, Astrid", behauptete Roy betont ruhig. Er war Mitte dreißig wie Astrid, ein athletischer, großer Mann mit dem ersten Grau an den Schläfen und einem kantigen Gesicht, das sein maskulines Aussehen unterstrich. „Wie oft nennst *du* Freunde Süße, Liebes oder sonst was? Ich habe nur jemanden übers Telefon getröstet."

„Getröstet!" spie Astrid. „Es war weit mehr als das, möchte ich wetten. Warum sollte dich jemand an einem Samstagabend anrufen, wenn sie nicht denken, ich sei nicht daheim, weil ich woanders einen Übernachtungstermin habe? Nur dass ich das nicht hatte; weil er abgesagt wurde und diese Person das nicht wusste. Aber sie wusste von dem Termin. Also, wer ist sie, Roy? Ich verdiene es, das zu wissen."

„Es gibt niemanden, über den du Bescheid wissen musst, weil nichts passiert ist. Es war nur ein völlig unschuldiger Anruf."

Astrid warf ihr blondes, schulterlanges Haar auf eine Seite und lächelte grimmig. „Ganz wie du willst. Aber halte mich nicht für dumm. Du hast sowas schon in der Vergangenheit getan. Du hast mir versprochen, du würdest dich zusammenreißen und mir so etwas nicht noch einmal antun. Ich habe das alles so satt!"

„Was alles?" fragte Roy. „Ich denke, du hast so ziemlich alles, aber du scheinst immer Wert darauf zu legen, dich zu beklagen."

„Ich? Mich beklagen?"

„Naja, vom ersten Tag an, seit du hergekommen bist, hat dir nichts gepasst. Du hast mir gesagt und jedem, der es hören wollte oder auch nicht, dass alles in diesem Land rückständig sei. Wenn es nicht um Haushaltsgeräte ging, dann war es das Essen, es war die Religion, es war die Politik, Manieren, Bildung. Ich weiß nicht, was sonst noch alles. Und jetzt schlägst du deine Krallen einfach in mich, weil du mich das Wort ‚Zuckerschnecke' am Telefon hast sagen hören. Vielleicht machst du mal einen Realitäts-Check, Astrid. Vielleicht trittst du einfach mal einen Schritt zurück und beobachtest, wie anstrengend dein Verhalten geworden ist. Denn für mich bist du anstrengend. Und vermutlich für alle anderen auch."

Astrid schüttete den Rest ihres Kaffees in die Spüle. „Klar. Jetzt bin's wieder ich. Ich bin es *immer*, oder nicht?! Was für ein einfacher Ausweg für dich." Sie ging durch die Küche und in die Diele, um ihren Mantel zu schnappen.

„Da wir gerade über Auswege reden – offensichtlich wählst *du* jetzt einen", rief Roy ihr nach. „Aber Davonlaufen löst deine Probleme auch nicht. Und du solltest erwachsen genug sein, das inzwischen zu begreifen."

Astrid erwiderte nichts. Sie knallte die Tür hinter sich zu. Roy sank auf seinen ledernen Schwingstuhl zurück und atmete tief aus. Dann nahm er sein Smartphone und wählte eine Nummer.

„Zuckerschnecke?" sagte er nach einer Weile. „Ja, sie vermutet es. Aber ich habe ihr gesagt, dass nichts passiert ist. Sie ist jetzt darüber spazieren gegangen, denke ich." Er horchte und nickte. „Ja, ich lass dich wissen, wann. Ich hatte auch keine Ahnung, dass der Termin abgesagt wurde. Und ich weiß nicht, ob er verlegt wurde oder ganz gekündigt worden ist. Sie war nicht in der Stimmung, heute Morgen über Geschäftliches zu reden. Es war nur eisiges Schweigen, dann das übliche Schuld-Zuschieben." Er lauschte wieder. „Nee, ich werde ihre Vorhersehbarkeit müde. Nichts ist je gut genug für sie. Ich schätze, ich auch nicht." Er nahm einen Schluck Kaffee und fuhr sich dann mit der Hand durchs Haar. „Tja, was soll man machen? Es ist, wie es ist. Vielleicht geht es vorbei, vielleicht auch nicht. Sei bloß vorsichtig, wenn du sie das nächste Mal im Büro siehst, okay?" Er lauschte und nickte. „Ich liebe dich, Schatzi. Tschüs." Er hängte auf.

In diesem Moment spürte Roy eine Bewegung hinter sich. Er wandte sich um. Astrid war zurückgekehrt, um ihren Schal zu holen, und stand nun auf der Küchenschwelle. Ihr Gesicht war aschfahl. Sie schritt auf ihn zu und schlug ihm auf eine Wange. Als sie die Hand hob, um ihn auch auf die andere Wange zu schlagen, schnappte er danach und hielt sie fest.

„Genug", sagte er ruhig.

„Allerdings genug! ‚Zuckerschnecke' ist also Martina, richtig? Meine eigene Partnerin in meinem eigenen Büro. Nicht nur hast du die Stirn, mir ins Gesicht zu lügen, du habest keine Affäre. Du hast eine mit meiner Mitarbeiterin, die außerdem zufällig meine engste Freundin ist. Ihr zwei seid ausgesprochen billig und verachtenswert." Sie entriss sich Roys Griff. „Ihr beide seid schamlose Verräter."

Astrid sank auf einen anderen Küchenstuhl. Die Luft in der Küche war dick vor Schweigen. Roy rührte sich nicht und starrte vor sich hin. Astrid fühlte sich wie gelähmt. Nach einer scheinbaren Ewigkeit hob sie ihr Gesicht und sah ihn kalt an. „Wie lange geht das schon zwischen euch beiden?"

Roy seufzte. „Hör zu. Ist das wichtig? Und ich betrüge dich nicht. Ich liebe auch dich immer noch."

Astrid lachte bitter. „Oh, du liebst mich auch?! Aber offenbar bin ich dir nicht genug. Was müsste ich tun, um genug zu sein? Und du hast immer noch nicht meine Frage beantwortet – wie lange?!"

„Seit der Weihnachtsfeier drüben im *Ship Hotel*." Roy ging zur Spüle und schenkte sich ein Glas aus dem Wasserhahn ein. „Du hast den ganzen Abend lang mit deinem neusten Kunden geflirtet, und ich fühlte mich einfach außen vor." Er nahm einen Schluck aus dem Glas. „Es ging nur um dich, und in eurem Gespräch gab es weder Raum für mich noch für Martina. Als deine Mitarbeiterin hättest du zumindest *sie* ab und zu etwas sagen lassen können. Und ich habe nur wie der Idiot von einem Ehemann ausgesehen, der nicht clever genug ist, auch mal ein Wort einzuwerfen. Da bin ich an die Hotelbar gegangen. Und nach einer Weile hat mir Martina da Gesellschaft geleistet. Wir hatten wohl einfach genug von deiner Ichbezogenheit und deiner Gleichgültigkeit gegen uns."

„Das ist kein Grund, mich zu hintergehen und eine Affäre anzufangen, Roy. Das weißt du selbst."

„Naja, es war nicht das erste Mal, dass du mir das angetan hast. Oder auch Martina. Du willst das Rampenlicht immer ganz allein für dich. Alle anderen lässt du dabei schlicht und langweilig aussehen."

„Warum behauptest du dich dann nicht, während du an meiner Seite bist? Warum *keiner* von euch beiden?"

„Wie denn? Indem wir dich unterbrechen?"

Astrid biss sich auf die Lippen. „Also hast du dich in sie verliebt."

„Sowas tut man nicht mit Absicht, wie du weißt", verteidigte sich Roy. „Es passiert einfach. Liebe ist …"

„Sag du mir nicht, was Liebe ist", schrie Astrid. „Du nicht. Denn wenn du mir sagst, dass du mich liebst, während es dir gleichzeitig total um Martina geht, dann hast du eine seltsame Vorstellung von Liebe. Das funktioniert für mich nicht. Überhaupt nicht!"

Roy zuckte die Achseln und leerte den Rest seines Glases in den Ausguss. „Dann weiß ich nicht, was ich sagen sollte." Er schien wirklich ratlos. „Was soll ich tun?"

Astrid starrte ihn an. Plötzlich wurde ihr übel. „Ich weiß es nicht", sagte sie, und ihre Stimme klang wie tot. „Du hast mich in der Vergangenheit betrogen. Einmal, zweimal, wie viele Male? Und jetzt mit meiner besten Freundin. Du hast meine Liebe getötet. Und ich glaube nicht, dass ich dir noch einmal vergeben kann. Eigentlich hast du unsere Ehe getötet."

Roy blickte verletzt. „Du meinst, du willst es nicht mal mehr versuchen? Mir noch eine Chance geben?"

Astrid schüttelte langsam den Kopf. „Ich glaube nicht, dass du noch eine verdienst, Roy. Martina auch nicht. Ihr habt den größten Verrat begangen, den man begehen kann. – Ich glaube, ich muss mich gleich übergeben."

*

Oscar „Ozzie" Wilde kam von seiner Spätschicht auf dem McChord Airfield nach Hause. Der große, breitschultrige Master Sergeant der Air Force mietete nun schon seit einem Dreivierteljahr ein geräumiges Vierzimmer-Ranch-Style-Haus an der Washington Lane in Wycliffs Uptown, aber trotz all des hübschen Mobiliars, das er aus England mitgebracht hatte, wo er die letzten vier Jahre gelebt hatte, hatte er das Gefühl, dass es leer sei. Er hatte kurz nach seinem vierzigsten Geburtstag und, bevor er Europa verlassen hatte, geheiratet, aber seine Frau hatte wegen der Einwanderungsgesetze nicht mit ihm reisen können. Er hatte Emma nun schon seit Monaten nicht mehr gesehen. Weshalb er sich darauf freute, sein Haus kurz vor Mitternacht zu erreichen. Er würde sie mit einem Anruf in ihrem Büro überraschen und dann einfach vor dem Fernseher im Wohnzimmer einschlafen.

Ozzie hatte das Licht in seiner Küche angelassen. Es schien wie ein freundliches Signal, als sein Auto auf die Doppelgarage zufuhr. Er klickte den Garagenöffner und fuhr hinein, neben seine Werkbank und ein kleines Motorboot, das er während seiner Abwesenheit von seinem Heimatland eingelagert hatte. Daheim. Er schloss das Garagentor und ging ins Haus. Sein Haus fühlte sich immer noch nicht wie ein Zuhause an. Die meisten Zimmer waren kaum dekoriert. Die große Küche enthielt die wenigen Junggesellen-Gegenstände, die er sein Eigen nannte. Emma, die perfekt, wenn nicht gar überorganisierte deutsche Frau, die sie war, hatte zwei vollständige Service, eines für den Alltagsgebrauch, eines für Sonn- und Festtage. Und das war nur das Geschirr. Er wusste, dass sie sorgfältig überlegen würde, was sie mitbringen würde, wenn sie erst ihr Einwanderungsvisum hätte, damit sie mit ihm zusammenleben konnte. Erst dann würde die Größe des Hauses, das er mietete, Sinn ergeben. Wäre er ganz allein gewesen, hätte es für ihn für den Rest seines Air-Force-Daseins eine Einzimmerwohnung getan.

Mann, er vermisste sie! Seine rotblonde Frau mit den braungrünen Augen, ihrem üppigen Körper und ihrer Zungenfertigkeit, ihrer Lebhaftigkeit und Verträumtheit zugleich machte ihn selbst am Telefon verrückt. Er wünschte, er könnte mit seinen Händen durch ihr welliges Haar fahren oder die Seidigkeit ihrer Haut spüren. Stattdessen war er darauf reduziert, während militärischer Festlichkeiten ein verheirateter, aber recht einsamer Mann zu sein. Seine Spätschicht von zwei Uhr nachmittags bis elf

Uhr abends hinderte ihn daran, sich seinen Nachbarn so ordentlich vorzustellen, wie er sich das gewünscht hätte, da er schlief, wenn der größte Teil ihres Lebens vonstattenging. Und wenn er ins *Harbor Pub* ging, musste er sicherstellen, dass die Single-Frauen an der Bar ihn nicht als Beute betrachteten. Er ging sicher, dass er an solchen Abenden seinen Ehering trug, obwohl er als „echter Mann" normalerweise jeden Schmuck ablehnte.

Ozzie war tief in Gedanken, als er sein Telefon klingeln hörte. Er eilte ins Wohnzimmer und ergriff den Hörer genau eine Sekunde, bevor der Anrufbeantworter angesprungen wäre.

„Hallo?" sagte er atemlos.

„Ozzie?"Die Stimme seiner Frau klang fast so, als stünde sie neben ihm. „Oh, Schatz!" Und dann begann sie zu schluchzen.

Nicht schon wieder. Sie hatte in den letzten Monaten viel geweint. Die Trennung hatte sie belastet. Sie durfte ihn nicht besuchen. Er hatte gerade erst seinen neuen Posten angetreten und nicht mehr als eine magere Woche über Weihnachten freinehmen können, um sie in Deutschland zu besuchen. Aber zumindest das war geschehen. Der Jetlag hatte ihn gebissen wie ein Hund in die Wade, nachdem er wieder in Wycliff zurück gewesen war. Und er hatte besonders aufmerksam sein müssen, um die Erwartungen in seinen neuen Rang nicht zu enttäuschen.

„Was gibt's, Liebling?"

„Ich bin nur glücklich. Es ist einfach etwas viel."

„Was ist passiert?"

„Weißt du noch, als ich dir von dem Visum-Interview vorigen Monat in Frankfurt erzählt habe?"

„Ja, du klangst ziemlich erstaunt, wie entspannt es lief und wie nett man dich behandelt hat."

„Nun, du errätst es nicht – heute ist …" Sie schluchzte erneut. „Ich habe mein Visum mit der Post bekommen. Kannst du das glauben?! Nach so langem Warten? Ich hatte schon fast geglaubt, ich würde es *nie* kriegen."

„Liebe Güte …" Ozzie setzte sich auf einen Küchenschemel, weil er im Hin- und Hergehen gerade vor einem gelandet war. Er blickte auf den Kalender, der genau über dem Zeug in seiner Schachtel hing, die mit „Zur Arbeit mitnehmen" markiert war. „Das ist unglaublich! Ich …"

Er suchte nach Worten. Plötzlich schien sich sein Leben noch einmal zu verändern. Aber so richtig. Drüben in Europa war es beinahe eine traumähnliche Erfahrung gewesen. Mit seiner Geliebten, die er nur einen Bruchteil im Jahr sah. Eine Fernbeziehung. Ein überaus geliebter Mensch. Jetzt seine Frau. Seine überaus abwesende Frau. Endlich hatten die Behörden ihre Einreise freigegeben. Um mit ihm zu leben. Eine große Veränderung. Aber so richtig groß.

„Wann wirst du herkommen können?"

Emma seufzte. „Morgen buche ich meine Flüge. Ich denke, ich sollte alles in drei bis vier Wochen abwickeln können." Er hörte, wie sie schwer schluckte. „Ich wünschte, ich könnte mich jetzt sofort zu dir rüberbeamen. Ich kann's nicht abwarten, mein neues Leben mit dir zu beginnen."

„Ich weiß", sagte Ozzie leise. „Mir geht's genauso."

„Wie war *dein* Tag, mein Schatz?"

Ozzie warf sich auf ein Sofa in seinem Wohnzimmer. „Nichts Außergewöhnliches. Es menschelt überall, wie du weißt." Er hörte sie seufzen. „Bevor ich heute zur Arbeit gefahren bin, bin ich aber am Jachthafen vorbeigegangen. Nur für einen kurzen Spaziergang an der frischen Luft. Du wirst nicht glauben, was ich da gesehen habe. Eines der Bootsdocks war völlig von Seehunden mit Beschlag belegt."

„Seehunde?!" Emma lachte. „Du meinst jetzt echt die Tiere?"

„Genau diese Kerle." Ozzie lachte bei der Erinnerung in sich hinein. „Ich denke, es wird für ein paar Bootsfahrer schwierig gewesen sein, zu ihren Booten zu gelangen."

„Oh nein", kicherte Emma. „Es sei denn, sie hätten einen Eimer frischen Fisch mitgebracht, um sie wegzulocken."

Sie lachten beide. Dann tauschten sie Worte der Liebe und der Erinnerung aus, denn Erinnerungen waren derzeit das Einzige, was sie gemeinsam hatten. Und die Zukunft ragte vor Emma als eine völlige Unbekannte auf, obwohl sie eifrig plante, darunter auch, alles anzunehmen, was vor ihr lag.

*

Trevor Jones bediente sich mit noch einem Gin Tonic zur improvisierten Cocktailstunde seiner Eltern. Der junge Anwalt war immer neugierig, wen seine Mutter Theodora einladen würde und wer so kurzfristig herüberkommen können würde. Er und sein Vater James wussten inzwischen gut genug, dass jeder in Wycliff wusste, dass Theodora jeden ersten Sonntag im Monat eine Cocktailstunde organisierte. Also waren nicht mehr viele überrascht von einer Einladung, was es dennoch interessant machte, wer sich die Zeit nehmen und die Mühe machen würde, sich zurechtzumachen und zu diesem Anlass zu erscheinen. Theodora, sehr elegant und ziemlich versnobt, hatte es sich in den Kopf gesetzt, ihren äußerst begehrenswerten und gutaussehenden Sohn mit einer Dame der Gesellschaft zu verkuppeln. Und James sowie das erwählte Opfer amüsierten sich im Stillen über die Tricks, die sie einsetzte, damit Trevor nur ja anbiss. Natürlich erfolglos, da Trevor schon vor einer ziemlichen Weile seine Unabhängigkeit erklärt hatte. Und er war gewiss nicht versessen auf die Verkupplungsbemühungen seiner Mutter.

Trevor, blond, blauäugig, mit einem leicht hervorzulockenden Grübchenlächeln, lebte in einer Penthouse-Wohnung in einem alten Backsteingebäude am Wasser in Downtown, kam aber zum Arbeiten in der Kanzlei von *Jones & Jones* fünf Tage pro Woche in sein Elternhaus in Uptown. Und jeden ersten Sonntag im Monat, um seine Mutter zu besänftigen. Nicht, dass ihm die jungen Damen, die ihm Theodora vorstellte, nie gefielen. Aber er beabsichtigte, die Richtige zu seinen eigenen

Bedingungen zu treffen und zu dem Zeitpunkt, der ihm richtig erschien. James applaudierte seinem Sohn im Stillen. Es war schwierig genug, mit Theodora zurechtzukommen, da ihr Verstand und ihre Zunge gleichermaßen scharf waren. Was zeitweise eine Herausforderung, manchmal aber auch höchst unterhaltsam war.

„Sie leben also an der Uferpromenade?" fragte eine schlanke, recht attraktive Rothaarige, Theodoras jüngste Wahl, Trevor neugierig und saugte an ihrem Strohhalm. „Wie ist das?"

„Die Uferpromenade, das Leben oder die Wohnung?" fragte Trevor.

„Naja, warum nicht in der Reihenfolge?"

„Nun, lassen Sie mich nachdenken. Lebhaft und unterhaltsam, entspannt und im Augenblick etwas unordentlich."

„Oh", kicherte die Rothaarige. „Kenne ich das nicht irgendwie?! Sobald *ich* mich entspanne, werde ich normalerweise unordentlich. Was ich total hasse. Denn hinterher muss man noch mehr aufräumen …"

Trevor stöhnte innerlich. Seine Mutter schien eine ausgesprochen nicht-intellektuelle Dame für die heutige Cocktailstunde ausgewählt zu haben. Nun, zumindest würde sie nicht Hirn genug besitzen, andere Menschen absichtlich zu verletzten, wie das eine Dame seiner früheren großen Liebe angetan hatte. Kitty Kittrick war „nur ein Blumenmädchen" gewesen, wie Theodora sie verspottete, und jene Dame, die sie ihn gebeten hatte auszuführen, hatte sie öffentlich sogar „Eliza

Doolittle" geheißen. Doch dann hatte jene junge Dame sich über das kleine, stumme Mädchen lustig gemacht, mit dem Kitty befreundet war, und er hatte nicht rasch genug für sie beide eingestanden. Damit waren seine Chancen, Kittys Hand zu gewinnen, den Bach hinuntergegangen. Danach hatte Trevor versucht, mit ein paar netten Mädchen aus Wycliff anzubandeln, aber sein Herz war nicht ganz dabei gewesen. Die Mädchen hatten das natürlich bemerkt. Und sie kannten auch Theodoras Haltung und fürchteten, ihr Opfer zu werden. Also war aus keinem dieser Versuche etwas geworden. Inzwischen hatte Kitty geheiratet und war seither für ihn unerreichbar.

Manchmal ärgerte es Trevor, dass er in seinen späten Zwanzigern war und er noch immer keine Partnerin in seinem Leben hatte. Bemühte er sich zu sehr?

„Wohin gehen Sie am liebsten?"

Trevor kehrte in die Realität zurück und hatte den Anstand, rot zu werden. „Entschuldigen Sie bitte. Was haben Sie mich gerade gefragt?"

„Ihr Lieblingsreiseziel." Die Rothaarige lächelte noch immer, schien aber nun leicht verunsichert.

„Darüber habe ich nie nachgedacht", sagte Trevor. „Ehrlich gesagt, ich schätze, wo immer ich gerade Urlaub mache, ist mein Lieblingsort. Nicht dass ich so oft überhaupt Urlaub machte. Und Sie?"

„Trevor!" Eine Platinblonde mit Bob kam auf sie zu. Sie umarmte ihn freundschaftlich und küsste die Luft zu beiden Seiten seiner Wangen. Dann hielt sie der Rothaarigen ihre Hand hin. „Hunter Madigan, Immobilienmaklerin." Die Rothaarige war nun völlig entmutigt, schüttelte Hunter die Hand und bat dann, sie zu entschuldigen. „Habe ich was unterbrochen?"

Trevor schüttelte den Kopf. „Nein. Ich glaube eigentlich, ich war nicht gerade der netteste Gesprächspartner für diese junge Dame."

Hunter kicherte. Sie war ein paar Jahre älter als Trevor, definitiv nicht an ihm interessiert, mochte ihn aber genug, um ihn an diesen Sonntagnachmittags-Cocktailstunden für einen Plausch auszuwählen. „Komm schon, Trev. Was ist nun an *ihr* verkehrt? Ich weiß, dass deine Mutter dieser Tage ziemlich verzweifelt ist, eine Dame zu finden, die jünger ist als du und die Klasse, Vermögen und ein gutes Aussehen besitzt. In ihrem Portfolio ist vermutlich kaum noch jemand übrig."

„Vielleicht suche ich eher nach Charakter als nach sozialer Klasse." Trevor hob sein Glas, um ihr zuzuprosten. „Ich werde nie verstehen, warum sie mich so verzweifelt zu verkuppeln sucht."

„Ich kann's dir sagen", grinste Hunter. „Es geht alles nur darum, dass man von sich sagen kann, Großmutter zu sein."

„Grundgütige Waldfee", seufzte Trevor.

„Tja, vielleicht solltest du dir ein präsentableres Zuhause besorgen als deine Penthouse-Wohnung in einem alten, schimmeligen Backsteinbau mit steilen Treppen und ohne

Aufzug. Dann ergibt sich der Rest von selbst. Was meinst du? Ich könnte dir sogar dabei helfen."

Trevor verschluckte sich fast an seinem Gin Tonic. „Meine Güte, Hunter, ich dachte, du hättest einmal nur meine Erlösung im Sinn, und dann ist doch alles nur Geschäft für dich! Charmant."

„Ah, aber du tust mir Unrecht, mein Freund", neckte Hunter. „Denn ein leeres Nest könnte einen Vogel anlocken."

„Ich habe bereits ein leeres Nest, wie du bereits bemerkt hast."

„Kein sehr verlockend attraktives."

„Okay, du hast schon etwas im Hinterkopf. Warum spuckst du's nicht einfach aus?"

„Sagt dir die Familie Lawrence etwas?"

„Du meinst die Leute, nach denen *Lawrence Hall* benannt worden ist? Nicht direkt", sagte Trevor. „Ich glaube, mein Vater hat ihre Testamente aufgesetzt. Und ich habe gehört, dass ihr letzter Sohn in einem der Twin Towers umgekommen ist. Eine absolute Tragödie. Aber das ist so ziemlich alles. Warum?"

„Nun", sagte Hunter, „Morgan Lawrence, die Eigentümerin des Familienwohnsitzes, verkauft und zieht nach New York. Und ich bin die Agentin, die sie gebeten hat, sich um den Verkauf zu kümmern."

„Prima. Glückwunsch. Und nein, kein echtes Interesse."

„Nun, das sagst du jetzt. Denk drüber nach, und ruf mich an. Ich glaube irgendwie, dieses Haus wäre perfekt für dich und eine künftige Mrs. Jones. Und es wäre nur ein geführter Rundgang ohne Verpflichtungen …"

Trevor nickte ablehnend. „Ich denke drüber nach."

„Tu das." Hunter zwinkerte ihm zu. „Wie ich sehe, bringt deine Mutter die rothaarige, junge Dame wieder zurück zu dir. Ich denke, ich mache mich besser aus dem Staub." Und sie verließ ihn, während Theodora ihren Arm sanft bei ihrem Sohn unterhakte.

„Lasst uns im Garten spazieren gehen", schlug Theodora vor, und Trevor stöhnte innerlich, während die rothaarige Dame triumphierend lächelte.

2

Teilung

„Wenn der Boden nicht zu trocken und nicht zu feucht ist, ist es Zeit umzupflanzen. Gehen Sie sicher, dass die Pflanze, die Sie umsetzen möchten, genügend Wurzeln hat. Eine Grabegabel greift in die Erde und hebt die Pflanze heraus. Teilen Sie die Pflanze, ergänzen Sie die Erde mit etwas Kompost, und pflanzen Sie sie an ihrem neuen Standort ein. Gehen Sie sicher, dass alle umgesetzten Pflanzen während der nächsten beiden Jahreszeiten oder bis zu ihrem Anwachsen genügend Wasser erhalten."
(Tipp von Gärtner Joe, Pangea Gardenscapes)

1860

William Stark und Nathaniel Lawrence waren Nachbarn in der Stadt Wycliff. Keine engen Nachbarn, da ihre Häuser weit auseinander standen, das eine in einer waldigen Wiese, das andere in einem sorgfältig kultivierten Garten mit Blumenbeeten. Die Starks mit ihrem Saltbox-Haus pflanzten Hopfen, Kohl und Kartoffeln in ihrem Küchengarten an. Die Lawrences zogen es vor, auf einen Küchengarten zu verzichten, da er ihr Herrenhaus im Kolonialstil so viel weniger großartig hätte wirken lassen. Aber zur Erntezeit brachten die Starks etwas von ihrem Ertrag hinüber, und die Lawrences hatten dafür gesorgt, dass das Heim der Starks während der Saison seinen Anteil Schnittblumen erhielt. Kurz, sie waren recht nachbarschaftlich trotz ihrer unterschiedlichen Vorlieben hinsichtlich ihres Lebensstils.

Nathaniel Lawrences Familie war stolz darauf, von einem der Pilgerväter der Mayflower abzustammen und eine große Plantage in South Carolina verlassen zu haben. Sie hatte eine aristokratische Haltung, die manchmal etwas seltsam hier in einem so rauen Territorium wirkte, wo erst unlängst der Indianerkrieg gekämpft worden war und die Forts immer noch stille Zeugen dieser blutigen Episode waren. Nathaniel und seine Familie waren damals für eine Weile zum Fort Steilacoom geflohen und hatten bei ihrer Rückkehr ihr Zuhause verwüstet vorgefunden. Viele Haushaltsgegenstände waren verschwunden, eine ganze Menge einfach zerstört. Nathaniels Frau Letitia hatte bei dem Anblick geweint, sich aber dann der stählernen Seite ihres Erbes als Südstaatlerin erinnert. Sie hatten, was zerstört worden war, in noch großartigerer Manier wiederaufgebaut. Und ihr Garten war so attraktiv, wie sie ihn nur eben gestalten konnten – ein Schaustück in der Region.

Ihre vier Kinder, Spencer, Amelia, Violet und Carlisle, waren wohlerzogen und sprachen leise. Spencer, der Älteste, war seines Vaters Stolz und Freude und versuchte, seinem Vater als Laufbursche in seinem kleinen Zeitungsbüro in Downtown Wycliff zu helfen. Er würde eines Tages das Geschäft seines Vaters erben. Und Nathaniels Unternehmenspläne waren überragend. Er träumte davon, eine Papiermühle zu besitzen, da der Pazifische

Nordwesten über mehr als reichlich Holz verfügte. Und da beinahe täglich Menschen hereinströmten, würde Nachfrage nach Papier entstehen. Nach einer unglaublichen Menge Papier.

Wilhelm Stark war 1848 aus Deutschland eingewandert. Der damals 24-jährige war Teil der politischen Unruhe gewesen, die eine demokratische, vereinte Nation von Deutschland statt der aristokratischen Splitterregime forderte, unter denen die Menschen litten. Er hatte eine Gruppe Studenten angeführt, war verraten worden und gezwungen gewesen, vor der Geheimpolizei zu fliehen, die die Revolutionäre gefangen setzte. Bei seiner Ankunft in den Vereinigten Staaten war William, wie er sich jetzt nannte, in den kalifornischen Goldrausch geraten und hatte sich einer Gruppe Abenteurer zugesellt, die zerfiel, nachdem man sich nicht über die einzuschlagende Route hatte einigen können. Er war mit einer Gruppe weitergereist, die den Weg nach Oregon gewählt hatte, und erst in Puyallup gelandet, dann in Wycliff, wo er seiner Frau, der hübschen Henrietta, begegnet war. Über sie war nicht viel mehr bekannt, als dass sie einen schnellen, scharfen Verstand besaß und ihre Kinder, Henry and Christine, mit harter Hand großzog.

Nach seiner Ankunft in Wycliff hatte William rasch herausgefunden, dass eines der größten menschlichen Bedürfnisse die Dinge sind, die ihre sinnlichen Sehnsüchte ansprechen. Und da er in seinen Tagen als Student auf manchen revolutionären Slogan mit deutschem Bier getoastet hatte, hatte er sich überlegt, dass die Produktion und der Verkauf seines eigenen Gebräus nicht die schlechteste Geschäftsidee sein würde. Tatsächlich wurde, sobald er die Rezeptur richtig ausgeklügelt und die erste Charge zum Konsum angeboten hatte, seine Hütte am Hafen, großartig „Harbor Pub" genannt, von durstigen Kunden überrannt. Stark Bier wurde eines der beliebtesten Produkte der Gemeinde von Wycliff, und die Hütte wurde bald ein solides Backsteinhaus mit einer Bar, Möbeln, die im Osten fabriziert worden waren, und sogar musikalischer Unterhaltung an Freitag- und Samstagabenden.

Es ist schwer zu sagen, wer beliebter in Wycliff war, der geräuschvolle William Stark mit seiner Brauerei und dem Pub oder der zungenfertige Nathaniel Lawrence, der der aufsteigenden Stadt am Sund Bildung brachte. Beide gehörten ab etwa 1860 zu den großen Arbeitgebern von Wycliff.

Doch dann kam die Nachricht, dass sieben sklavenhaltende Staaten aus der Union ausgetreten waren, und plötzlich ging ein Riss durch die Bürgerschaft Wycliffs. William als überzeugter demokratisch gesinnter Freiheitskämpfer in seinem ehemaligen Vaterland war auf Seiten der Union. Dies war seine neue Heimat. Niemand sollte jemals jemanden versklaven, und die Inaugurationsrede des republikanischen Präsidenten Lincoln, die es nach einigen Wochen in Druckform in den Wilden Westen schaffte, fand bei ihm Anklang.

Die Lawrences allerdings waren entsetzt. Nathaniels älterer Bruder hatte die Plantage ihres Vaters mit hundert Sklaven geerbt. Die Erklärung, dass die Sklaverei beendet werden solle und dass Plantagenbesitzer ihre Sklaven freilassen sollten, bedeutete für alle Lawrences eine wirtschaftliche Katastrophe. Denn Nathaniel erhielt immer noch von seinem Bruder ein jährliches Einkommen, das es ihm erlaubte, mit seiner Frau und den Kindern stilvoll zu leben. In besserem Stil, als es ihm seine kleine Papierfabrik, Druckerei und Zeitung andernfalls erlaubt hätten. Auf einen Brief seines Bruders hin fasste Nathaniel seinen Entschluss.

„Ich muss zurückgehen und ihnen helfen, für unsere Rechte zu kämpfen", erklärte er Letitia. „Stell dir nur vor, wenn nur George und seine Familie auf der Plantage arbeiten. Der Ruin wäre unausweichlich. Von den Folgen marodierender ehemaliger Sklaven ganz zu schweigen, die ihren einstigen Herren zu entreißen versuchen, was ihnen nicht gehört."

Letitia straffte ihre Schultern. „Dann solltest du besser gehen und helfen, das zu sichern, was unser ist." Ihre Stimme war leise, aber fest. „Gott sei mit dir und bringe dich sicher und gesund wieder nach Hause."

So ging Nathaniel Lawrence in den Krieg, den ganzen Weg zurück auf die andere Seite des Kontinents. Seine Briefe sprachen von der Großartigkeit ihrer Mission, ihrer Berechtigung, der Bildung seiner Offizierskollegen. Er sprach von den listigen

Strategien, die ihrem Kommandeur einfielen, um die Soldaten der
Union zurückzuschlagen. Von der Kameraderie nachts an den
Lagerfeuern, der Gastfreundlichkeit der Städte, durch die sie
kamen. Letitia glühte und sprach stolz von seinen
Errungenschaften.

„Es ist eine verlorene Sache", warnte William Stark, als er
eines Tages hörte, wie sie mit Henrietta sprach.

Letitia warf ihm einen eisigen Blick zu. „Es ist der Kampf
um etwas, das rechtmäßig uns gehört. Und kein Affe, der wer
weiß woher kommt und zum Präsidenten gewählt wurde, sollte
irgendjemandem sagen können, was er mit seinem Eigentum tun
soll."

„Ihr redet von menschlichen Wesen, nicht Eigentum",
sagte William. „Es ist absolut falsch, ein anderes menschliches
Wesen zu besitzen. Und sagt nicht die Verfassung, dass alle
Menschen gleich sind?"

„Das gilt nicht für diese Kreaturen. Sie haben nichts zu der
intellektuellen Größe dieser Nation beigetragen", sagte Letitia
hochmütig.

William kratzte sich den Bart. „Ich denke doch." Letitia
sah ihn verächtlich an, aber er fuhr fort. „Wenn sie nicht so hart
arbeiteten, wäre keiner der Plantagenbesitzer in der Lage, seine
Söhne aufs College zu schicken oder seine Töchter zu den Damen
zu erziehen, die sie sind. Ihre Reichtümer und ihre Bildung sind mit
dem Schweiß und Blut von Sklaven erkauft."

„Wie auch immer", sagte Letitia. Ihr fehlten die Argumente. „Und wenn Ihr so darauf versessen seid, unsere Sklaven zu befreien, warum geht Ihr dann nicht und kämpft auf der anderen Seite?"

William erkannte, dass er seine Zeit verschwendete, jemanden bekehren zu wollen, der von der Sache der Konföderierten überzeugt war. Er wandte sich ab und schüttelte ungläubig den Kopf.

Tatsächlich hatten sich auch einige Soldaten aus dem Fort Steilacoom der Südstaaten-Sache angeschlossen, aber die meisten blieben der Union, auf die sie ihren militärischen Eid geschworen hatten, und Washington Territory treu. William hatte seine eigene Revolution fehlschlagen sehen. Das hatte seinen ganzen Lebensweg verändert. Er war nicht willens, die Zukunft seiner Familie im Kampf zu riskieren wegen der Torheit einiger Sklavenhalter, die sich einer präsidialen Order widersetzten. Ihm war egal, ob Letitia ihn für widersprüchlich oder feige hielt. Er wünschte mitunter, er hätte das soziale Ansehen der Lawrences gehabt. Niemand hier drüben wusste von seiner Vergangenheit als Jurastudent. Sie sahen den Brauer in ihm, nicht mehr. Er hätte Henrietta gern genauso einen schönen Garten geschenkt wie den, durch den Letitia flanierte; ihrer war einer der Notwendigkeit und Arbeit. Aber sein Zuhause war ein glückliches. Und sein Geschäft blühte – obwohl er nie die Hebel des Gesetzes bewegte, war er zumindest an denen seiner Zapfanlage erfolgreich.

Dann kam 1863. Washington Territory wurde neu organisiert und verlor die Region östlich des Snake River an das neu gegründete Territory of Idaho. Aber größere Nachrichten trafen ein, als der Juli kam. Nachrichten aus dem Osten, wo in der Stadt Gettysburg eine entscheidende Schlacht stattgefunden hatte und zum Wendepunkt im Bürgerkrieg geworden war, der dort tobte und den Pazifischen Nordwesten so gut wie gar nicht berührte. Aber sie warf ihren Widerschein auf jene Familien, die einen geliebten Menschen in den Krieg geschickt hatten. Wochen vergingen für Letitia ohne Brief von Nathaniel. Und die standhafte Südstaatlerin wurde immer grauer im Gesicht. An manchen Morgen verließ sie nicht mehr ihr Haus, weil ihre Augen rotgerändert waren, und das wäre dasselbe gewesen, als hätte sie offiziell zugegeben, dass ihr Mann in einer verlorenen Sache untergegangen war. Äußerlich bewahrte sie ihre stolze Haltung und hielt störrisch an dem Mythos glorreicher Südstaaten fest.

Dann war der Krieg vorbei, und nach einigen Monaten kehrten die ersten Veteranen heim. Verstümmelt, hager, zerlumpt – die Soldaten, die so zuversichtlich ausgezogen waren, um sich den Konföderierten anzuschließen, kamen zerbrochen und desillusioniert nach Hause.

Eines Tages klopfte solch ein ausgemergelter Mann an Letitias Haustür. Als sie öffnete, erriet sie die Nachricht sofort. Sie nickte fest. Sie bat den Veteranen zum Mittagessen herein. Sie spielte ihre Rolle als perfekte Gastgeberin aus den Südstaaten. Aber als er ging, zog sie sich in ihr Schlafzimmer zurück, das zu ihren Lebzeiten nie wieder einen Ehemann beherbergen würde.

Als die Starks die Nachricht hörten, sandten sie die kleine Christine täglich mit Aufläufen hinüber, so dass die Münder drüben im Hause Lawrence während der ersten Zeit der Trauer gefüttert wären. Henrietta ging selbst hinüber, um zu sehen, wie es den Kindern und Letitia ging. Sie kehrte bleich und gequält zurück.

„Sie haben ihre Plantage in South Carolina verloren", berichtete sie William. „Sie wurde niedergebrannt." William knurrte etwas. „Nathaniels Bruder ist in einem der nördlichen Gefängnisse gestorben, und seine Witwe hat das Land verkauft und ist wieder zu ihren Eltern gezogen."

William starrte blicklos in die Ferne. Dann erhob er sich aus seinem Sessel und ging hinaus, um nach seinem Hopfen zu sehen. Die Union war wiederhergestellt. Die Sklaven waren befreit. Aber zu welchem Blutpreis?! Er seufzte.

„Der Mensch ist des Menschen Wolf", murmelte er vor sich hin und blickte hinüber zu dem hübschen Garten der Lawrences, der von welkenden Junirosen und der Vernachlässigung durch Trauer erfüllt war. Schließlich ging er zum Nachbarhaus hinüber.

Letitia öffnete die Tür und sah ihn mit hasserfüllten Augen an. „Kommt Ihr, um Euch hämisch über unser Schicksal zu freuen?" fragte sie heiser. „Nach dem Motto ‚Ich hab' es ja gesagt'?"

William schüttelte wie benommen den Kopf. „Ich bin gekommen, um Euch in diesen schlimmen Zeiten, die Ihr durchlebt, Unterstützung anzubieten."

„Ich brauche Eure Almosen nicht, William Stark. Und auch nicht Euer Mitleid." Und Letitia schlug ihm die Tür vor der Nase zu.

Am nächsten Tag, als die kleine Christine wieder mit einem Auflauf hinübergeschickt worden war, kehrte sie unverrichteter Dinge wieder zurück. Letitia hatte ihr fest erklärt, sie solle zurückgehen und nie wieder auf ihrer Schwelle erscheinen.

Danach zog sich Letitia immer mehr zurück. Sie versuchte, ihr Zuhause in Ordnung und den Garten hübsch zu halten. Aber die Lebenslust hatte sie offenbar verlassen. Ihre Kinder gingen wieder zur Schule, und sie übernahmen ihre Pflichten daheim. Spencer trat mit 15 Jahren an die Stelle seines Vaters in der Druckerei und der Papiermühle; Letitia verkaufte die Zeitung.

Es gab eine monatliche Überweisung auf Letitias Bankkonto, ungefähr in der Höhe der einstigen Einnahmen der nun verlorenen Plantage, wie ein betrunkener Bankangestellter eines Abends mit gelöster Zunge im Harbor Pub verraten hatte.

Aber sie stamme gewiss nicht aus South Carolina, sondern von einer anonymen Quelle in Wycliff.

„Ihr solltet Bankgeheimnisse für Euch behalten", schimpfte William Stark, und der Angestellte schrumpfte in sich zusammen. *„Es geht Euch nichts an, sondern nur die Bank."*

Einige Leute schworen, die anonyme Quelle sei Stark selbst, der dafür bekannt war, dass er menschliches Leben über politische Meinungen stellte.

*

Morgan Lawrence war in ihren späten Fünfzigern. Sie war eine gutaussehende Dame mit großen, seelenvollen braunen Augen und ergrauendem, welligem Haar. Aber sie lächelte selten, und die Trauerkleidung, die sie trug, sagte alles. Sie war in tiefer Trauer um ihren Mann und, seit dem Terroranschlag auf das World Trade Center, um ihr einziges Kind, John Jr.

Er hatte nicht einmal ein Büro in den Twin Towers gehabt; er war dorthin gegangen, um jemanden über einem Frühstück zu interviewen. Dann war das erste Flugzeug eingeschlagen. Für Morgan war danach jeglicher Sinn des Lebens hier in Wycliff verschwunden. Sie verstand sich nicht wirklich mit ihrem Bruder nebenan; sie waren charakterlich und in ihrer Weltanschauung zu unterschiedlich. Ihre Schwägerin tat ihr Bestes, zwischen ihnen beiden zu vermitteln, schaffte es aber bestenfalls, die Ausbrüche ihres Mannes zu mildern. Morgan hatte durchgehalten. Aber zuletzt hatte sie überlegt, was sie sich vom Leben erwartete, da sie sich festgefahren fühlte. Zehn lange Jahre nach dem brutalen Tod ihres Sohnes hatte sich Morgan entschieden, Wycliff zu verlassen und an die Ostküste zu ziehen, wo ihr Enkelkind aufwuchs.

Sie hatte Hunter Morgan gebeten, das Haus mit seinem wundervollen Garten für sie zu verkaufen und die Veränderungen vorzunehmen, die sie als notwendig empfände, das Anwesen attraktiver zu machen. Hunter hatte das Haus begutachtet und einige Dinge wie die altmodischen Kamine als einzige Wärmequellen, die zerkratzten Küchenarmaturen und die abgetretenen Fußböden missbilligt. Sie hatte die Stirn gerunzelt ob des Gartens im französischen Stil und der unpassenden massiven Steinmauer. Und sie hatte eine Liste all der Veränderungen aufgestellt, die vorgenommen werden mussten, um das Haus auf den Markt zu bringen und schnell zu verkaufen.

Heute Morgen trank Hunter mit Morgan Tee im Salon des Lawrence-Hauses, einem altmodischen Zimmer, das ein wenig angestaubt wirkte mit seinen Polstermöbeln, Schnickschnack und Potpourri-Schalen. Sie warteten auf Thomas Delaney, Wycliffs renommiertesten Landschaftsgärtner, und Astrid Lund, eine deutsche Innenarchitektin, die für ihren europäischen Einrichtungsstil in und um Wycliff recht bekannt geworden war. Hunter wollte, dass beide gemeinsam an der Umgestaltung arbeiteten, um ein stimmiges Konzept für Haus und Garten zu erzielen.

Tom erschien pünktlich um neun Uhr. Es war ihm immer wichtig, pünktlich und gut vorbereitet zu sein. Er hatte bereits die seltsame Steinmauer in Augenschein genommen, die eher wie eine immense Ansammlung von Steinen aussah als wie ein architektonisch ausgeklügeltes Konstrukt. Er schüttelte Morgan und Hunter die Hand und nahm eine Tasse Kaffee an. Astrid kam fünf Minuten später an, entschuldigte sich überschwänglich und war offensichtlich etwas aus der Fasson. Ihre Augen verrieten, dass sie vor kurzem geweint hatte, und Morgan warf Hunter einen fragenden Blick zu, ob ihre angeheuerte Spezialistin der Aufgabe gewachsen sein werde. Hunter lächelte nur breit und ignorierte Astrids seelisches Ungemach. Ein Profi musste jederzeit funktionieren, und Astrid war einer. Dessen war sie sich sicher. Obwohl sie heute Morgen bereits einen Fehler gemacht und den Mythos deutscher Pünktlichkeit verraten hatte.

„Wir müssen über ein paar Dinge sprechen, die definitiv geändert werden müssen", eröffnete Hunter die Konferenz und schob eine Strähne ihres platinblonden Bobs zurück. „Und ich brauche von euch beiden Kostenvoranschläge. Der wichtigste Punkt für mich ist, dass wir das Aussehen des Hausinneren an das des Grundstücks anpassen und umgekehrt."

„Ich sehe die Steinmauer als einen wesentlichen Punkt, der geändert werden muss", bemerkte Tom. „Sie ist, entschuldigen Sie meine Unverblümtheit, Mrs. Lawrence, ein Schandfleck. Sie passt weder zu Ihrem wundervollen Backsteinbau und all den dekorativen Elementen des Gebäudes noch zu Ihrer Gartengestaltung. Ich bin mir nicht einmal sicher, ob es sich um ein legales Konstrukt handelt."

Morgan nickte. „Sie ist, denke ich, spontan entstanden."

„Es muss sich um eine ziemlich lange Spontanität gehandelt haben", lachte Tom leise. „Verläuft sie bis zum Ende Ihres Grundstücks?"

„Tut sie", bestätigte Morgan. „Die Person, die sie gebaut hat, wollte sicherstellen, dass buchstäblich niemand von der anderen Seite je die Grundstücksgrenze übertreten könnte. Ein persönlicher Groll von massivem Ausmaß."

„Tja, es wird eine Weile dauern, all die Steine wegzuräumen, und leider sind sie nicht die Gartenbau-Sorte, die ich verwende – also werden wir sehen müssen, ob sie ein Entsorgungszentrum annimmt. Oder vielleicht ein Geschäft, das mit dieser Sorte Gestein etwas anfangen kann. Aber es ist machbar, keine Sorge." Tom sah Hunter beruhigend an. Hunter nickte.

„Da dies ein Herrenhaus im Kolonialstil ist", bemerkte Astrid, „sollte die Landschaftsgestaltung eher diese amerikanische Ära widerspiegeln als die Mode des barocken Frankreichs."

„Stimmt", sagte Tom. „Die Symmetrie der Beete ist steif, und der Beschnitt der Bäume und Büsche widerspricht der Natur der Pflanzen vollkommen. Ehrlich gesagt, bin ich überrascht, dass sie überhaupt überlebt haben."

Morgan runzelte die Stirn. „Ich hatte einen Landschaftsgärtner hier, der sich um alles gekümmert hat."

„Nun, es gibt Landschaftsgärtner und Landschaftsgärtner", seufzte Tom. „Manche gehen mit der Mode, manche mit der Natur. Als Gärtnermeister ziehe ich es vor, *mit* den Pflanzen zu arbeiten, nicht gegen sie. Das bedeutet allerdings nicht, dass Ihr Garten deshalb unordentlich aussehen würde."

„Ich hatte keine Ahnung, dass er meinen Garten hätte abtöten können! Ich fand, es sah recht nett und stimmungsvoll aus", verteidigte Morgan ihren früheren Landschaftsgärtner. Dann schien sie sich zu erinnern, was der Zweck des Projektes war, und gab nach. „Aber tun Sie, was Sie für richtig halten. Sie sind offensichtlich der Profi, während ich nur der Betrachter bin. Und nicht einmal das noch lange."

„Ich würde auch etwas Moderneres im Hausinnern vorschlagen", sagte Astrid und warf ihr blondes Haar zurück. Morgan hob die Brauen. „Obwohl das Äußere wunderbar traditionell ist, denke ich, dass jeder, der das Haus kaufen möchte, es geräumiger wünscht."

„Falls Sie von offener Raumaufteilung reden, ich werde dafür nicht bezahlen!" stellte Morgan fest. „Das ist eine Modeerscheinung, die anhalten mag oder auch nicht. Letztlich brauchen Menschen ab und zu ihre Privatsphäre. Und das lässt sich nur mit Türen erreichen, die man hinter sich schließen kann. Auch ziehe ich es vor, wenn Küchengerüche da bleiben, wo sie hingehören – in der Küche. Und das Geräusch einer Spülmaschine stört definitiv, wenn man sich einen Film ansieht oder Musik hört."

„Aber offene Raumaufteilung ist derzeit so gefragt. Die Leute wollen zusammen sein …" Astrid stockte. Morgan blickte sie streng an. „Okay, ich schätze, die Raumaufteilung bleibt, wie sie ist. Ich würde vorschlagen, diese schweren Vorhänge abzunehmen und durch etwas Luftigeres zu ersetzen, um eine visuelle Verbindung zwischen Hausinnerem und Garten zu knüpfen. Auch schlage ich ein nordisches Farbschema vor, da die Winter im Pazifischen Nordwesten lang und dunkel sind. Ein helles Interieur hellt die Stimmung auf."

„Es könnte sicher einen Anstrich vertragen", stimmte Morgan zu. „Auch denke ich, dass der Boden bearbeitet werden muss."

„Sie werden vielleicht auch das Heizungssystem des Hauses ändern wollen", schlug Hunter vor.

„Es gibt kein System," lächelte Morgan grimmig und sah eine Menge Investitionen in ihr Haus voraus, bevor es noch auf den Markt kommen würde. „Es sind alles offene Kamine."

„Genau", lächelte Hunter. „Vertrauen Sie mir, das ist alles machbar, und es macht das Haus bestimmt für jeden Käufer attraktiver. Es bedeutet nicht, dass wir alle Kamine und Schornsteine einreißen müssen. Ich bin mir ziemlich sicher, dass Astrid ein paar gute Ideen hat, was man damit machen kann, und vielleicht kann man ein oder zwei sogar in ihrer ursprünglichen

Verwendung belassen. Und was die Kosten des Ganzen angeht: Die werden sich amortisieren, sobald das Haus verkauft ist."

„Könnte ich bitte einen näheren Blick auf den Garten werfen, während Sie das Interieur diskutieren?" fragte Tom. Er fühlte sich ein wenig wie das sprichwörtliche fünfte Rad am Wagen, und es juckte ihn in den Fingern beim Gedanken, ein großes Grundstück mit anscheinend großem Potenzial zu bearbeiten. Er erhob sich.

Morgan nickte. „Sie finden sich sicher zurecht", sagte sie. „Vom Esszimmer drüben gibt es einen direkten Zugang." Sie wies ihm die Richtung.

Tom ging hindurch und öffnete die Flügeltüren, die in den Garten führten. Draußen atmete er tief ein. Er fühlte sich in den kleinen Räumen älterer Häuser nie richtig wohl. Vielleicht weil sie sich stickig anfühlten. Vielleicht wegen seines Umfangs. Vielleicht, weil es darin für ihn einfach nichts zu tun gab.

Die Gartenwege waren geschottert. Die Beete waren durch Steinblöcke begrenzt. In einer Ecke des Gartens gab es sogar eine steinerne Bank.

„Viel zu viel Stein hier", grübelte er halblaut. „Der Boden muss atmen können. Der Natur muss man Raum geben."

Tom ging zur Steinmauer hinüber und überprüfte ihre Festigkeit. Die Mauer war ohne Mörtel gebaut worden. Zumindest würde diese Tatsache das Abtragen einfacher machen trotz der wahnsinnigen Menge der Steine. Tom folgte der Mauer in den Garten. Während der Garten diesseits der Mauer sorgfältig entworfen war, waren jenseits Büsche und Bäume gewachsen. Dann erspähte er hinter einem breiten Erdbeerbaum eine verfallene Holzkonstruktion. Sie sah wie die Überreste einer Blockhütte aus, und die Steinmauer verlief genau durch ihre Mitte. Aber jemand hatte daran gearbeitet, die Mauer auf der Veranda niederzureißen. Es sah aus, als habe jemand über die Mauer nachgedacht und auf die andere Seite durchbrechen wollen.

„Interessant", murmelte Tom. „Ich frage mich, was für eine Geschichte dahintersteckt." Er kratzte sich an der Stirn und berührte das verrottete Holz. „Das muss auch weg. Selbst wenn es vermutlich historisch ist. Aber in diesem schlechten Zustand macht es keinen Sinn, es zu behalten."

*

Tiffany war heute Morgen unglücklich. Thomas war der süßeste Mann in ihrem Universum, und er verdiente eine so viel bessere Frau. Nicht, dass er jemals jemanden anders ansah, aber Tiffany wusste, dass ihr Umfang nicht gerade zu ihrer Attraktivität beitrug. Sie beschwindelte nicht einmal sich selbst. Ihr Dreifachkinn und ihre Kleidung in Übergrößen hatten ihr schon seit einer Weile wieder zu schaffen gemacht. Wieder, weil sie in ihren früheren Ehejahren Diäten gemacht und alles versucht hatte, abzunehmen. Bis Thomas sie gestoppt hatte, weil er beobachtet hatte, wie sie mit jeder Diät, die fehlschlug, mürrischer wurde.

„Tom verdient meine Bemühung", entschied sie, als sie von der Waage stieg und in den Spiegel blickte. Ihr gefiel nicht, was sie sah, und sie wusste, dass sie etwas an ihrem Gewicht ändern musste, nicht nur wegen ihres Aussehens, sondern mehr noch wegen ihrer Gesundheit. „Ich werde anfangen zu laufen", entschied sie. „Und ich werde eine Superfood-Diät versuchen. Zumindest kann man auch durch Essen Gewicht verlieren."

Wehmütig verzichtete sie auf ihre übliche Ladung Zucker in ihrem Morgenkaffee. Die schwarze Bitterkeit ließ ihren Mund sich zusammenziehen, und sie zog ein Gesicht. „Falsche Sorte Getränk", entschied sie. „Es muss etwas besserschmeckendes Kalorienarmes geben." Sie kramte in einem ihrer Küchenschränke, aber alles, was sie fand, war ein einzelner Teebeutel gegen Verstopfung und ein Tütchen rosa Limonade. Letzteres warf sie weg. Kein überflüssiger Zucker mehr, beschloss sie.

Als sie wenig später an ihrem Büro-Schreibtisch saß, immer noch mit dem Becher Kaffee, der nun kalt war, versuchte sie, sich mit Toms Arbeitsplan zu beschäftigen. Er würde sie später anrufen und sie wissen lassen, wie die Besprechung mit Morgan Lawrence gelaufen war und ob er die Arbeit annehmen würde. Dann müsste sie sehen, wie er den Zeitaufwand einschätzte, wieviel Mühe es machen würde, und sie würde die angemessene Zahl der Arbeitsstunden und Mitarbeiter zusammentragen, um einen Kostenvoranschlag zu schreiben.

Das Telefon klingelte. Sie antwortete sofort. „*Delaney &*
Delaney Landscaping, Tiffany am Apparat.“

„Hallo, hier ist Dottie“, drang eine fröhliche Stimme mit
leichtem deutschem Akzent an ihr Ohr. „Wir haben gerade eine
Lieferung Lindt-Trüffel hereinbekommen. Die einzeln
verpackten, weißt du? Ich wollte dir nur Bescheid geben, dass wir
ein paar neue Geschmacksrichtungen haben. Ich weiß, du magst
sie. Also dachte ich mir, ich lasse es dich wissen und ob du die
neuen Sachen probieren magst.“

Tiffany stöhnte. Dottie war in Sachen Essen ihre Nemesis.
„Danke, Dottie“, sagte sie, während sie spürte, wie ihr schon das
Wasser im Mund zusammenlief. „Ich muss diesmal verzichten.
Ich bin auf Diät.“

„Oh! Schön für dich. Aber übertreibe es nicht. Wir mögen
dich alle genau, wie du bist.“

„Ja, fett und hässlich“, erwiderte Tiffany bitter.

„Du bist nicht fett. Du bist nur ein bisschen runder als
andere. Und du bist ganz sicher nicht hässlich. Du hast das
wärmste Lächeln der Welt, und außerdem bist du noch weise.“

„Ja, frag mich nicht, wie oft ich das alles schon gehört
habe. Dass wirkliche Schönheit von innen kommt und so weiter
und so fort. Es hilft mir aber nicht, wenn ich auf meine Waage
sehe. Oder auch in den Spiegel. Ich bin nicht blind.“

„Du bist viel zu hart zu dir selbst.“

„Wohl kaum", seufzte Tiffany. „Wirst du Bankrott anmelden müssen, wenn ich diesen Monat keine Trüffel mehr kaufe?"

Dottie kicherte. „Das bedeutet nur, dass für meine anderen Kunden mehr übrigbleibt. Nur ein Scherz. Na, ich muss dann mal wieder. Wir müssen vor Mittag die Kisten weggeräumt und unsere Regale so schnell wie möglich neu eingeräumt haben. Tschüs!"

Tiffany hörte, wie die Verbindung wegklickte, bevor sie antworten konnte. Keine Trüffel diesen Monat. Sie hatte sich jetzt verpflichtet. Naja, lockte sie ihr innerer kleiner Teufel. Nur nicht von *Dottie's Deli*. Sie konnte sie immer noch bei *Nathan's* kaufen. Oder bei einer der großen Ketten. Niemand dort wusste von ihrem Gespräch mit Dottie. Noch würde es irgendwen dort kümmern.

„Ruhe", schalt Tiffany sich selbst. „Ich schaffe es auch ohne. Diesem Monat fehlt bereits eine Woche, und es kommen nur noch drei weitere Wochen. Ich *kann* drei Wochen ohne Trüffel schaffen."

Sie wechselte von ihrem Büroprogramm zu ihrer Suchmaschine und suchte nach schnellem Abnehmen und Diät. Sie hatte all das schon einmal getan. Aber dieses Mal war sie unerbittlich. Sie würde es tun. Sie konnte es tun. Sie musste es tun.

„Ananas", sagte sie zu sich selbst. „Das könnte ich versuchen." Obwohl sie sich nicht einen ganzen Tag nur mit Ananas vorstellen konnte. „Papaya. Avocado. Ich frage mich, ob Guacamole ebenfalls als Superfood zählt?" Sie lachte leise und spürte, wie ihr Kinn schwabbelte. „Je nun, ich kann's zumindest versuchen."

Dann wechselte sie zurück zu ihrer Bürodatei, die ihren jüngsten Gartenentwurf für einen Kunden bei Tacoma enthielt. Sie blinzelte kritisch auf den Monitor. „Nur einheimische Pflanzen", entschied sie und löschte die drei Palmen, die sie in ihren 3D-Plan gesetzt hatte. Stattdessen pflanzte sie ein paar Koniferen und kreierte dann einen gepflasterten Sitzbereich mit offener Feuerstelle. Geistesabwesend nahm sie eine Praline von einem Teller, der neben ihrem Monitor stand. Sie merkte erst, dass sie kaute, als sie das Stück schlucken wollte. Sie vergrub ihr Gesicht in den Händen.

„Okay", sagte sie. „Okay. Keine Pralinen mehr. Keine. Pralinen. Mehr. Ich fange mit meiner Diät morgen an."

*

Es gab nie eine gute Zeit für schlechte Nachrichten. Der Anruf kam gerade, als Ozzie seinen Pfannkuchenteig in die Bratpfanne gegossen hatte, während die Pilzsauce, die dazugehörte, schon fertig in einem Topf auf einer anderen Platte stand. Wenn er schon seine Frau nicht bei sich haben konnte, konnte er zumindest eines ihrer typischen Gerichte zubereiten. Ozzie schaltete die Platten aus – so viel zu einem ruhigen Abendessen – und schnappte sein Telefon. Er runzelte die Stirn, als er die Nummer erkannte.

„Hallo?"

„Hey, Wilde," sagte sein First Sergeant mit ruhiger, zu ruhiger Stimme.

Und da wusste Ozzie, dass es schlechte Nachrichten waren. First Sergeants rufen einen nicht an einem dienstfreien Wochenende an. Ozzie seufzte innerlich.

„Sie möchten vielleicht lieber sitzen", fuhr der First Sergeant fort.

„Sir", sagte Ozzie, folgte und setzte sich auf einen Küchenschemel.

„Einer Ihrer Senior Airmen hatte letzte Nacht einen schweren Unfall."

„Wer?"

„Todd Winger."

Ozzie fühlte Adrenalin durch seinen Körper schießen. Todd war nicht nur ein großartiger Kerl in der Wartung; er war auch eine wunderbar verlässliche Person mit gutem Sinn für Humor. Auch immer willens, Extraeinsatz zu zeigen.

„Was ist passiert, Sir?"

„Ihm ist jemand anders in Seattle seitlich in den Wagen gefahren. Anscheinend Alkoholmissbrauch am Steuer. Sie mussten die Rettungsschere verwenden, um ihn aus dem Wrack zu ziehen. Er starb noch vor Ort. Seine Mitfahrer haben überlebt; einer von ihnen ist in kritischem Zustand." Der First Sergeant schluckte. „Das Leben ist so ironisch. Er war der designierte

Fahrer, der die anderen sicher nach Hause bringen sollte. Seine Frau ist mit einem gebrochenen Arm davongekommen."

Ozzie legte sein Gesicht in seine freie Hand. Es war schlimmer als ironisch. Winger hatte erst gerade eine junge Frau aus Texas geheiratet. Sie war seine Schülerliebe, ein hübsches Mädchen, voll Frohsinn und kreativer Ideen, die sie Ozzies Einheit als Key Spouse, also als zivilistische Verbindungsfrau beisteuerte. Und obwohl jeder wusste, dass sie gern jederzeit wieder das sonnige, warme Texas gegen den grauen, nieseligen Pazifischen Nordwesten eingetauscht hätte, hatte sie sich im ersten Ehejahr zusammengerissen und die neue Erfahrung, eine Militär-Ehefrau im Evergreen State zu sein, mit beiden Händen angenommen. Todd war so stolz auf sie. Gewesen, korrigierte sich Ozzie innerlich. Gewesen. Er versuchte, diese neue Realität zu begreifen.

„Ist sie im Krankenhaus oder daheim?" fragte Ozzie vorsichtig.

„Sie ist daheim", sagte der First Sergeant. „Die Lead Key Spouse, die ihre beste Freundin ist, und ich sind gerade bei ihr. Dachte, Sie wollten vielleicht auch rüberkommen."

Ozzie stand auf und ging wieder an den Herd. Er nahm die Teigschüssel und stellte sie in den Kühlschrank, während sein First Sergeant ihm die Adresse durchgab.

„Oh, und Wilde …"

„Sir?"

„Fahren Sie vorsichtig. Wir brauchen nicht noch ein Opfer."

„Ja, Sir." Klick. Die Leitung war tot.

Ozzie schüttelte den Kopf, um die Benommenheit aus seinem Gehirn zu vertreiben. Wie schnell und gnadenlos Glück sich ändern konnte. Hier hatte er den jüngeren Mann beinahe um das Glück beneidet, das er mit seiner jungen Braut genoss, während er immer noch darauf wartete, dass seine Frau zu ihm komme. Er hatte es als unfair empfunden, dass die Ehefrau eines Militärs, die schon so viele Hürden genommen hatte, dasselbe Prozedere durchlaufen musste wie Hinz und Kunz, um ihr Einwanderungsvisum zu erhalten. Todd Winger hatte seine junge Frau letzten Herbst auf den Soziussitz seines Motorrads gepackt und war mit ihr bis hinunter nach Monterey gefahren. Er hatte sie auf der Weihnachtsfeier der Einheit stolz vorgezeigt. Er hatte sie seine neuen Abzeichen anbringen lassen, als er befördert worden war. Es hatte so geschienen, als habe er alles. Und jetzt war er tot.

Sollte er zu diesem schwierigen Besuch seine Uniform tragen? Uniform, entschied Ozzie. Er hatte Todd gemocht, aber er war als sein Vorgesetzter angefragt worden. Sie waren keine engen Freunde gewesen. Zivilkleidung mochte in Ordnung sein, aber er spürte, dass es als unterstützender empfunden wurde, wenn er im Kampfanzug kam. Er zog sich rasch um. Kampfhose, T-Shirt, Jacke, Stiefel, die Gummibänder mit Haken an den Enden, die seine Hosen an ihrem Platz an den Knöcheln hielten. Er schnappte seine Mütze vom Kleiderständer im Flur. Hatte er den

Herd abgeschaltet? Er stürzte noch einmal zurück und sah nach. Natürlich hatte er.

Er setzte seine Mütze auf, ging hinaus und schloss die Haustür ab. Verflixt, jetzt würde er vermutlich Emmas Sonntagsanruf verpassen! *Die* Sache, die seinen neuen Wochenbeginn markierte und ihn in seiner Einsamkeit aufmunterte. Sei nicht so egoistisch, schalt er sich. Jemand anders hat gerade den Mann verloren. Und sie saß daheim, umgeben von Fremden, die versuchten zu helfen, aber ihr den Schmerz nie nehmen können würden. Während irgendwo in Seattle jemand anders vermutlich langsam seinen Kater überwand und begriff, dass er jemanden umgebracht hatte, weil er verantwortungslos betrunken Auto gefahren war.

*

„Das sind einige meiner neuesten."

Phoebe Fierce öffnete ein riesiges Portfolio und ließ es Harlan und Mark ansehen. Harlan Hopkins und Mark Owen waren die Eigentümer der *Main Gallery* an Wycliffs Main Street, nach der sie benannt worden war. Die beiden hatten gemeinsam an einer Kunstschule in Seattle studiert und nach ihrem Abschluss beschlossen, eine Galerie zu eröffnen. Eine richtig schicke, die nicht nur Stadtgespräch wäre, sondern regional bekannt. Und es war ihnen gelungen.

Erst vor wenigen Monaten hatte sich Harlan mit einer der bestaussehenden Frauen der Stadt verlobt, Margaret Oswald, der Besitzerin des angesagten Damenmodegeschäfts *La Boutique*. Marks Frau half meist bei den Vernissagen. Und jetzt gerade planten sie so eine Vernissage. Phoebe Fierce hatte schon einmal bei ihnen ausgestellt. Sie war eine junge Malerin. Und ihre Arbeiten würden in den geräumigen Räumlichkeiten der Galerie von ihrer besten Seite präsentiert werden.

„Die hier sind ganz anders als die letzten Stücke, die wir von dir hier hatten", bemerkte Harlan. „Diese sind eher … etherisch in Farbe und Ausdruck." Er war extrem groß und recht gutaussehend mit seinem dichten blonden Haar und freundlichen grauen Augen.

Mark, sein munterer Partner, war eher kurz und glatzköpfig, und sein goldenes Herz ließ ihn vielversprechenden Debutanten immer eine Chance geben. Aber dieser Tage gab es nur wenige Debutanten, da alle jungen Menschen auf den Zug von Technologie und Naturwissenschaften aufzuspringen schienen. Phoebe und ihre Kunst waren so etwas wie eine Garantie, die sogar manchen Kunden aus Seattle herbeilocken würde. Ihr Gebiet war abstrakte Malerei. Und das zog eine betuchte Menge an, die sich als modern, puristisch und als Kenner betrachtete.

„Ich verstehe, warum du dieses hier ‚Ballerinas' genannt hast", sagte Mark und deutete auf einen Druck, der auf der Spitze stehende Dreiecke zeigte. „Mir gefällt, dass du ihnen richtige Namen gibst und sie nicht ‚Abstrakt Nr. X' nennst."

Phoebe lachte silberig. Sie hatte eine elfenhafte Figur und ein beinahe engelsgleiches Gesicht, das von langen blonden Locken eingerahmt wurde. Abgesehen davon kleidete sie sich auf ungewöhnliche Weise, die einer anderen Ära zu entstammen schien. Sie war völlig natürlich und schätzte Ehrlichkeit mehr als alles andere in einem Menschen. „Ich fürchte, ich verlöre den zahlenmäßigen Überblick", gab sie zu. „Das ist der einzige Grund."

Mark lachte. „Ich vermute, sie kommen ungerahmt?"

„Stimmt. Ich denke, das verbindet sie besser mit ihrer Umgebung in einem Haus. Ein Rahmen schafft eine Begrenzung und macht ein Bild eher zu einem Störer als zu einem Feng-Shui-Element."

„Feng Shui, hm?" nickte Harlan. „Daran habe ich bei einem Gemälde tatsächlich noch nie gedacht. Aber du magst recht haben. Vielleicht scheinen deshalb manche Bilder besser in ein Haus zu passen als in ein anderes."

„Es könnte sein, dass sie hineinpassen, aber besser an einem anderen Ort hingen. Vielleicht sind sie an einem Platz, der zu vollgestopft ist. Vielleicht passt der Stil des Zimmers nicht." Phoebe nahm die Rolle von Gemälden offenbar sehr ernst. Mark nickte Harlan zu und lächelte. „Was meint ihr?"

„Wir nehmen die Originale des gesamten Portfolios." Harlan hielt Phoebe seine Hand hin, um den Handel zu besiegeln. Phoebe lächelte breit. „Wie schnell kannst du liefern? Und wäre dir nächste Woche Freitag für die Vernissage recht?"

„Das klingt perfekt", sagte Phoebe. „Ich kann die Bilder übermorgen Abend vorbeibringen." Sie brach ab und lächelte. „Als ich letztes Mal hier war, bin ich einem ziemlich charmanten, wenn auch etwas zerstreuten Mann unter euren Kunden begegnet. Ihr wisst nicht zufällig, wer er ist, und könntet ihn einladen?" Sie blickte die beiden Galeristen hoffnungsvoll an.

„Charmant und zerstreut?" Mark grinste. „Das muss ich gewesen sein." Er lachte leise.

„Pf", machte Harlan, und seine Augen funkelten fröhlich. „Aber im Ernst, du musst uns den Mann schon besser beschreiben. Da war eine ganze Reihe hier."

„Nun, er war größer als ich …"

„Was vermutlich fast jeder ist", unterbrach Mark und lachte. Dann wurde er wieder ernst. „Entschuldigung."

„Er hatte blondes Haar, blaue Augen und Grübchen." Mark und Harlan blickten immer noch ratlos. „Und er sagte, er warte auf eine Verabredung oder so."

„Trevor Jones", sagten beide Männer gleichzeitig. Mark verdrehte die Augen.

„Was stimmt mit ihm nicht?" fragte Phoebe.

„Nicht mit ihm, Liebes", sagte Harlan. „Er ist immer noch Single, falls du das wissen wolltest. Und seine Mutter versucht, ihn mit jeder guten Partie, die sie oder ihre Freundinnen kennen, zu verbandeln. Bisher vergebens. Ich denke, nach ein paar schrecklich fehlgeschlagenen Versuchen seinerseits hat er sich so ziemlich aufgegeben."

„Zumindest ist er aus seinem Elternhaus ausgezogen", fügte Mark hinzu. „Das macht es Theodora etwas schwerer, das Sagen zu haben."

„Theodora – ist das seine Mutter?" Die Männer nickten. „Sie klingt entmutigend."

„Ist sie auch", sagte Harlan. „Sei also vorgewarnt: Wenn du dich auf Trevor einlässt, musst du seine Mutter einkalkulieren."

„Bist du immer noch sicher, dass du uns gerade ihn einladen lassen willst?"

„Ja, bitte!" Phoebe errötete. „Ich meine, ich habe ihm meine Karte gegeben, und er hat nie angerufen. Aber ich denke, ich war etwas forsch. Und vielleicht hat ihn das abgeschreckt."

„Du und abschreckend?" Mark schüttelte den Kopf. „Keine Sorge, wir laden ihn ein. Und falls er nicht kommt, schleifen wir ihn hierher."

Phoebe lachte. „Danke. – Wisst ihr, ich freue mich jetzt sogar noch mehr auf die Vernissage. Selbst wenn sich keines meiner Bilder verkauft, kann ich mit potenziellen Kunden erneut Kontakt aufnehmen … Danke für eure Hilfe."

„Keines ihrer Bilder verkaufen, sowas aber auch …" Harlan schüttelte verwundert den Kopf, nachdem die junge Frau mit ihrem Portfolio gegangen war. „Sie werden uns ihre Leinwände von den Wänden reißen, wenn wir sie nicht gut genug befestigen."

„Sie hat mit Sicherheit Talent", stimmte Mark zu. „Was Trevor Jones angeht – ich hoffe, sie weiß, worauf sie sich da einlässt. Er ist ein gutherziger, gebildeter Mann. Aber der Drache von seiner Mutter ließe jeden zittern. Besonders, wenn es um eine Beziehung mit ihrem Sohn geht."

„Aber wenn Phoebe Erfolg hat, ist Trevor vielleicht der glücklichste Mann der Welt. Natürlich abgesehen von dir und mir."

3

Samen ziehen

„Haben Sie im Haus Samen gesetzt? Sind die Kleinen schon herausgekommen? Ist es an der Zeit, sie an draußen zu gewöhnen? Dann stellen Sie sie morgens in ein geschütztes Areal nach draußen. Holen Sie sie nachts herein. Tun Sie das etwa eine Woche lang. Dann sollte es sicher sein, sie draußen zu lassen. Bei einigen Pflanzen ist es besser, wenn man eine leichte Folienabdeckung bereithält. Nur für den Fall, dass Frost vorausgesagt ist.“

(Tipp von Gärtner Joe, Pangea Gardenscapes)

1880

Spencer Lawrence ging flott die Main Street entlang, um Richtung Back Row abzubiegen, wo seine Druckerei lag. Er war jetzt 30 Jahre alt und ein gutaussehender Mann mit aristokratischen Zügen, die er von seinen verstorbenen Eltern geerbt hatte. Vor sechs Jahren hatte er eine stille, junge Dame geheiratet, die kurz zuvor mit ihren Eltern aus dem Osten gekommen war und ihn zum Vater zweier kleiner Mädchen gemacht hatte, der nun fünfjährigen Emma und der vierjährigen Clara. Er hoffte immer noch auf einen männlichen Erben, aber seine Frau Martha hatte nach Clara nur Fehlgeburten gehabt. Ihr Arzt bezweifelte, dass beide noch mehr Kinder haben würden.

Es war ein goldenes Zeitalter des Industrialismus. Ein zweiter Sonnenaufgang. Einer, der Spencer in der Gesellschaft der Stadt nach ganz oben katapultiert hatte, wo einst sein Vater mit den anderen Gründern Wycliffs eine große Rolle gespielt hatte. Spencer hatte die Druckerei und die Papiermühle zu neuen Höhen des Erfolgs gebracht und es sogar geschafft, die Zeitung zurückzugewinnen, die seine Mutter einst verkauft hatte. Er war stolz darauf, das erreicht zu haben, obwohl seine Familie eine harte Zeit durchlebt hatte, nachdem sein Vater im Bürgerkrieg gefallen war und ihr Vermögen im Süden den Abolitionisten zugefallen war. Tief im Innern fühlte Spencer, dass es gut war, dass sie es aufgegeben hatten, Menschen zu versklaven. Andererseits aber hatte sein Vater sein Leben für das Vermögen der Familie gegeben. Und wer wollte sagen, dass es falsch sei, seinen Besitz zu verteidigen?!

Er zog seinen Hut gegen eine junge Dame, die gerade aus dem Druckereigebäude kam. „Christine", lächelte er. „Bist du wegen der Anzeigenplatzierung für das nächste Vierteljahr hier gewesen?"

Christine Stark, eine dralle Dame von 27, die unglücklicherweise mehr von der Robustheit ihres Vaters als vom Aussehen ihrer Mutter geerbt hatte, lächelte zurück. „Genau das. Und da Henry im Oktober eine neue Biersorte auf den Markt bringen wird, planen wir eine Extra-Anzeigenserie, die Ende September beginnt."

„Ich hoffe, unser Anzeigenleiter hat dir einen guten Rabatt gegeben."

„Nun, wir können diskutieren, was er unter einem guten Geschäft versteht und was du als solches empfindest", zwinkerte sie. „Aber im Ernst, es hätte mir schlimmer gehen können."

„Das ist gut zu hören."

Christine lächelte ihn freundlich an und eilte weiter, während er die wenigen Stufen hinaufstieg und im Gebäude verschwand.

In ihren späten Mittzwanzigern hatte Christine das Alter überschritten, in dem sie noch als heiratsfähig galt. Unter den Wycliffern galt sie insgeheim als Blaustrumpf. Nicht, dass sie nicht attraktiv gewesen wäre, und sie hatte gewiss ihren Charme. Aber sie hatte nie aufgehört, sich ins Brauereigeschäft ihres Bruders Henry einzumischen (sie hielt sich allerdings dem Pub fern), bis Henry sie als seine Marketing- und Anzeigenleiterin eingestellt hatte. Sie war gut darin; Henry und jeder, der mit ihr zu tun hatte, musste das zugeben. Aber wer wollte schon eine Ehefrau, die fast so klug war wie ein Mann und in Verhandlungen ganz sicher ein Nein nie als Nein akzeptierte?

Christine fragte sich manchmal selbst, ob sie sich für eine Ehe interessierte. Sie sah natürlich, wie ihr Bruder seine mit einem Mädchen aus British Columbia genoss. Henry und Elizabeth hatten drei Kinder, zwei stramme Jungs und ein niedliches, kleines Mädchen namens Ida. Christine und Ida hatten einander von

Anfang an gemocht, und wenn sie ans Altern dachte, was Christine manchmal tat, glaubte sie, dass es mit ihrer süßen Nichte um sich herum nicht so einsam und trostlos sein werde. Andererseits meinte sie, einen unsichtbaren Fehler zu haben, weil an ihr noch nie ein Mann ernstes Interesse bekundet hatte. Natürlich hatte sie an verschiedenen gesellschaftlichen Anlässen mit dem einen oder anderen getanzt. Aber es hatte nie die schüchterne Bitte gegeben, sie außerhalb des Ereignisses sehen, sie nach Hause begleiten oder gemeinsam mit ihr an der Uferpromenade spazieren gehen zu dürfen.

Christine straffte die Schultern. Es war sinnlos, über verlorene Gelegenheiten nachzugrübeln. Das Leben war, wie es war, und war es nicht gut?! Sie war in der Lage ihren eigenen Lebensunterhalt in einer Welt zu verdienen, die noch so sehr eine Männerwelt war. Sie fand Respekt, und sie tat gern, was sie tat, und war gut darin.

Sie bog auf die Main Street ein und runzelte die Stirn. Die Baustelle des neuen Theater- und Konzertgebäudes wuchs täglich etwas mehr im Gerüst. Es würde ein großartiges Gebäude aus Backstein werden, wie die anderen Häuser in Downtown. Man redete sogar von Tiffany-Lüstern und gusseisernen Säulen, von Stuckreliefs und Deckengemälden. Es würde das großartigste Theater werden, das man sich nur vorstellen konnte. Es würde Menschen von nah und fern anziehen. Es hatte noch immer keinen Namen.

Es sollte den Namen eines der Stadtgründer feiern,
dachte Christine. Den ihres Vaters, um genauer zu sein. Er hatte
eines der größten Unternehmen der Region etabliert, und heute
konnte man Stark Bier sogar oben in Seattle und unten in Olympia
kaufen, da die Moskitoflotte Fässer des Gebräus zu Häfen im
gesamten Sund transportierte und lieferte. Das war so viel mehr,
als alle andern von sich sagen konnten. Ihr Vater – und auch
Henry – hatten es geschafft, über die Grenzen ihrer stetig
wachsenden Kleinstadt hinaus zu wirken und den Namen Wycliffs
woanders zum Begriff zu machen. Nun, diese Halle würde
Menschen in die Stadt bringen, was für Hotels und Restaurants
gleichermaßen, für das Kaufhaus, das ebenfalls gerade gebaut
wurde, und für den Gemischtwarenhandel an der Main Street
Geschäfte bedeutete.

Warum also zögerte der Stadtrat noch, der Halle einen
Namen zu geben? Warum erklärte er nicht, dass sie Stark Theater
oder Stark Music Hall heißen würde?

Henry diskutierte den Gedanken nie viel mit ihr. Als sie
etwas später das Büro in der Brauerei bei den Werften erreichte,
sah sie ihn über seinen Büchern brüten und Notizen machen.

„Wieder zurück?" fragte er freundlich und sah kaum auf.

„Ja, und es lief, wie ich es gehofft hatte", sagte sie und
ließ sich in einen Stuhl am Fenster fallen. Sie schwieg eine Weile
und studierte den sich leise lichtenden Kopf ihres Bruders mit dem
silbernen Brillengestell und einem Vollbart. Er sah gut aus, nahm

sie an. Er war still. Er hatte die Eigenschaften ihres Vaters, Diplomatie, Güte und Pragmatik. Vielleicht fehlte ihr das. Sie war geradeheraus, wenn sie ihre Gedanken äußerte, was sie manchmal weniger freundlich wirken ließ. Und pragmatisch war sie natürlich, aber offen als Geschäftsfrau, nicht leise hinter den Kulissen eher wie eine Hausfrau.

„Ich frage mich, wann der Stadtrat Vater wegen der Konzerthalle in Downtown ansprechen wird", sagte sie schließlich.

Henry sah auf und musterte sie. „Warum sollte er das?"

„Um sie nach ihm zu benennen?"

Henry räusperte sich. „Ich nehme an, es sind ein paar andere Namen im Rennen."

Christine hob die Brauen. „Aber nicht einer davon so verdient, sollte ich meinen."

Henrys Augen zogen sich leicht zusammen. „Tja, es haben ein paar Leute für diejenigen ihren Hut in den Ring geworfen, die sich besonders für Bildung, Gesetzesvollzug und Politik einsetzen."

„Ach komm, keiner von denen ist je über die Stadtgrenzen hinausgekommen, nachdem sie hierhergekommen sind."

„Es ist dir ziemlich wichtig, nicht?" Henry schüttelte den Kopf. „Die Halle nach Vater zu benennen, hieße, er müsste auch in die Baukosten investieren. Und wofür, wenn die Brauerei dieser Tage expandiert und das Geld selbst benötigt? Wegen der

77

Unsterblichkeit seines Namens? Du kennst Vater besser, als ihn solcher Eitelkeit zu verdächtigen. Er hat seinen Namen bereits zu einer Marke gemacht. Dieses Gebäude trägt ihn. Das ist ihm genug. Dringe nicht weiter darauf." Er wandte sich wieder seinen Büchern zu und machte so deutlich, dass die Diskussion für ihn beendet sei.

Christine erhob sich und trat an seinen Schreibtisch. *„Warum bist du so verflixt unehrgeizig für Vater, Henry?"*

„Weil du ehrgeizig für zwei bist, meine Liebe", lachte er leise. *„Wozu die zusätzliche Anstrengung machen?"*

Als der Musentempel in Wycliff, so elegant und teuer wie von jedem vorausgesehen, ein Jahr später fertiggestellt war and feierlich eröffnet wurde, hatte sich der Stadtrat für den Namen Lawrence Hall entschieden. Christine kochte vor Zorn und nahm an dem Festakt nicht teil. Sie hätte sogar die Druckerei und die Zeitung für die Anzeigenplatzierung für ihr Unternehmen gemieden, hätte es in der Stadt eine Alternative gegeben. Sie vermied es völlig, Spencer Lawrence zu begegnen. Was eine ziemliche Anstrengung bedeutete, da sie Nachbarn in Uptown und Geschäftspartner in Downtown waren.

Spencer gelang es schließlich, sie eines Tages abzufangen, als er zur Arbeit ging und er sie vor sich her gehen sah. Er beeilte sich, sie einzuholen.

„Guten Morgen, Christine", sagte er munter. *„Ist heute nicht schon ein schöner Tag?"*

„Guten Morgen, Spencer", sagte sie steif und schwieg wieder.

„Du scheinst mich seit Neuestem zu meiden", fuhr er fort. „Habe ich dich irgendwie verärgert oder dir wehgetan?"

„Nein", sagte sie wahrheitsgemäß.

„Warum tust du dann alles, um mich oder sogar Martha zu meiden? Auch sie hat bemerkt, dass irgendetwas zwischen euch und uns verändert hat."

Christine blieb stumm. Dann platzte sie heraus: „Die Halle hätte nach meinem Vater benannt werden müssen, nicht nach deinem."

Spencer stand verblüfft da. „Ist das der Grund für unsere Entfremdung?!"

Christine wandte sich ihm zu. „Dein Vater war ein Verräter. Man benennt kein Gebäude nach einem Verräter."

Spencer wurde rot im Gesicht. „Mein Vater war kein Verräter. Mein Vater hat die Erziehung des Geistes in dieser Stadt gefördert."

„Er ist in den Krieg gegen die Union gezogen. Leute wie er haben diesen Krieg überhaupt erst verursacht. Wäre niemand in den Kampf gezogen, hätte es keinen Krieg gegeben."

„Mein Vater hat unseren Familienbesitz verteidigt. Das ist weder unehrenhaft noch Verrat", erwiderte er scharf.

„Wie viel hast du dafür bezahlt, dass man der Halle den Namen deines Vaters gibt?"

„Wenn dir das so wichtig ist, warum hast du dich nicht mit deiner Familie bemüht und das Gebäude selbst mitfinanziert?"

„Unsterblichkeit zu erkaufen ist unmoralisch."

„Oh, sitzen wir jetzt nicht auf dem hohen Ross?! Na, wie du willst. Die Lawrences kaufen keine Unsterblichkeit für ihren Namen, aber wir investieren in die kulturelle Bildung der Menschen. Das hat nichts mit Politik zu tun, sondern das ist etwas, was mein Vater immer unterstützt hat – die Erziehung des Geistes."

„Pah", spie Christine. „Wenn es um Geld geht, verlieren manche Leute offenbar den Verstand und treffen falsche Entscheidungen."

Spencer zog seinen Hut gegen Christine. „Ich glaube, die Dinge lassen sich nicht mehr ändern. Vielleicht ziehst du einen Gesinnungswandel in Erwägung? Guten Morgen, Christine." Und er ging weiter.

Christine wandte hochmütig ihren Kopf. In den Jahren danach würde sie weiterhin Geschäfte mit der Zeitung in Wycliff und mit seiner Druckerei machen. Aber sie würde jeglichen Kontakt mit der Familie Lawrence vermeiden. Und sie würde gewiss nie einen Fuß in die Lawrence Hall setzen.

*

„Schatz, warum isst du nicht wenigstens eine Scheibe Brot? Oder gibst etwas Müsli dazu?" Tom Delaney beobachtete, wie Tiffany lustlos ein neues Stück Ananas in ihrer Schale auf dem Küchentisch aufspießte. „Du kannst nicht nur von Ananas leben. Das ist ziemlich einseitig, und ich frage mich, was es mit deinem Magen tun wird. Sie sind schließlich ziemlich säurehaltig."

Tiffany blickte von der Schale voller Ananasstücke auf, die sie bei *Nathan's*, der regionalen Lebensmittelkette in der Harbor Mall, erst gestern gekauft hatte. Ihre Augen waren so trostlos wie das Wetter draußen, und die gelben Kacheln des Küchen-Spritzschutzes schienen plötzlich das Gelb der Frucht zu intensivieren. Tiffany seufzte und stieß die Schale von sich weg.

„Ich habe beschlossen, dass ich abnehmen muss", stellte sie fest. Sie vermied es, ihren Mann anzusehen.

„Aber das hast du schon vor langem beschlossen und dann wieder verworfen", erinnerte sie Tom mit einem traurigen, kleinen Lächeln. „Diäten passen nicht zu dir. Das wissen wir beide. Du fühlst dich nur elend, wenn du auf das verzichtest, was du wirklich essen möchtest. Und, ganz ehrlich, ich merke es nicht einmal, ob du ein paar Pfunde verlierst oder behältst. Du bist so schön wie immer für mich."

„Ich diskutiere das nicht einmal mit dir", antwortete Tiffany. „Ich habe meine Entscheidung getroffen, und diesmal bleibe ich dabei."

„Hat jemand etwas zu dir gesagt? Oder hat jemand etwas *über* dich gesagt?"

Tiffany sah schließlich ihren Mann an und lächelte ein wenig. Er genoss sein Frühstücks-Muffin nur halb, das aus einer dicken Schicht gebratenen Specks und einem gebratenen Spiegelei, bedeckt mit einer halbgeschmolzenen Scheibe Käse und einer weiteren Schicht Muffin bestand, wenn seine Frau ihm nicht damit Gesellschaft leistete. Sie wusste das. Aber es half *ihr* nicht weiter, wenn sie um seines Appetits willen so aß wie sonst.

„Nein", sagte Tiffany. „Niemand hat irgendwas gesagt. Ich fühle nur, dass es an der Zeit ist, ein paar schlechte Essgewohnheiten aufzugeben und zu einem besseren Gewicht zurückzukehren."

„Aber ..."

„Liebling, du bist der wunderbarste Ehemann der Welt und mein Ritter in glänzender Rüstung. Aber das hier muss ich tun, und wenn du versuchst, es mir auszureden, hilfst du mir überhaupt nicht."

„Du klingst unglücklich und siehst auch so aus."

„Ich werde darüber hinwegkommen, und du kommst zu spät, wenn wir das noch weiter diskutieren."

Tom schüttelte verzweifelt den Kopf und schob sich den Rest seines Muffins in den Mund. Er stand auf und sah aus dem Küchenfenster über der Spüle. Ihm machte der Regen weniger aus als die im Pazifischen Nordwesten damit einhergehende Dunkelheit. Seine Kleidung war wetterfest, und es hielt ihn warm, gemeinsam mit seinen Angestellten zu arbeiten. Außerdem gab es nichts Schöneres, als etwas Hässliches wieder natürlich und üppig werden zu sehen. Er würde Tiffany mitnehmen, wenn erst einmal die Steinmauer beseitigt war, so dass sie den Garten planen konnte.

Er drehte sich um und sah sie liebevoll an. Sie war wieder stur mit ihrer Ananas-Schale beschäftigt. Sie war so eine liebevolle Frau, und sie war so begabt. Sicher, manche Leute fanden sie vermutlich nahezu fettleibig. Aber ihm war das egal. Eigentlich tröstete es ihn, dass er eine Gefährtin mit ähnlicher Bürde hatte. Wenn man das eine Bürde nennen konnte. Und hier quälte sie sich wofür?! Ein paar Wochen lang ein paar Pfund weniger, und dann würde der Jo-Jo-Effekt wieder einsetzen. Und das würde sie noch verstimmter machen, als sie sich jetzt schon fühlte.

Tom ging zu ihr hinüber und küsste sie auf die Stirn. „Ich sehe dich heute Nachmittag. Wie wär's, wenn ich dich zum Abendessen ins *Le Quartier* ausführte? Sie haben auch ein paar schöne Salatteller, wie ich höre."

„Führe mich nicht in Versuchung", grummelte Tiffany. „Du weißt, es wäre mein Niedergang, sobald sie mir die Dessertkarte anböten."

„Tja, wie du willst. Bis später."

Tiffany winkte ihm halbherzig hinterher. Sie fühlte sich versucht, ihm nachzurufen, dass sie seine Einladung, sie auszuführen, annähme. Dass sie gern ein Dessert zu ihrem Salat hinzufügen würde. Oder eine Suppe. Oder beides. Stattdessen starrte sie auf die Ananasstücke, die plötzlich anfingen zu verschwimmen.

„So'n Blödsinn", schalt sie sich. „Tränen wegen einer Entscheidung, die ich selbst getroffen habe? Wie lächerlich."

*

Astrid war heute früh beim Lawrence-Haus eingetroffen. Tatsächlich so früh, dass Morgan noch gar nicht richtig sie selbst war. Sie öffnete dennoch die schwere Tür, bereitete Astrid einen Becher Kaffee und überließ sie sich selbst, während sie etwas Make-up und Parfum auflegte und ihr kurzes, leicht ergrauendes Haar mit einer Bürste auflockerte. Als sie in den Salon zurückkehrte, starrte Astrid aus dem Fenster; der Kaffeebecher auf dem Kaffeetisch war in Vergessenheit geraten.

„Geht es Ihnen gut, meine Liebe?" fragte Morgan freundlich und setzte sich. „Sie sehen so aus, als hätte jemand sie auf den Kopf gehauen und Sie ein wenig benommen zurückgelassen, wenn ich es so sagen darf."

„Es ist nichts. Ich bin okay", sagte Astrid, wandte sich um und lächelte breit. Viel zu breit.

Nun, dachte Morgan, es ging sie nichts an, und sie hatte angeboten zuzuhören. Damit war das erledigt. Niemand kümmerte sich mehr um *ihre* Trauer. Es war nun schon ein paar Jahre her, dass John Jr. getötet worden war. Die Leute schienen zu erwarten, dass sie sich erholt hätte und weitermachte. Andere Dinge geschahen, die von größerer Bedeutung waren als ihre Gefühle. Ihr Bruder war auf sie zornig, weil sie ihr Haus verkaufen wollte. Bei jedem war irgendetwas los. Im Ganzen betrachtet, war nichts wirklich wichtig. Jetzt riss sie sich zusammen; also konnten das die anderen auch tun.

„Haben Sie schon irgendwelche Pläne, was Sie mit den Kaminen tun wollen?" wechselte Morgan das Thema.

„Das habe ich tatsächlich", sagte Astrid eifrig, und ihre Wangen glühten fieberhaft. Sie warf ihr blondes Haar zurück. „Ich dachte, einige von ihnen könnten einfach gegen die Zugluft zugemauert und als Bücherregale umgenutzt werden."

Morgan nickte nachdenklich. „Das klingt ziemlich nett und einfallsreich."

„Ich würde den Kamin im Wohnzimmer und im Hauptschlafzimmer so belassen, weil sie wirklich zum Flair der Räume beitragen. Aber ich würde in ihnen elektrische Kamine installieren, da das weitaus praktischer ist. Niemand möchte heute mehr Holzfeuerrauch in seinem Zuhause. Und außerdem: Wer würde die Asche durchs Haus tragen und in den Müll werfen wollen?! Das ist Schmutzarbeit, und es besteht immer die Gefahr, dass man Glut wegwirft, die man übersehen hat, und – wusch! – geht das ganze Haus in Flammen auf."

„Haben Sie einen Kostenvoranschlag für das Anbringen solcher Kamine? Und würden die Betriebskosten so eine Veränderung rechtfertigen?"

„Glauben Sie mir, Mrs. Lawrence. Jeder, der in so einem authentischen Herrenhaus im Kolonialstil leben möchte, ist bereit, jede Summe dafür zu bezahlen. Fügen Sie den Garten und die Lage im elegantesten Teil Wycliffs hinzu, und sie werden gern alles dafür tun, damit es ihnen gehört."

„Das heißt, den Leuten ist das Preis-Leistungsverhältnis egal", sagte Morgan trocken und erhob sich aus ihrem Sessel. „Wussten Sie, dass während der Großen Depression in keinem Teil Wycliffs mehr Eleganz herrschte? Die Stadt war überlaufen von Leuten aus der Dust Bowl und von anderen Wanderarbeitern. Sie gingen von Tür zu Tür und bettelten darum, eingestellt zu werden. Oft genug wurde die Hintertür zu einer Art Suppenküche."

„Das wusste ich gar nicht", sagte Astrid. „Wie interessant."

„Interessant, so ein Quatsch", murmelte Morgan. Sie sah Tom Delaney an ihrem vorderen Tor vorfahren und ging in die Diele, um den Summer zu drücken. Das Tor öffnete sich automatisch, und Tom parkte seinen Truck kurz hinter dem Tor, gegenüber von Astrids Auto.

„Guten Morgen", grüßte er sie, während er auf die Vorderveranda mit ihren großen, gusseisernen Säulen zuging, die dringend eine neue Schicht weißer Farbe nötig hatten. „Ich dachte, ich hole mir heute Ihre Grundrisse, damit meine Frau Ihnen eine 3D-Präsentation davon erstellen kann, was sie sich vorstellt. Natürlich kommt sie demnächst vorbei und sieht sich das

Grundstück selbst an, um an all den Details zu arbeiten, während meine Männer vollends die Steinmauer entfernen. Wäre Ihnen das recht?"

„Absolut", lächelte Morgan.

„Übrigens habe ich mich über diesen seltsamen Platz in der Mauer gewundert. Dieses Hüttenkonstrukt."

„Ich glaube, das ist schon immer dagewesen", erwiderte Morgan. „Ich schätze, es war mal eines der ersten Pionierhäuser in der Gegend. Aber niemand hat sich je recht darum gekümmert. Haben Sie schon Pläne dafür?"

„Ich fürchte, wir müssen es abreißen. Die Struktur ist völlig verrottet, und es ist absolut sinnlos zu versuchen, sie aufrechtzuerhalten. Es könnte tatsächlich für jeden gefährlich sein, sie zu betreten. Aber mein Vorschlag wäre stattdessen ein Pavillon."

„Ein Pavillon", sagte Morgan überrascht. „Haben Leute heutzutage immer noch Pavillons? Ich dachte, sie gehörten der Vergangenheit an."

„Ich sehe sie recht häufig. Denken Sie einfach mal drüber nach und lassen Sie's mich wissen", schlug Tom vor. „Natürlich kann sowas auch später ins Bild gesetzt werden. Hunter könnte das auch demjenigen vorschlagen, der Ihre Immobilie kauft."

„Das würde ich sehr bevorzugen, danke", sagte Morgan. „Ich bin bereit, für alles zu zahlen, was das Anwesen attraktiver macht. Ein Pavillon ist jedoch für meinen Geschmack etwas übertrieben. Aber kommen Sie doch herein, und ich hole Ihnen die Pläne. Mrs. Lund hat einen weiteren Satz Kopien für ihre innenarchitektonischen Pläne." Sie führte ihn in den Salon, wo Astrid saß und still durch ein Buch mit diversen Textilmustern blätterte, die sie für kunstvoll aufgehängte Draperien in Erwägung zog.

„Sollten wir nicht zuerst die Farbe von Wänden und Böden berücksichtigen?" fragte Morgan Astrid, die blutrot wurde und anfing zu stammeln. „Wissen Sie, meine Liebe, es hat absolut keine Eile. Warum nehmen Sie sich nicht heute frei, gehen spazieren und beschäftigen sich damit, was Ihnen Sorge bereitet?"

„Es tut mir so leid", antwortete Astrid nervös. „Normalerweise bin ich nicht so."

Morgan nickte. „Verstanden. Ich sehe Sie dann morgen. Und vielleicht zeigen Sie mir dann auch ein paar Vorschläge für diese Kamine. Ich bin extrem an Preislisten und am Aussehen dieser Bücherregale interessiert."

Astrid wusste, wenn sie entlassen war. Mit hängendem Kopf ging sie und grüßte Tom kaum, der sich gegen die Kücheninsel lehnte und sich bemühte, sie nicht in Verlegenheit zu bringen, indem er sie zu aufmerksam betrachtete.

Morgan kam nach kurzer Zeit zurück und händigte ihm die Garten-Blaupausen aus. „Ich bin neugierig, was Sie sich einfallen lassen werden."

„Seien Sie gewiss, wir werden unser Bestes tun", erwiderte Tom und schüttelte ihr die Hand.

„Ich erwarte nichts weniger als das von *Delaney &
Delaney*", zwinkerte sie.

Tom grinste sie an, nickte und ging. Als er die kurze
Einfahrt hinunterlief, sah er Astrids Auto noch immer gegenüber
von seinem stehen. Sie saß auf dem Fahrersitz und heulte sich die
Augen aus. Tom ging hinüber und klopfte an ihre Seitenscheibe.
Sie schrak auf. Tom bedeutete ihr, die Scheibe herunterzukurbeln.

„Ich habe keine Ahnung, was Ihnen passiert ist,
Mädchen", sagte er. „Aber ich habe das Gefühl, ein Spaziergang
allein ist *nicht*, was Sie in Ihrem gegenwärtigen Zustand
unternehmen sollten. Ich schlage vor, ich hole uns zwei Kaffees
und treffe Sie am Pavillon im Uferpark." Astrid schluckte und
wollte etwas sagen. „Einspruch abgelehnt!" Astrid nickte matt,
wischte sich die Augen und startete ihren Wagen. Tom sah sie
durch das Tor abfahren. Dann ging er zu seinem Truck und folgte
ihr nach Wycliff hinein.

Kaffee bei einem Drive-In bei den Werften zu holen und
den Uferpark zu erreichen, dauerte für Tom nur fünf Minuten
länger. Inzwischen wartete Astrid im Pavillon und starrte über das
graue Wasser des Sundes. Die Inseln schwammen darin wie
bucklige, schwarze Flecken, und das Olympic-Gebirge war
nirgends zu sehen. Sie hörte das Geräusch von knirschendem
Schotter unter festen Schritten, bevor sie Tom um die Ecke
kommen sah, wo eine riesige Stechpalme ihr die Sicht verstellt
hatte.

Tom reichte ihr wortlos einen Pappbecher Kaffee in einer Manschette. Dann setzte er sich auf eine Picknickbank, lehnte seinen Rücken gegen den Tisch und wandte sein Gesicht ebenfalls dem Wasser zu. „Also, was ist los, Mädchen?"

„Ich will nach Hause." Astrid merkte nicht, wie seltsam das aus dem Mund einer Erwachsenen klang.

„Nach Hause wie in Ihr Haus hier oder dahin, was offenbar Deutschland ist?"

Astrid schluchzte. „Mein Akzent ist so offenkundig, nicht?" Sie schluckte schwer. „Ich habe Heimweh."

„Na, warum kaufen Sie sich dann nicht ein Flugticket, machen dort einen Besuch und kommen wieder zurück? Ihr Mann", Tom hatte ihre Hand nach einem Ring abgesucht und die üblichen zwei gefunden, „es würde ihm doch nichts ausmachen, sie allein reisen zu lassen, falls er nicht mitkommen könnte, oder?"

Astrid gab einen kleinen, gequälten Laut von sich. „Mein Mann", erwiderte sie verächtlich, „schert sich gar nicht um mich." Tom blickte sie scharf an und wollte sie unterbrechen. „Nein, im Ernst. Erst vergangenes Wochenende habe ich herausgefunden, dass er mich mit meiner besten Freundin betrogen hat, die zufällig auch meine Partnerin in meiner Innenarchitekturfirma ist. Sie ist auch Deutsche. Tja, er behauptet, zwischen ihnen sei nichts geschehen. Aber man sagt jemandem nicht einfach am Telefon, dass man ihn liebt, oder?"

Tom schüttelte den Kopf. „Nicht, wenn man es nicht meint. Aber warum sollte er Ihnen das antun? Haben Sie eine Vorstellung? Ich meine, Sie sind offensichtlich eine erfolgreiche Geschäftsfrau – sonst hätte Hunter sie nicht gebucht. Und Sie sehen auch wirklich toll aus."

Astrid lächelte schief. „Danke, Tom. Ich weiß nicht, was falsch gelaufen ist und warum. Ich denke manchmal, ich habe einen Riesenfehler gemacht, als ich Roy geheiratet habe. Er war so schneidig, als ich ihm drüben in Deutschland begegnet bin. Er war ein Auftragnehmer beim Militär, wissen Sie? Also sah er total locker aus – nicht dieser typische militärische Haarschnitt und so. Und er lebte auch außerhalb der Kaserne; er besaß also eine Menge mehr Privilegien als die Jungs, die sich an die Regeln in der Kaserne halten mussten. Einige Freunde warnten mich, dass er ein Frauenheld sei. Aber – ich wollte nicht hören, ich verliebte mich in ihn, und wir heirateten, und nach ein paar Jahren sind wir hierhergezogen."

„Direkt nach Wycliff?"

„North Tacoma, nahe Brown's Point."

„Hübsche Ecke. Und was dann? Seit wann leben Sie schon hier?"

„Seit zwei Jahren, und ich kann es nicht ausstehen." Astrids Blick wurde hart, und ihre Stimme wurde schärfer. „Hier gibt es wirklich nichts für mich. Ich musste komplett von vorn anfangen."

„Nun, ich schätze, das ist die Erfahrung der meisten Einwanderer", versuchte Tom, sie zu besänftigen. „Wenn Sie nicht gerade ein bekannter Schauspieler, ein Rockstar oder ein Sportchampion sind. Für jemanden wie Sie und mich kann es nicht ganz einfach sein."

„Ist es auch nicht. Es war hart herauszufinden, dass die meisten Stellenangebote für so viel weniger qualifizierte Leute sind als ich. Und dass es in meinem Geschäftsfeld gar keine gab. Also dachte ich mir, ich gründe besser meine eigene Firma." Tom nickte mitfühlend. „Und dann macht mir das Wetter zu schaffen. Mehr als sechs Monate dunkles und nasses Wetter. Kaum je Sonnenschein. Überall wächst Moos. Und mir ist die ganze Zeit kalt."

„Nun, es gibt hier ein paar Geschäfte, die passende Kleidung für den Pazifischen Nordwesten verkaufen, wissen Sie? Außerdem gewöhnt man sich dran. Geben Sie sich Zeit."

„Ich will mich nicht daran gewöhnen", sagte Astrid stur. „Ich musste im Grunde alles verändern, nur um in unserem Haus glücklich zu sein. Von den Gerätschaften in meiner Küche und meiner Waschküche bis zu den Badezimmerarmaturen war alles unsolide und billig hergestellt. Um Himmels willen, selbst der Stecker meines Staubsaugers fällt aus der Steckdose, ohne dass ich etwas mache."

„Biegen Sie ihn einfach etwas zurecht, und es wird nicht mehr vorkommen", sagte Tom ruhig. Er hatte nicht mit solch einer Liste an Beschwerden gerechnet.

„Und die Krankenversicherung ist wahnsinnig teuer. Und im Sommer finde ich kein anständiges Freibad. Und unsere Grundsteuer steigt aberwitzig, weil all diese Leute herziehen, um am Geschäftsboom in Seattle teilzuhaben. Und ...“

Tom verlor die Geduld. „Weiß Ihr Mann von all Ihren Ärgernissen?“

Astrid wandte ihm ihr Gesicht zu. „Natürlich tut er das. Ich habe ihn gebeten, mir dabei zu helfen, das zu ändern, was sich ändern lässt.“

„Und hat er's getan?“

„Die eine oder andere Sache, ja. Aber es gibt immer noch so vieles.“ Tom sah sie an und bekam beinahe Mitleid mit Astrids fremdgehenden Ehemann. „Ich will nur nach Hause. Wenn ich wieder in Deutschland bin, dann weiß ich, dass alles wieder gut ist.“

„Nun“, gab Tom zu. „Sie haben da ganz klar ein großes Problem. Leider kann ich nicht mehr für Sie tun, als einfach nur zuzuhören.“

Astrid reichte hinüber und drückte dankbar seinen Oberarm. „Sie sind ein sehr guter Mensch, Tom Delaney. Ihre Frau muss sehr glücklich sein.“

Tom runzelte die Stirn. Er wollte Tiffany nicht mit dieser jungen Frau diskutieren, die so offensichtlich nicht für das Leben als Einwanderer taugte. „Sagen wir, ich habe sehr viel Glück, sie zu haben.“ Das konnte er rückhaltlos sagen. Zumindest enthielt Tiffanys Beschwerdeliste derzeit nur einen einzigen Punkt. Und dafür hielt sie nicht ihn verantwortlich, sondern arbeitete selbst daran.

Astrid seufzte. „Danke fürs Zuhören, Tom."

„Jederzeit", antwortete Tom und wünschte sich im nächsten Moment, er hätte einfach den Mund gehalten.

*

Die Kapelle füllte sich rasch. Ein Meer olivgrauer Uniformen, eine Gruppe Biker in mit allen möglichen bunten Applikationen geschmückten Lederwesten. Die eine Gruppe so makellos gekleidet, die andere beinahe furchteinflößend. Vorne eine leere Reihe.

Ozzie suchte die Plätze nach bekannten Gesichtern ab. Es gab nur wenige Zivilisten. Das war typisch für eine militärische Familienangelegenheit, die so weit weg von dem Ort war, an dem beide Teile eines Paars geboren und aufgewachsen waren. Wie hart musste es für Todds Witwe sein, hier zu sein, umgeben von zumeist Fremden? Die Lead Key Spouse stand vorne im Raum beim Foto und rückte ein schwarzes Band zurecht, das am Bilderrahmen befestigt war. Sie kämpfte sichtlich mit Tränen. Und der First Sergeant kam gerade aus einem Raum neben der Kapelle, in dem er vermutlich ein paar letzte Worte mit der jungen Frau gesprochen hatte, die so brutal beraubt worden war.

Die Musik begann. Die Familie kam heraus und setzte sich in die erste Reihe, eine schwarz gekleidete Gruppe, Todds

Eltern, seine Geschwister, ein kleiner Neffe, der die Menge ankrähte, begeistert, so viele Menschen zu sehen. Jemand glitt auf den Platz genau neben Ozzie, kurz bevor der Gottesdienst begann. Ozzie grüßte die Person nur mit einem Nicken und einem kurzen Blick zur Seite. Dann sah er zweimal hin.

„Dottie Dolan?" flüsterte er. „Bist du das?!"

Jeder in Wycliff kannte die Besitzerin von *Dottie's Deli*, die deutsche Lebensmittel in die malerische viktorianische Stadt gebracht, den Stadt-Adventskalender erfunden und kurz nach ihrer Etablierung als Institution den Polizeichef geheiratet hatte. Die äußerst zierliche Frau in ihren frühen Fünfzigern sah auf und war ebenfalls wie vom Blitz getroffen.

„Oscar Wilde, bist das du?!" fragte sie halblaut.

Er nickte mit einem breiten Lächeln, das er schnell unter Kontrolle brachte, da er spürte, dass Lächeln für diesen Anlass nicht angebracht war, wenn auch umso mehr für diese Begegnung. „Lass uns hinterher reden", sagte er.

Dottie drückte rasch seine Hand. Dann konzentrierte sie sich darauf, was vorne vor sich ging. Es gab Reden von Kameraden, von Biker-Freunden, von der ältesten Schwester. Ein Video zeigte Stationen im Leben eines einst so vielversprechenden jungen Mannes, dessen Leben durch den Unfall verkürzt worden war. Es gab Gelächter ob mancher Erinnerungen, Tränen ob anderer. Dottie kramte an einer Stelle in ihrer Handtasche nach einem Taschentuch und vergrub ihr Gesicht darin. Ozzie musste an einigen Stellen selbst schwer schlucken. Wie konnten Lachen und Weinen so nahe beieinander liegen? Wie konnte man ein Leben feiern, das es nicht mehr gab, während man zugleich darum trauerte? Wie konnte man nach den Beileidsbekundungen und der Teilnahme am Empfang einfach aus der Kapelle treten und mit dem Alltag weitermachen? Pflichten aufnehmen, als hätte es jene Person nie gegeben?

Das letzte Musikstück begann, und Todds Familie ging durch den Mittelgang; einer von Todds Brüdern stützte seine verwitwete Schwägerin. Dottie tupfte ihre Augen trocken, und Ozzie fiel es schwer, die Feuchtigkeit zu unterdrücken, die seine Augen zu fluten drohte. Dann löste sich die Menge auf und ging zum Gemeindesaal, wo Erfrischungen angeboten wurden. Ozzie lief hinüber, Dottie an seiner Seite. Da er Uniform trug, bot er ihr nicht den Arm. Es war gegen das Reglement.

Sie gingen schweigend. Ozzies Gedanken wanderten zurück in die Zeit, als er ein Staff Sergeant unter Dotties Mann auf einem Luftwaffenstützpunkt an der Ostküste gewesen war. Sean Dolan hatte sich ihm gegenüber damals beinahe väterlich verhalten, und Ozzie und seine erste Frau hatten mehr als nur einen Sonntag im Monat an Dotties Esstisch außerhalb der Kaserne verbracht. Er erinnerte sich mit Genuss an ihre herzhafte deutsche Küche. Schweigend betrachtete er die zierliche Frau an seiner Seite. Sie hatte für diesen Gedenkgottesdienst ihre Liebe zu Pünktchen unterdrückt und trug ein petrolfarbenes Kleid und einen schwarzen Mantel, die ihr lockiges rotbraunes Haar und ihre strahlendblauen Augen unterstrichen. Ozzie füllte zwei Gläser mit kaltem Fruchtpunsch und reichte ihr eines.

„Also, wie geht es denn Sean?" fragte er seine alte Freundin, die er nicht auf der anderen Seite des Kontinents erwartet hätte.

„Oh, hast du nicht davon gehört?" sagte Dottie, und ein Schatten der Trauer glitt sehr kurz über ihr Gesicht. „Er ist vor sechs Jahren gestorben. Ganz plötzlich. Er war gerade in Ruhestand gegangen, und wir waren hierhergezogen."

Ozzie fuhr zurück. „Das tut mir furchtbar leid!" sagte er. „Das habe ich nie mitbekommen. Wie geht es dir?"

Dottie lächelte innig. „Ziemlich gut eigentlich. Ich habe wieder geheiratet. Mein Nachname ist jetzt McMahon, und ich habe Glück, wieder einen Mann gefunden zu haben, der so fürsorglich und wundervoll ist wie Sean. Er ist der Polizeichef in Wycliff." Sie blickte hinüber zu der jungen Witwe, die von ihren Schwägerinnen umringt war und mit ihrer unverletzten Hand die ihres kleinen Neffen hielt. „Sie weiß es noch nicht, aber der Tag wird kommen, wenn ihr Schmerz nachlässt und sich ihre Seele vielleicht nach einem weiteren Seelenverwandten sehnt. Und ich kann nur beten, dass er all das sein wird, was sie in dem Mann gefunden hat, den sie jetzt betrauert." Sie wandte sich wieder Ozzie zu. „Aber wie ist es dir inzwischen ergangen? Wie lang ist das jetzt her? Zwölf Jahre?"

„Dreizehn", korrigierte Ozzie. Er fuhr sich mit der freien Hand durch sein kurzes, dunkles Haar, das die ersten grauen

Stellen zeigte. „Krieg, Scheidung, eine Tour in Ramstein in Deutschland, eine in Mildenhall in England, Wiederheirat, und jetzt bin ich hier – dass ist meine Geschichte, wenn ich sie auf den Punkt bringe."

Dottie musterte sein Gesicht. „Du bist immer einer der Stillen im Lande gewesen." Sie tätschelte seinen Arm, und er verschüttete beinahe seinen Punsch. „Krieg, Scheidung, Wiederheirat. Für manche Menschen wäre das die Geschichte ihres Lebens. Bei dir ist es ein Satz."

„Es gibt nicht viel zu sagen", lächelte Ozzie grimmig. „Manche Dinge werden einem aufgezwungen, und man wird einfach damit fertig. Es gibt Fehler, die man berichtigt. Und dann gibt es Dinge, die zu gut sind, um darüber zu reden."

„Aus Angst, dass sie nicht andauern könnten?"

Ozzie schüttelte den Kopf. „Nein, Emma ist anders."

„Emma, hm? Ein ziemlich klassischer Name. Wie seid ihr einander begegnet?"

„Drüben in Deutschland. Während einer Zwischenlandung meiner Einheit. Komisch, ich war mir sicher, dass ich nie wieder heiraten würde. Und jetzt das."

„Warum hast du sie nicht mitgebracht? Muss sie heute Nachmittag arbeiten?"

„Sie arbeitet tatsächlich", sagte Ozzie wehmütig. „Drüben in Deutschland. Sie hat eben erst ihr Einwanderungsvisum erhalten, damit sie zu mir kommen kann."

„Oh, wie aufregend! Dann ist sie Deutsche?" Ozzie nickte. Dottie musste achtgeben, dass sie nicht Aufmerksamkeit auf sich zog, weil sie sich zu munter verhielt. „Du *musst* sie mal in meinen Feinkostladen bringen."

„Du hast einen Feinkostladen?"

„Hast du noch nie von *Dottie's Deli* an der Main Street in Wycliff gehört?"

„Das ist *dein* Laden?!" Ozzie war verblüfft, dass er nie auf den Gedanken gekommen war. Falls er im vergangenen Jahr auch nur einen Gedanken an Dottie und Sean verwendet hatte, dann hatte er sie sich immer noch an der Ostküste vorgestellt. Immer noch zusammen. Sean noch äußerst lebendig. Wie viel hielt man für selbstverständlich? Wie sehr erwartete man, dass Menschen unverändert blieben? War nur er so? Oder machte jeder den Fehler, vergnügte sich mit nostalgischen Gedanken und dachte nie daran, dass nichts je aufhörte, sich zu verändern? Dass es ein schwerer Fehler war, jemanden in eine Schublade zu stecken, weil sie ihr entkommen sein mochten und an einer völlig anderen Station des Lebens gelandet sein mochten?

„...im Jahr nach Seans Tod eröffnet", wurde er von Dottie aus seinen Gedanken gerissen. „Und was macht Emma drüben in Deutschland?"

„Sie ist Journalistin bei einer Tageszeitung", sagte Ozzie. „Sie liebt ihren Job, und ich fürchte, sie wird hier nichts auf dem Gebiet finden. Die Printmedien sind seit langem im Niedergang begriffen, und ich bin mir nicht sicher, ob der *Sound Messenger* hier in Wycliff Arbeit für sie hätte."

„Nun", strahlte Dottie. „Welch ein Zufall. Meine Tochter Julie ist Redakteurin bei der Zeitung. Sag Emma, sie soll Kontakt mit ihr aufnehmen. Vielleicht kann Julie was für sie ausrichten."

„Wirklich?" sagte Ozzie. „Gute Güte, ich wäre froh, wenn sie hier einen richtigen Job fände. Denn andernfalls fürchte ich, dass Emma wieder in irgendeinem Schlamassel landet. Sie hat ein Händchen dafür."

„Wirklich?" staunte Dottie. „Ich kann mir bei einer Journalistin– zumal einer deutschen – nicht vorstellen, dass sie in einem echten Schlamassel landet."

Ozzie verdrehte die Augen. „Naja, sie tut's nicht mit Absicht. Der Schlamassel scheint sie einfach immer zu finden."

„Was für eine Art von Schlamassel?"

„Nun", sagte Ozzie. „Neugier ist der Katze Tod, wie du weißt. Aus irgendeinem Grund stolpert sie immer über merkwürdige Vorfälle, die sich am Ende als weit größere Geschichten herausstellen, als wonach sie zunächst aussehen."

„Wie was?" Dotties Augen waren groß geworden.

„Sagen wir, sie wird vielleicht immer mal wieder deinem Mann in die Quere kommen."

„Luke?" Dottie runzelte die Stirn. „Wie das?"

„Na, sie findet die Sorte Geschichten, mit denen sich normalerweise die Polizei befasst. Und sie gibt nicht nach, bis sie sie gelöst hat."

„Oje", lachte Dottie. „Ich denke, ich lasse Luke das besser selbst herausfinden!"

Ozzie schüttelte mit gespielter Verzweiflung den Kopf. „Hoffen wir, sie gerät hier nie in so eine Situation. Ich wüsste sie in ihrer Freizeit lieber im Gartenklub oder mit dem Museum beschäftigt."

Dottie nickte. „Ich verstehe. Aber ich denke, das ist, worum es bei gutem Journalismus geht. Einer Situation auf den Grund zu gehen. Und glaub mir, Luke weiß damit umzugehen. Seine Stieftochter ist immerhin auch so eine."

„Warte nur, bis er Emma begegnet …"

*

Trevor starrte aus seinem Wohnzimmerfenster. Draußen wurde es dunkel, und der Regen peitschte immer noch unablässig auf seine Dachterrasse. Die Ziegel glänzten nass und reflektierten das Licht von drinnen. Wenn er ehrlich war, war seine Penthouse-Wohnung nur von innen hübsch. Außen sah es bei schlechtem Wetter trostlos aus; er hatte nicht einmal eine Aussicht außer auf die Backsteinmauer und das Nachbardach mit einer rostigen, alten Feuerleiter an der Seite des Gebäudes.

Er nahm einen Schluck Whiskey-Cola. Cocktailstunde ganz allein. Er verzog das Gesicht. Er hatte immer noch die Stimme seiner Mutter im Ohr, als sie sich beklagte, warum er all ihren Bemühungen auswich, ihn mit jungen in Frage kommenden

Damen bekanntzumachen, die eines Tages den Stammbaum vergrößern könnten. Als wäre das die einzige Mission, die man im Leben hätte. Ehe mit Kindern. Wie wäre es mit Liebe?

Kitty Hayes war zu einem liebevollen, nostalgischen Gedanken geworden. Sie war achtbar gewesen, obwohl seine Mutter sie überhaupt nicht akzeptiert hatte. Und er erinnerte sich, wie seine Mutter vor ein paar Jahren eines seiner Online-Dating-Videos ruiniert hatte, indem sie gerade ins Zimmer geplatzt war, als er es fast fertiggestellt hatte. Das hatte einer attraktiven Dame nicht gepasst, die er bei einer Vernissage in der *Main Gallery* getroffen hatte. Im Prinzip hatte sie ihm gesagt, er solle erwachsen werden, und hatte ihn mitten im Event niedergeschmettert stehenlassen. Was ihn endlich dazu veranlasst hatte, von daheim auszuziehen und in seiner eigenen Wohnung zu leben. Und er liebte seine Freiheit; aber … Laute Musik von unten störte seinen Gedankengang. Nachbarn. Er war es einfach nicht gewohnt, auf so engem Raum zu wohnen.

Trevor drehte sich zu seinem Esstisch um, auf den er die heutige Post abgelegt hatte, nachdem er heimgekommen war. Die übliche Werbepost, dachte er. Dennoch sah er die Umschläge durch – und war überrascht, einen Brief der *Main Gallery* zu finden. Seit wann hatten sie ihn auf ihrer Mailing-Liste? Er war noch kein Kunde von ihnen gewesen. Seine Mutter hatte in der Vergangenheit eine Reihe ihrer Vernissagen besucht. Aber seit sein Vater Alterserscheinungen aufwies, hatte sie das immer seltener getan. Sie hatte es einfach nicht als passend empfunden, ohne ihren Mann an ihrer Seite zu erscheinen.

Was wollten die? Trevor öffnete den Umschlag und fand eine ansprechend gestaltete Einladung zu einer Vernissage am kommenden Freitag vor. Der Kunstdruck war abstrakt. Trevor hatte abstrakte Kunst nie gemocht. Er musste auf den ersten Blick verstehen, was er sah, und dann nach näheren Details suchen. Es war einfach nicht seine Sache, sich der spontanen Kontemplation hinzugeben und sich dann zu entscheiden, warum der Künstler dem Werk einen spezifischen Titel gegeben hatte. Wäre es ein anderer Titel, wenn man das Bild kopfüber aufhängte? Oder mit einer Seite nach unten? Manchmal, noch weniger verstörend, mit dem Gesicht zur Wand?

Trevor las die Einladung. Irgendetwas klingelte bei ihm. Er war sich aber nicht sicher, was. Er erkannte gewiss nicht den Stil der Künstlerin. Aber das war auch kein Wunder bei seinem mangelnden Interesse an abstrakter Kunst. Er kannte einfach keine der Künstler, die neu auf dem Gebiet waren. Für ihn hörte es bei Picasso, Miró und Kandinsky auf. Danach machte nichts von dem Zeug mehr Sinn für ihn. Und vielleicht taten *die* es auch nur, weil seine Kunstlehrerin an der High School ihretwegen so leidenschaftlich gewesen war.

Sollte er hingehen? Seine Mutter würde es vielleicht gutheißen. Leute, die Kunstgalerien aufsuchten, waren normalerweise gebildet und niveauvoll. Oder vielleicht täte sie es auch nicht. Es gab auch viele Möchtegern-Kenner. Nicht, dass er besser gewesen wäre als sie. War es wichtig oder nicht, ob seine Mutter es guthieße – das war die Frage. Es wäre für ihn eine ungewöhnliche Unterhaltungsart. Ein Glas irgendeines Getränks, ein paar Snacks, etwas Smalltalk – wie sehr könnte es wehtun? Außerdem verließ ihn das Gefühl etwas Vertrauten hinsichtlich der Vernissage nicht. Was war es? Er drehte die Einladung in seinen Händen hin und her. Dann legte er sie auf sein „Erledigen"-Tablett auf der Küchentheke. Er würde es herausfinden, wenn er erst einmal dort wäre. Er und persönlich eingeladen zu einer Vernissage! Trevor lachte in sich hinein. Er wurde tatsächlich erwachsen.

4

Vorausplanen

„Wenn das Wetter nicht so gut für Gartenarbeiten ist, schreibt man am besten auf, was man in der kommenden Gartensaison erreichen möchte. Ein Garten-Tagebuch zum Beispiel. Wie großartig, sich laufend Notizen zu machen und sie während der Wintermonate durchzulesen! Sagen wir, Sie hatten im Frühjahr Probleme mit Unkraut. Also gehen Sie im nächsten Frühjahr raus und holen sich Gartenmulch, frischen die Beete auf und eliminieren das Problem, das Sie im letzten Jahr um diese Zeit hatten."

(Tipp von Gärtner Joe, Pangea Gardenscapes)

1917

„Ist das alles?" fragte William und legte den Stift hin. Er saß im Standesamt des Rathauses von Wycliff auf einem sehr harten Stuhl vor einem riesigen, eichenen Schreibtisch, hinter dem ein großer, gestrenger Mann ein Dokument mit einem Löschpapier trocknete.

„Das ist alles", bestätigte der Standesbeamte.

William seufzte. „Ich hätte nie gedacht, dass ich so etwas tun müsste, um zu beweisen, dass ich mit ganzem Herzen Amerikaner bin."

„Niemand hat Sie gezwungen, das zu tun, Sir", sagte der Standesbeamte. „Was ist schon ein Name?!"

„Heutzutage alles, wenn er deutsch ist", antwortete William.

„Ihren Namen von Stark in Power zu ändern, ändert nicht den Mann selbst, wenn ich so sagen darf."

„Sagen Sie das dem Mob, der erst gestern versucht hat, meine Arbeiter daran zu hindern, meine Abfüllanlage zu betreten. Übrigens derselbe Mob, der sich an meinem Bier in den Pubs und Tavernen zu betrinken pflegte, bevor diese verflixte Prohibition den Staat getroffen hat. Ich mache jetzt Limonade statt guten, ehrlichen Biers. "

„Ein Mob bleibt immer ein Mob", stellte der Standesbeamte fest und stempelte Williams neue Papiere. „Gestern verfolgte er die Chinesen in Tacoma. Heute verfolgt er euch Deutsche. Wer weiß, auf wen oder was er morgen anspringt? Solange er einen offiziellen Grund zum Aufruhr hat, wird ein Mob das wahrnehmen. Und es wird Leute geben, die ihn rechtfertigen, indem sie ihn als benachteiligt bezeichnen. Meistens Leute, die trunken von Marx sind und von − wie hieß nochmal dieser Russe? Lenin?" Er händigte William das Dokument aus. „Wie reagiert Ihre Familie auf ihre Namensänderung?"

„Sie macht natürlich mit. Es ist für uns alle unter diesen Umständen das Beste. Besonders für die Kinder. Nur meine Tante Christine ist wütend."

„Immer noch verärgert wegen des Namens von Lawrence Hall?"

„Zur Hölle, ja! Sie ist nie darüber hinweggekommen. Oder darüber, dass mein Vater nicht auf ihrer Seite stand. Aber ich schätze, dass sie mich und meine Familie jetzt enterben wird, da wir in ihren Augen unsere deutsche Herkunft und den Namen meines Großvaters verraten. Mein Bruder Joseph und meine Schwester Ida machen natürlich nicht mit; sie halten am deutschen Namen fest. Sie könnten durch die Situation gewinnen. Zumindest hinsichtlich des Erbes."

„Nun, ich wünsche Ihnen alles Gute, Mr. Power. Mögen Sie Ihr Ziel erreichen, wenig Aufmerksamkeit auf sich zu ziehen, aber mehr noch – mögen wir nicht in den Krieg gegen Ihre Nation ziehen."

„Oh, glauben Sie mir", sagte William. „Wir stecken schon drin. Dieser Narr Zimmermann, der versucht, die Regierung von Mexiko in einem Telegramm zur Kooperation mit Deutschland aufzufordern und vielleicht ihre verlorenen Gebiete zurückzugewinnen, hat den Ton für unsere Regierung festgelegt. Ich sehe es kommen."

Tatsächlich las William Stark II, jetzt Power, die Tageszeitungen neuerdings noch gründlicher. Sein Vater hatte

107

ihn gelehrt, zwischen den Zeilen zu lesen und die Verbindung zwischen Politik und Wirtschaft zu erkennen. Er abonnierte nicht nur die "Wycliff Daily", sondern auch die "Seattle Times", die "Washington Post" und eine deutsche Zeitung aus dem Mittleren Westen, um sich ein besseres Bild zu machen. Es war für ihn kaum eine Überraschung gewesen, als das Pulverfass im Balkan explodiert war und der österreichische Erzherzog Franz-Ferdinand im Juni 1914 ermordet worden war. Er hatte seine Frau Minnie gebeten, morgens aus den Zeitungen Artikel mit bestimmten Stichwörtern auszuschneiden, damit er sie während des Mittagessens daheim überfliegen könne. Minnie hatte einen ziemlich scharfen Blick dafür entwickelt und begonnen, sich selbst für Politik zu interessieren. Besonders seit die leise Möglichkeit bestand, dass die Vereinigten Staaten selbst früher oder später in den europäischen Krieg gezogen würden. Obwohl die Regierung immer noch äußerst bemüht war, neutral zu bleiben. An der Ostküste lag sogar eine massive Anzahl deutscher Schiffe in den Häfen, die aus Sorge, von den U-Booten ihres eigenen Landes torpediert zu werden, dortblieben, um das Kriegsende abzuwarten.

Und nun hatte der deutsche Außenminister Arthur Zimmermann die Nachlässigkeit einer praktischen Kriegserklärung an die USA begangen, indem er ein schlecht verschlüsseltes Telegramm an Mexiko gesendet hatte. Die Briten hatten es aufgefangen und seinen Inhalt entschlüsselt, und jetzt

waren alle aufgerüttelt. Minnie machte sich schrecklich Sorgen,
denn Krieg bedeutete, dass eine Generation junger Männer
betroffen wäre. Sie hatte Furchtbares über den Grabenkrieg in
Belgien und Frankreich gelesen. Sie wollte nicht, dass ihre Söhne
Jacob und Charles gegen eine Nation kämpften, die so weit
entfernt war, und aus Gründen, die vollständig auf europäischen
Monarchien basierten. Hatte die Versenkung der RMS Lusitania
Protest hervorgerufen, so führten die Ankündigung eines
uneingeschränkten U-Bootkriegs und der Vorschlag an Mexiko,
der dessen Ambitionen verstärkte, einen potenziellen Krieg gegen
die USA zu gewinnen, schließlich herbei, was Minnies und
Williams größte Sorge gewesen war. Am 2. April 1917 erklärte
Präsident Woodrow Wilson Deutschland den Krieg.

Waren Misstrauen und Diskriminierung gegen Deutsche
zuvor eher subtil gewesen, so bestand jetzt offene Feindschaft.
William hatte dies vorausgesehen und versucht zu signalisieren,
dass er ein wahrer Patriot sei, indem er seinen Nachnamen ins
Englische änderte. Er sprach mit seiner Familie nicht mehr
Deutsch und bestand darauf, dass das Abonnement der
deutschen Zeitung gekündigt werde. Und er wusste nicht, ob er
extrem stolz oder extrem besorgt sein sollte, als seine beiden
Söhne bei der ersten Gelegenheit hinauf nach Seattle fuhren und
sich bei einem Rekrutierungsbüro meldeten. Minnie war am
Boden zerstört.

Das war auch Dorothy, die Jüngste ihrer drei. Sie war heimlich in Edward verliebt, den ältesten Jungen der Familie Lawrence nebenan. Heimlich, weil die Familie Stark, jetzt Power, nicht mit den Lawrences redete. Die beiden Jugendlichen hatten unabhängig voneinander und ziemlich zur selben Zeit die Überreste einer alten Blockhütte auf der Grundstücksgrenze zwischen ihren beiden Häusern entdeckt, und etwas hatte sie an diesem abgelegenen Ort angezogen. Eines Tages waren sie einander begegnet.

Edward war derjenige gewesen, der ihr erklärt hatte, warum ihre Familie so gegen seine eingestellt war und umgekehrt.

„Es ist natürlich albern", hatte er gesagt. „Letzten Endes ist alles darauf zurückzuführen, dass deine Großtante Christine meinen Großonkel Spencer zur Rede stellte, weil er dafür bezahlt habe, dass Lawrence Hall nach seinem Vater benannt wurde. Tja, mein Großvater Carlisle, der Spencers jüngerer Bruder war, hat meinen Vater und meinen Onkel in Erinnerung an diese Beschuldigung großgezogen. Ich schätze, er sah voraus, dass einer von ihnen die Zeitung, die Papiermühle und das Druckereigeschäft übernehmen würde, da Onkel Spencer nur Töchter hatte. Und sie sollten gegen künftige Unterstellungen hinsichtlich Bestechung gewappnet sein. Nun, Großvater hatte recht. Mein Vater erbte die Zeitung und die Druckerei, Onkel Edward bekam die Papiermühle. Aber das weißt du natürlich."

„Dann ist das alles nur wegen einer Eitelkeit von Tante Christine?" hatte Dorothy gestaunt.

„Mehr oder weniger, denke ich." Edward hatte die Achseln gezuckt. Dann hatte er großzügig hinzugefügt: „Sie mag auch einen Punkt darin gehabt haben, dass er die Sklaverei im Osten verteidigte. Das war gewiss nichts, worauf ich stolz bin. Dennoch ..."

Sie waren verstummt. Das war vor drei, beinahe vier Jahren gewesen. Sie staunten noch immer, wie lange Familien einen Groll gegeneinander hegen konnten. Doch bei Beginn des Kriegs, den man inzwischen den „Großen Krieg" nannte, hatte Frank Lawrence seine Frau Alice und seine Kinder Edward, George und Anna ermahnt, sich fernzuhalten von „den Hunnen nebenan, denn man kann diesen Kriegstreibern nie trauen". Edward und Dorothy hatten sich all die Jahre heimlich getroffen, und sie hatten so etwas wie eine Übereinkunft, dass sie, wenn der Krieg erst vorbei wäre, heiraten würden.

Doch dann hatte Edward beschlossen, am Krieg teilzunehmen, obwohl es keine obligatorische Rekrutierung gab. Er war von den Fliegerassen in Übersee fasziniert gewesen und wollte Teil an dem Heldentum haben. Ende 1916 hatte er sich bei den Briten gemeldet und war auf einem kanadischen Kriegsschiff nach Europa gefahren. Dorothy hatte versucht, seinen Ehrgeiz zu verstehen. Aber sie hatte es nicht gekonnt. Wenn Menschen zum Fliegen bestimmt waren, wären sie schließlich mit Flügeln *geboren worden. Und hatte man diese Flugzeuge nicht erst vor so kurzem erfunden, dass man ihnen nicht vertrauen sollte?*

Sicher wusste Dorothy, dass es oben in Seattle eine Firma namens Aero Products gab, die sogenannte „B & W" Wasserflugzeuge baute. Sie hatte noch keines gesehen. Sie konnte sich nicht einmal ein Vehikel vorstellen, das versuchte, Luft wie Wasser zu erobern. Doch Edward hatte ihr mit leuchtenden Augen und zungenfertig beschrieben, wie eine Zukunft mit Flugzeugen aussehen würde. Jetzt war er schon seit Monaten fort. Sie konnte keine Briefe erhalten, da sie sonst daheim aufgeflogen wäre. Drüben bei den Lawrences war sie auch nicht willkommen. Und ihre Brüder gingen ebenfalls fort.

Es war eine trostlose Zeit in beiden Häusern, dem Saltbox-Haus der Powers und dem Lawrence'schen Herrenhaus im Kolonialstil, während ihre Söhne fort waren. Zumindest hatten es die Lawrences geschafft, es George auszureden, ebenfalls in den Krieg zu ziehen. Statt sich gegenseitig zu trösten, vermieden es beide Familien, auch nur in Richtung des jeweils benachbarten Hauses zu blicken. Insgeheim gaben die Lawrences den Powers die Schuld, dass der Krieg nun so deutlich spürbar war. Und die Powers beschuldigten die Lawrences, dass sie alle Deutschen in einen Topf würfen.

Am Ende zerbrach Dorothy unter dem ständigen Druck beider Familien. Und als ein junger Ingenieur des nun als Boeing Airplane Company bekannten Unternehmens durch Wycliff schlenderte, während er eine Tante besuchte, fand sie seine zivilistische Haltung so ermutigend und die Zukunft der Maschinen, an denen er arbeitete, so überzeugend – hatte Edward ihr nicht alles über Flugzeuge erzählt?! – dass sie dem jungen Mann gestattete, ihr den Hof zu machen. Noch bevor der erste Weltkrieg endete, war sie verheiratet und nach Georgetown gezogen.

Ihre Brüder kehrten körperlich unversehrt aus dem Krieg zurück. Doch Edward Lawrence war in seinem Flugzeug abgeschossen worden, hatte schwere Narben und war kaum wiederzuerkennen, als er nach Hause kam. Insgeheim hatte er gefürchtet, wegen seines Aussehens abgewiesen zu werden. Doch dass Dorothy ihn sogar lange vor seiner Rückkehr verlassen und so ihre stille Übereinkunft verraten hatte, traf ihn schwer.

Er leitete alle Geschäfte, die es zuließen, von zu Hause aus und zog sich ganz aus dem öffentlichen Leben zurück. Und er begann, auf seinen einsamen Abendspaziergängen am Strand Steine zu sammeln, um eine Steinmauer zu bauen, die die Lawrences von den Powers trennen würde und selbst durch die Hütte verlief, um jegliche zufälligen Begegnungen mit den Leuten von der anderen Seite in Zukunft zu verhindern.

*

Astrid saß in ihrem Büro, das sie in Wycliffs Harbor Mall gemietet hatte. Es war gut, dass sie das getan hatte, denn es führte sie weg von ihren Problemen zu Hause. Es gab ihr Raum und genügend Ruhe, um über ihr Geschäft nachzudenken und nicht über den bitteren Verrat, den ihr Mann Roy verübt hatte. Was sollte sie jetzt tun? Hunter hatte sie für dieses wundervolle Projekt engagiert, das ihren Namen ganz groß herausbringen konnte. Oder auch nicht, da sie von Mrs. Lawrence an der kurzen Leine gehalten wurde, weil deren Budget einige ihrer revolutionäreren Pläne zunichtemachte. Trotzdem war es eine großartige Gelegenheit. Andererseits …

Die Bürotür öffnete sich, und ihre Mitarbeiterin trat ein. Martina Baum, eine schlanke Brünette mit modisch kurzem Haar, Kurven an all den richtigen Stellen, langen Beinen und einem Gespür für nordwestlich legere Mode, die trotzdem noch geschäftsmäßig war, und jederzeit einem Lächeln für alle. Martina, ihre Landsmännin, ihre beste Freundin, ihre Vertraute, ihre inspirierte Partnerin bei der Arbeit. Die Verräterin.

„Hallo", wagte Martina sich vor.

Astrid blieb stumm. Ihre Augen konzentrierten sich auf das 3D-Designprogramm auf ihrem Bildschirm. Sie begann, die Wand eines Raumes ochsenblutrot auszufüllen. Sie machte eine Notiz auf einem Block neben ihrer Tastatur. Sie ignorierte Martina.

„Ich weiß, du bist sauer."

Astrid schüttelte ihr blondes Haar und begann, das Holzfarben-Sortiment einer Firma für Fensterbretter und Türrahmen durchzusehen.

„Es ist nicht mit der Absicht passiert, dich zu verletzen."

„Raus." Astrids Stimme war sehr ruhig.

„Was?"

„Raus. Du bist gefeuert."

„Du kannst mich nicht einfach feuern, Astrid. Dafür gibt es keine beruflichen Gründe. Wenn du mich nicht sehen oder mir nicht zuhören willst, kann ich immer noch von daheim aus arbeiten. Aber du kannst mich nicht feuern."

Astrid sah sie zum ersten Mal an und war überrascht, dass Martina heute Morgen ziemlich viel weniger eindrucksvoll aussah. Sie hatte Ringe unter den Augen, als habe sie eine schlaflose Nacht verbracht. Geschieht ihr recht, entschied Astrid. Auch ihr Haar saß heute unmöglich, und ihr Make-up war fleckig.

„Soweit ich weiß, miete ich dieses Büro, und du bist auf meiner Gehaltsliste. Wenn ich entscheide, dass es nicht genügend Projekte gibt, um einen zusätzlichen Mitarbeiter zu rechtfertigen, steht es mir frei, dich zu feuern."

„Du weißt, dass wir genügend Projekte haben", wehrte sich Martina. „Und wenn du mich feuerst, fällt es auf dich zurück. Du kannst es allein nicht schaffen, und dein Ruf ginge den Bach runter."

„Mach dir keine Sorgen um meinen Ruf", fauchte Astrid. „Wenn ich du wäre, würde ich mich um meinen eigenen sorgen.

Du bist eine Ehebrecherin, und ich bin mir ziemlich sicher, dass die weibliche Klientel dieses Unternehmens nicht gerade scharf darauf ist, dass jemand für sie arbeitet, der anderer Leute Ehemänner stiehlt. Sie könnten um ihre eigenen Ehen fürchten."

„Nur, wenn sie sich nicht gut genug um ihre Ehemänner kümmern", entgegnete Martina.

„Nun, das nenne ich eine Empfehlung für deine Dienstleistungen!"

„Nun, hör mich bitte an. Wir sind immerhin Freundinnen."

Astrid sah Martina entsetzt an. „Freundinnen?! Ich mag naiv genug gewesen sein, das einmal zu glauben. Aber nach den jüngsten Vorkommnissen habe ich meine Zweifel, dass du das je gewesen bist."

„Aber das bin ich. Und das war ich. Aber ich bin auch mit Roy befreundet. Und da du ständig das harte Leben beklagst, das du hier als Einwanderin führst, und dich immer mehr in dein Büro verkriechst, statt Zeit mit ihm in eurem schönen Zuhause zu verbringen ..."

„Versuchst du allen Ernstes, mir zu sagen, dass du eingesprungen bist, um ihn zu trösten?"

„Naja, nicht am Anfang."

„Erklär mir das", sagte Astrid kalt. „Ich bin mir sicher, du hast eine gute Erklärung für das, was du getan hast."

„Wir haben uns beide immer mehr beiseitegeschoben gefühlt. Alles durfte sich nur um dich drehen. Ich hatte nur eine

Nebenrolle. Du hast mich vor unseren Kunden nie für meine Beiträge und meine Arbeit gelobt. Es ging nur um dich und dein Unternehmen. Nun, und immer, wenn du, Roy und ich bei einer Veranstaltung waren, hast du uns mit einem Tätscheln auf den Kopf herabgesetzt. Weswegen wir, als das während der Weihnachtsfeier im *Ship Hotel* wieder geschah, dir ausgewichen sind und einfach an der Hotelbar ein paar Drinks genommen haben."

„Oh, ich bin beinahe zu Tränen gerührt", spottete Astrid. „Und ihr hättet nicht für euch selbst sprechen können? Du brauchtest mein Lob? Was natürlich etwas ganz anderes ist als ein Tätscheln auf den Kopf, nicht wahr? Und ihr beide habt euer schreckliches Schicksal beklagt, dass euch mit dieser jammernden Einwanderin zusammengebracht hat, die es trotzdem irgendwie geschafft hat, euch beide auszustechen? Du musst dir was Besseres einfallen lassen, Martina."

Martina biss sich auf die Lippen. „Weißt du, es ist schwer, Stellung zu nehmen, wenn du in der Nähe bist. Und für Roy muss es noch schwerer gewesen sein. Du hast dich von morgens bis abends über alles beschwert. Weiß Gott, ich erinnere mich daran, wie du dich über das Banksystem geärgert hast, über Sozialversicherung, Brotvielfalt, Hotelpreise, konventionelle Medizin, das Bildungssystem, Allgemeinbildung und was nicht alles. Wenn du so daheim weitergemacht hast – und Roy sagt, das hättest du –, dann stell dir mal vor, wie *er* sich gefühlt haben muss. Das ist seine Heimat, die du da ständig kritisiert hast. Du hast sie zerlegt. Nichts war dir je gut genug. Nichts, was Roy versucht hat, für dich zu verbessern, war dir je gut genug. Nun, das drückt einen Menschen runter."

„Aha, und du warst der Barmherzige Samariter, der sich um den verwundeten Mann gekümmert hat. Bloß, dass dir das nicht zugestanden hat. Und mit ihm ins Bett zu gehen, hat dir mit Sicherheit auch nicht zugestanden. Und es ist mir egal, wer von euch beiden auf die Idee gekommen ist."

„Hör zu", sagte Martina. „Ich weiß, es war falsch. Und ich entschuldige mich. Es wird nicht wieder vorkommen."

„Weißt du", erwiderte Astrid. „Es ist mir gleichgültig, weil ich dir nicht glaube. Ich habe Roy in den letzten Tagen zweimal am Telefon gehört. Und glaub mir, seine letzten Worte zu dir letztes Mal klangen überhaupt nicht wie eine Garantie für ‚Es wird nicht wieder vorkommen'. Mir reicht's. Mit euch beiden." Sie schloss die Webseite, ohne zu speichern, woran sie gearbeitet hatte. „Du kannst ihn ganz für dich behalten. Oder ihn mit jemand anders teilen. Es ist mir schnurzpiep."

„Oh, Astrid, ich weiß, dass es dir nicht egal ist", sagte Martina ruhig. „Ich wünschte, es wäre nicht passiert. Ist es aber. Ihr könnt euch immer noch versöhnen. Wenn du nur versuchtest, deine neuen Lebensumstände anzunehmen. Alle hier kommen klar mit allen möglichen Hindernissen, Veränderungen, Institutionen, Systemen. Wenn *die* es können, kannst du es auch. Du musst nur damit zurechtkommen *wollen*."

„Bist du fertig?"

Martina seufzte. „Ich bin gekommen, um mich zu entschuldigen. Nicht, um zu tadeln. Es tut mir leid. Ich werde von daheim aus arbeiten, bis du mir sagst, dass ich wiederkommen kann."

„Wenn die Hölle zufriert", sagte Astrid.

Martina zuckte die Achseln. „Wir sehen uns."

„Ich würde nicht darauf wetten", erwiderte Astrid, während Martina sich umdrehte und das Büro verließ. „Was für eine armselige Entschuldigung dafür, eine Ehe zu zerstören", murmelte Astrid vor sich hin. „Nun, ich überlege mir besser, was ich jetzt tun sollte. Und welche Richtung ich einschlage." Sie blätterte durch ihr Exemplar des Telefonbuchs der Handelskammer, dann wählte sie eine Nummer. „Hallo, ist das *Jones & Jones*? Ich hätte gern einen Termin in einer Privatangelegenheit. Genauer gesagt, es geht um eine Scheidung."

*

Trevor hatte über einem besonders schwierigen Fall von Erbschaftsstreitigkeiten gebrütet, der verschiedene staatliche Gesetze und eine Menge Anrufe an einen Freund auf den Plan rief, der in einem Büro in Maine saß. Einer der Streitenden in dem Fall kam aus Maine, weshalb Trevor seinen alten Kommilitonen konsultierte. Jetzt kritzelte er auf einem Notizblock herum. Dann kramte er in einer seiner Schreibtischschubladen, die bald einmal ausgeräumt und sinnvoller organisiert werden musste. Kurz, er

119

fühlte sich unruhig, missmutig und nicht in der Lage, sich heute mit den feineren Details seiner Unterlagen auseinanderzusetzen. Warum nicht für heute Schluss machen, da es keine Eile hatte, und spazieren gehen?

Er ging hinüber in das Büro seines Vaters, einen stattlichen Raum mit schweren, dunklen Möbeln, Ledersesseln und einem offenen Kamin. „Vater?"

James blickte auf. „Was, mein Sohn?"

„Ich mache für heute Schluss. Dieser Fall darüber, was wem zusteht, nachdem einer sich aus der eigenen Tasche um ein außerstaatliches Anwesen gekümmert hat, geht mir gerade auf die Nerven."

„Kribbelig?" schmunzelte James. „Ich weiß, dass du das bist, wenn du was mit einer Neuen anfängst. Wer ist sie? Wird deine Mutter sie mögen?"

Trevor grinste verlegen. „Ich schätze, ich fühle mich kribbelig, aber derzeit gibt es niemanden. Außer diesen armen Mädchen, die Mutter allzu eifrig in Schwiegertöchter verwandeln möchte. Ich wünschte wirklich, jemand würde endlich auftauchen und meine Rastlosigkeit beenden."

„Lass dir Zeit, mein Sohn. Und versuch auch nicht, das Thema vor deiner Mutter zu erwähnen. Sie hat schon eine Freundin in Vancouver in Kanada kontaktiert. Sieht so aus, als erwarteten uns in Zukunft mehr als nur Cocktailstunden. Eher ganze Wochenenden und so. Wenn man die Reisezeit bedenkt."

Travis stöhnte. „Sag mir, dass das nicht wahr ist."

„Nun, nach deinem fehlgeschlagenen Internet-Rendezvous in der *Main Gallery* – wann war das nochmal? – und deinem anschließenden Umzug in deine eigene Wohnung war sie verzweifelt, dass sie außer Acht gelassen und vielleicht nie eine Großmutter wird."

„Gute Güte, was ist das nur mit Frauen und Enkelkindern?! Das ist kein Fruchtbarkeitswettbewerb. Es geht um echte Liebe und …" Trevor verstummte hilflos.

„Als ob ich's nicht wüsste! Tja, mach dich auf Schlimmeres gefasst, mein Sohn, und versuche, mich vor so vielen noch intensiveren Veranstaltungen wie möglich zu bewahren. Ganz ehrlich, ich bin diese Cocktailstunden und den Smalltalk müde. Ich will meine Sonntagnachmittage und -abende wieder für mich. Die Wochenenden sind ohnehin zu kurz."

„Mir geht's auch so." Trevor nickte ernsthaft, hob seine Hand kurz zum Gruß und ging. Das große Haus schien leer zu sei, obwohl Trevor wusste, dass seine Mutter auch irgendwo darin sein musste. Warum besaßen Menschen so große Gebäude, wenn ihre geringe Zahl ihr Zuhause so leer anmuten ließ?

Draußen blinzelte verstohlen die Sonne zwischen den Wolken hindurch, die über den Himmel jagten. Es war kalt, aber jeder Sonnenstrahl, der hindurchgelangte, war mild und ließ Trevor auf den Frühling hoffen. Den richtigen, nicht nur den, der bereits laut Kalender stattfand.

Er schlenderte durch die Nachbarschaft und beschloss dann, Richtung Jupiter Avenue und Leuchtturm zu gehen.

Vielleicht würde er einfach nur am Geländer des kleinen Platzes bei den Treppen abhängen und dem Leben von Downtown von oben zusehen. Er grüßte einige Leute, die in ihren Vorgärten beschäftigt waren. Er winkte Pastor Wayland zu, der vom Besuch einer alten Dame zurückkehrte, die ihren hundertsten Geburtstag feierte und ihm ein Blech voll Kuchen aufgedrängt hatte. Er winkte Abby von *The Gull's Nest* zu, dem gemütlichen Bed & Breakfast an der Jupiter Avenue, ging vorbei am Büro des *Sound Messenger*, wo er den Herausgeber, John Minor, durch eines der Fenster erspähte, und erreichte schließlich seinen Zielort.

Trevor lehnte sich an das Geländer des Platzes und blickte über Downtown hinweg. Der Kreisverkehr beim Fähr-Terminal war mit einer bunten Tulpenmischung bepflanzt; erst vor ein paar Tagen hatte die Tulpenparade stattgefunden, ein Touristenmagnet für die gesamte Region. Eine Fähre verließ den Hafen, und ein Segelboot fuhr in den Jachthafen nebenan ein. Menschen spazierten die Uferpromenade entlang. Die Inseln im Sund lagen im Dunst, und man konnte die Berge jenseits kaum ausmachen. Trevor hörte Schritte auf dem Schotter hinter sich knirschen.

„Guten Morgen", sagte Tiffanys Stimme munter. Dann trat sie in Trevors Gesichtsfeld und lehnte sich neben ihm schwer gegen das Geländer. „Ist das nicht immer ein herrlicher Ort?" Sie schnaufte. „Frühe Mittagspause?"

„So ungefähr", nickte Trevor. „Ich musste meinen Kopf lüften, weil ich mich nicht auf das konzentrieren konnte, woran ich arbeiten sollte."

„Oh, Spazieren ist wunderbar, um den Kopf durchzupusten", sagte Tiffany. Dann lachte sie. „Zumindest glauben das die meisten Leute. Ich muss zugeben, dass ich nicht so oft laufe. Aber das ist ziemlich offensichtlich, nicht?" Sie sah Trevor an. „Was macht dir denn überhaupt so zu schaffen?"

„Mein Liebesleben", sagte Trevor. „Nicht, dass ich eins hätte."

„Oje, dann lass es dich nicht belasten", sagte Tiffany.

„Leichter gesagt als getan. Meine Mutter scheint darauf versessen, mich mit jemandem für immer zu verkuppeln."

Tiffany kicherte. „Oh, du meinst diese Cocktailstunden jeden ersten Sonntag im Monat? Tut mir leid, dass ich es letztes Mal nicht geschafft habe. Ich hatte einfach zu viel zu tun, und ich dachte ohnehin, dass es eher um dieses Verkuppeln gehe als um etwas anderes."

„Es ist so offensichtlich, nicht wahr?" seufzte Trevor.

„Ziemlich", gab Tiffany zu. „Warum gibt sie sich solche Mühe?"

„Sie will wohl unbedingt Großmutter werden. Es ist fast so, als liege sie im Wettstreit mit ihren Freundinnen, wer es zuerst wird. Ich hatte gedacht, wenn ich erst einmal weg von daheim wäre, würde sie aufhören, mich zu bevormunden. Aber es ist so intensiv geworden, dass mich die ganze Sache fast abstößt."

„Bist du deswegen so plötzlich ausgezogen?"

„So ungefähr. Du willst die Geschichte nicht hören, glaub mir."

„Oh, aber ja. Und ich verspreche, ich erzähle es nicht weiter." Tiffany legte eine Hand auf seinen Arm. „Manchmal ist es einfach gut zu reden, weißt du?"

„Naja, es ist wirklich eine ziemlich peinliche Geschichte." Trevor errötete. „Ich war so darauf aus, eine Partnerin zu finden, dass ich auf eine dieser Webseiten gegangen bin, die einem jemand möglicherweise Passenden vorschlagen. Keine Ahnung, wie die das machen. Höchstwahrscheinlich Algorithmen. Jedenfalls hatte ich diese Formulare ausgefüllt, gefühlte hundert Fragen – von der von dir bevorzugten Musik bis hin zu deiner Lieblingsfarbe für Unterwäsche –, und ich wollte gerade das Video abschließen, das ich mitsenden wollte, als meine Mutter in die letzten Sekunden hineinplatzte. Ich war so überrascht, dass ich ‚Senden' statt ‚Löschen' klickte."

„Autsch. Was ist dann passiert?"

„Nun, ich habe tatsächlich eine meiner sogenannten Vermittlungen bei einer Vernissage in der *Main Gallery* getroffen. Sie sagte mir im Prinzip, ich solle selbstständiger werden, und ließ mich stehen."

„Sie hat *das* gesagt?"

„Mehr oder weniger. Glaub mir, ich war total schockiert, weil es in der Öffentlichkeit passiert ist. Jeder hätte mithören können, was sie sagte. Ich stand fassungslos da und wünschte mir, dass die Erde aufbrechen und mich verschlingen möge. Ich hoffte nur, dass sich die Leute mehr auf ihre eigene Erscheinung und die ausgestellten Bilder konzentrierten als auf mein hässliches, kleines Intermezzo."

„Ich bin mir ziemlich sicher, du bist der Einzige, der sich noch daran erinnert", tröstete ihn Tiffany. „Zuviel passiert auch allen anderen."

Trevor nickte. „Tja, und jetzt versuche ich mir etwas einfallen zu lassen, wie ich den Versuchen meiner Mutter entgehen kann, mich wieder und wieder mit Frauen zu verkuppeln. Mein Vater hat mich vor ihren neusten Plänen gewarnt, und ich muss entkommen."

„Klingt fast beängstigend", lachte Tiffany.

„Ist auch so." Trevor verdrehte die Augen. „Zumindest habe ich für nächsten Freitagabend einen Plan, der mir helfen könnte. Ob es ihr gefällt oder nicht."

„Die Vernissage in der *Main Gallery*?" riet Tiffany.

„Ja. Abstrakte Malerei ist nicht wirklich mein Ding. Aber vielleicht sind die Gäste interessant. Und, wer weiß, vielleicht begegne ich ja ‚der Einen'. Oder auch nicht. Und du? Warum gehst du spazieren, wenn du sagst, es sei so gegen deine Gewohnheit?"

Tiffany seufzte. „Ich muss einfach abnehmen." Sie hob ihre Hände wie zur Verteidigung. „Nein, sag nichts. Wir wissen beide, dass es stimmt. Ich habe Übergewicht, und das ist ungesund. Außerdem möchte ich für Tom wieder attraktiv sein."

„Sag nicht, dass Tom dich nicht mehr attraktiv findet." Trevor war erschrocken.

„Er sagt es nicht, nein", musste Tiffany zugeben. „Aber er sagt neuerdings sowieso kaum etwas. Er kommt abends spät nach Hause und schläft gleich nach dem Abendessen vor dem Fernseher ein. Dazwischen keine große Unterhaltung. Und morgens geht er sofort nach dem Frühstück zur Arbeit. Es ist nicht so, dass er all die Arbeit allein machen müsste. Und für sein jüngstes Gartenbau-Projekt drüben am Lawrence-Haus hat er auch die Hilfe unserer Angestellten. Sie sind sehr effizient und fleißig – er muss nicht all die zermürbende Arbeit im Alleingang leisten."

„Dann läufst du also, um mehr Aufmerksamkeit von ihm zu bekommen?"

„So in etwa. Und ich mache eine Ananas-Diät. Kannst du glauben, dass man etwas hassen kann, das man mal geliebt hat, sobald man es essen *muss*? Und zudem noch etwas, das gesund ist? Warum kann das nicht so mit Schokolade sein? Kann denn niemand, um Himmelswillen, eine Schokoladen-Diät erfinden?!"

Trevor musste lachen. Dann klopfte er ihr sanft auf die Schulter. „Wie lange sind du und Tom denn schon verheiratet?"

„Dieses Jahr werden es fünfunddreißig Jahre." Tiffany Augen wurden plötzlich feucht. „Ist es zu glauben? Fünfunddreißig Jahre?"

„Und jetzt fürchtest du plötzlich, dass Tom dich nicht mehr attraktiv finden könnte?" Trevor schüttelte den Kopf. „Tiffany, du bist eine Institution, du bist ein Fels, und du bist ein wundervoller Mensch. Warum sollte Tom seine Haltung ändern? Ich wette, er könnte sich nicht mal vorstellen, ohne dich zu leben."

Tiffany wischte sich zornig die Augen. „Nun, er sollte es auch besser nicht!"

Trevor sah sie von der Seite an. „Weißt du, ich frage mich manchmal, warum wir glauben, dass es allen anderen besser geht als uns. Warum wir uns herabsetzen. Oder warum wir uns dem Urteil aller anderen unterwerfen anstatt nur unserem eigenen. Wären wir nicht so viel glücklicher, wenn wir uns auf die Hinterbeine stellten und unseren eigenen Fähigkeiten und Mitteln vertrauten?"

*

„Kannst du das glauben?!" jammerte Emma am Telefon, und Ozzie zuckte zusammen, weil es sich anfühlte, als sei ihm gerade ein Schlag in die Magengrube versetzt worden.

„Kann ich", erwiderte er trocken. „Irgendwie ist diese Sache wie verhext für uns. Erst lässt man dich weder mit mir mitkommen noch mich auch nur besuchen. Als würdest du versuchen, illegal einzuwandern. Dann bekomme ich nicht mehr als eine Woche Urlaub, weil ich neu auf dem Stützpunkt bin und eine wichtige Mission vorbereitet werden muss. Dann dieser verflixte isländische Vulkan, der Asche überallhin ausstößt und alle Flüge über Europa verzögert. Und nun, sagst du, streikendes Flugpersonal?"

Emma weinte jetzt. „Ich habe schon nach Schiffen geschaut. Aber ein Kreuzfahrtschiff ist derzeit völlig außerhalb meines Budgets, und ich würde damit ohnehin nur in New York landen. Ich müsste also immer noch über den ganzen Kontinent reisen. Ich habe schon darüber nachgedacht, eine Kabine auf einem Frachter zu buchen. Aber die sind genauso teuer. Und die brauchen ewig; es gibt keine Garantie, wie lange. Denn je nach der Ladung, die sie im nächsten anzulaufenden Hafen aufnehmen können, landen sie vielleicht danach in einem völlig anderen Hafen als ursprünglich geplant. – Ozzie, ich fühle mich, als wäre die ganze Welt gegen mich."

Ozzie schluckte schwer. Er hatte sich so darauf gefreut, Freitag in zwei Wochen endlich seine Frau bei sich zu haben. Und jetzt traf sie auf alle möglichen Hindernisse, die sie selbst nicht beheben konnte.

„Hör zu, Süßes, beruhige dich. Alles wird gut. Und versuch nur an all die Menschen zu denken, die dir gerade helfen und die dich mit all der Freundlichkeit überschütten, die du so verdienst. Ich meine, hat dich nicht dein Chef sogar sofort gehen lassen, während man normalerweise ein Vierteljahr vorher Kündigungsfrist hat?"

„Ja."

„Siehst du. Und die Leute, die deinen Haushalt auflösen, haben den Preis dafür heruntergesetzt, weil sie noch ein paar deiner Sachen verwenden können."

„Ja." Emma schluchzte. „Ich weiß, alle sind so nett. Sogar meine Nachbarn. Sie wissen, dass all meine Küchenutensilien bereits in einem Container unterwegs sind und ich nicht mehr für mich kochen kann. Sie bringen mir jetzt selbstgekochtes Essen, damit ich nicht jeden Abend ausgehen muss."

„Na, siehst du?"

„Aber das hilft mir nicht in Sachen Streik weiter."

„Wie lange dauern solche Streiks normalerweise?"

„Oh, sie hören auf und gehen dann wieder weiter."

„Dann versuch, an eine schnelle Lösung zu glauben. Und versetz dich in ihre Lage, damit du nicht darüber zornig wirst."

„Ich versuch's", sagte Emma mit einem trockenen Schluchzer. „Natürlich ist das Bodenpersonal unterbezahlt und überbeansprucht. Ich verstehe es vollkommen. Aber das passiert jedes Mal, wenn ich versuche, dich zu sehen. Weißt du noch, dass du für unsere Hochzeit zwei Flugtickets gekauft hast, nur um sicherzugehen, dass einer der Flüge klappt? Weil es damals ein Pilotenstreik war? Jetzt ist es sogar noch schlimmer. Ich war auf den alljährlichen Pilotenstreik bei deutschen Fluggesellschaften vorbereitet. Aber wenn es die Leute im Flughafenvorfeld betrifft, ist es egal, welche Fluggesellschaft man gebucht hat. Dann fliegen Flugzeuge nirgendwohin."

„Nein, natürlich nicht." Ozzie rieb sich die Stirn. „Was mich dran erinnert – hab' ich dir erzählt, dass unsere Mission gestern beinahe fehlgeschlagen ist, weil jemandem in meiner Crew ein Werkzeug abhandengekommen war?"

„Was?"

Ozzie seufzte innerlich erleichtert. Er hatte es zumindest für diesen Augenblick geschafft, Emma von ihrer Besorgnis abzulenken. „Ja. Du weißt ja, dass es wirklich gefährlich sein kann, wenn jemand ein Werkzeug an einer Stelle zurücklässt, wo es eine Hydraulikleitung beschädigen oder einen elektrischen Kurzschluss verursachen könnte."

„Gute Güte! Das bedeutet, das Flugzeug könnte abstürzen!"

„Naja, es würde vielleicht erst gar nicht abheben. Jedenfalls haben wir so ziemlich alles wieder auseinandergenommen, was wir eben zusammengesetzt hatten. Der verlorengegangene Schraubenschlüssel war nicht zu finden. Dann sind wir alle Werkzeugkisten durchgegangen. Kein Schraubenschlüssel. Am Ende mussten wir die Mission einem ganz anderen Flugzeug zuteilen, damit sie überhaupt stattfinden konnte. Ich schätze, die Schicht nach uns war nicht gerade glücklich, sich darum kümmern zu müssen, dass es so kurzfristig startbereit sein musste."

„Oje! Das ist schrecklich!"

„Nun, du wirst es nicht glauben. Letzte Nacht war ich gerade im Bett, als mein Telefon klingelte. Es war der Typ mit dem Schraubenschlüssel. Er muss ihn versehentlich in seine Cargo-Hose gesteckt und ihn dann vergessen haben. Er entdeckte ihn, als seine Frau seine Uniform waschen wollte und alle Taschen durchsuchte, ob er nicht etwas darin gelassen hätte." Er lachte leise. „Wetten, er wird deshalb noch lange deswegen geneckt werden?"

Emma seufzte schwer. „Ende gut, alles gut, denke ich."

„Ja", schmunzelte Ozzie. „Das gilt auch für uns."

„Wenn du es sagst, Ozzie."

„Gut. Jetzt musst du nur noch auch selbst daran glauben."

*

Tiffany kam in ziemlich nachdenklicher Stimmung wieder an ihrer Haustür an. Trevors Worte hatten etwas ausgelöst. Er hatte ihr Selbstwertgefühl gestärkt, indem er sie eine Institution, einen Felsen, sogar wundervoll genannt hatte. Und sie wusste, dass sie beides von den Ersteren für viele Menschen in Wycliff war – als Präsidentin der Handelskammer, als Vorsitzende des Viktorianischen Weihnachtskomitees, als aktives Mitglied des Historischen Museums von Wycliff, selbst als Freundin. War sie aber auch wundervoll? Sie öffnete ihre Haustür und trat ein. In der Diele blickte sie in den Spiegel. Natürlich sah man ihr den Spaziergang nicht an. Sie wusste, sie würde erst dann Gewicht durch das Laufen verlieren, wenn sie es zur Gewohnheit machte. Die Ananas-Diät sah man ihr auch nicht an. Sie hatte erst einen Tag gedauert. Oh, um Himmelswillen, was war denn überhaupt die Definition von ‚wundervoll'? Und war das nicht eine sehr subjektive Wahrnehmung?

Noch etwas hatte sie ziemlich neugierig gemacht. Trevor hatte Partnerschafts-Webseiten erwähnt. Natürlich war sie verheiratet. Und glücklich, auch wenn sie neuerdings das Gefühl hatte, dass alles ziemlich zur Routine geworden war. Aber geschah das nicht mit allem im Leben? Nur, wenn sie ihre Freundin Dottie mit ihrem Mann Luke sah oder Thora und den Bürgermeister … Sie waren so glücklich miteinander. Und sie wollte dieses lebhafte Gefühl auch wieder für sich.

Warum warf sie nicht einfach einen Blick auf eine dieser Agentur-Webseiten? Nur so zum Spaß? Als so eine Art Spiel. Nur um zu sehen, ob sie noch Marktwert hatte. Nicht, dass sie je einen gehabt hätte. Wenn sie ehrlich war, war sie immer das sprichwörtliche Mauerblümchen gewesen. Tom war ihr allererster und einziger Freund im Leben gewesen, und er hatte es geschafft, dass sie sich wundervoll fühlte. Was war also geschehen, dass sie sich so fade fühlte? So wenig liebenswert? So langweilig?

Ein anderer Gedanke traf sie wie ein Schlag. Was, wenn Tom wegen der deutschen Innenarchitektin so lange arbeitete, die er in jüngerer Zeit immer mal wieder erwähnt hatte? Was, wenn diese Frau ihm mehr bedeutete als nur eine Geschäftsbeziehung?

Sie ging in ihr Büro und sank auf ihren Stuhl. Trübselig starrte sie auf den Monitor ihres Desktops. Der Bildschirmschoner zeigte einen Wasserfall inmitten einer Wüstenoase. Einer jener Träume, die sich nie erfüllen würden. Selbst wenn sie ganz intensiv davon träumte, konnte sie sich nicht unter dem kühlen Nass des Wasserfalls vorstellen – sie würde selbst im schönsten

Badeanzug ein lächerliches Spektakel abgeben. Walross verstopft Badewanne, dachte sie. Sie sollte besser ihren Bildschirmschoner wechseln. Etwas Angemesseneres. Nein, keine Schokoladenkuchen. Nein, keine Seekuh mit ihrem Jungen. Nein. Nein. Nein. Sie barg ihr Gesicht in den Händen.

Dann setzte sie sich abrupt auf und googelte „Partnerschaften" und starrte auf die zahlreichen Optionen, die auf ihrem Bildschirm erschienen. Sie war überrascht, wie viele Seiten tatsächlich mehr von beruflichen und geschäftlichen Partnerschaften redeten als von anderen Dingen. Dann googelte sie „Partnerschaftsagenturen" – und da fand sie ein Schatzkästchen an Tipps und Agenturen. Sie begann, ein paar von den Seiten zu lesen, die Tipps gaben, wie man eine neue Partnerschaft anfangen sollte. Über Warnsignale. Darüber, ehrlich zu sein. Zeit miteinander zu verbringen. Es war interessant; aber es zeigte auch, dass sie und Tom nichts falsch machten. Naja, vielleicht sahen sie einander in letzter Zeit zu wenig? Aber es war nicht Tiffanys Schuld, oder? Tom hatte diese langen Arbeitszeiten in der gesamten Region des südlichen Sundes, während sie hauptsächlich im Büro saß. Sie war verfügbar.

Zum Spaß klickte sie auf den Link einer der Partnerschaftsagenturen. Eine halbe Stunde später war sie immer noch darin vertieft und füllte Formular um Formular aus. Gefühlte hundert Fragen, die sie fast alle ehrlich beantwortete. Nicht alle. Sie log über ihr Gewicht. Und über ihren Namen. Und das Foto, das sie hochlud, stammte von einer Webseite, die sich auf kostenlose Fotografie spezialisierte. Endlich war sie fertig. Einen Moment lang zögerte sie.

5

Beschnitt

„Wenn Pflanzen im Herbst in den Ruhezustand verfallen, lagern sie in den Wurzeln Nahrung für den Wachstumszyklus des nächsten Jahres ein. Wenn man sie dann oder im frühen Frühjahr beschneidet, bevor sie die Möglichkeit haben, all ihre Energie auf ihr Wachstum zu verwenden, entstehen Nottriebe. Deshalb arbeite ich während der Ruhephase nur an totem Gehölz. Manche Bäume werden während der Ruhephase sehr empfindlich, denn der Saftfluss ist sehr gering. Ich warte bis in den späten Frühling, um diese zu beschneiden. Schenken Sie ihnen nach dem Abblühen etwas Liebe. Aber beschneiden Sie nie zu stark. Eine Faustregel ist: nie mehr als ein Drittel auf einmal."

(Tipp von Gärtner Joe, Pangea Gardenscapes)

1929

„Starkade", murmelte der auf raue Weise gutaussehende Jacob Power und prüfte das Etikett auf der Limo-Flasche. Seine Augen glänzten spitzbübisch. Niemand konnte sagen, er hätte keine Möglichkeit gefunden, die Prohibition zu umgehen. Und niemand, der nicht an der Sache beteiligt war, würde ihm je auf die Schliche kommen. Nicht einmal sein so gewissenhafter, jüngerer Bruder Charles. Nur, wenn man eingeweiht war, wusste man, dass die andere Farbe eines Buchstaben im Namen den härteren Inhalt der Flasche kennzeichnete. Für den ahnungslosen

Betrachter schien es wie ein Druckfehler, da der Rest der Beschriftung des Labels dieselbe Farbe hatte wie das Original-Etikett der Brauerei in Wycliff.

Jacob war wütend gewesen, als er aus dem europäischen Krieg zurückgekehrt war und die Tyrannei der Abstinenzler immer noch angedauert hatte. Die ganze Idee der knochentrockenen Prohibition im Bundesstaat Washington war ohnehin ein Witz. Man durfte also keinen Alkohol mehr herstellen, aber man durfte ihn noch trinken?! Natürlich hatte Jacob bereits 1915 gewusst, dass Alkohol aus anderen Staaten und sogar von jenseits der kanadischen Grenze her hereinkam. Man konnte das Zeug sogar heimlich brennen oder ein Alkoholschmuggler an Orten wie Salmon Beach in Tacoma sein. Aber man konnte kein Bier mehr brauen – der Geruch hätte diese Aktivität verraten.

Charles hatte es nicht sehr gestört, die Brauerei in eine Limonadenfabrik umzuwandeln. Die Abfüllanlage konnte ohnehin genauso für alkoholfreie Getränke genutzt werden. Und die Nachfrage danach wuchs stetig. Starkade Limonaden der ehemaligen Stark Bierbrauerei gab es also in vier verschiedenen Geschmacksrichtungen – Orange, Erdbeere, Ginger Ale und Root Beer –, und statt Bieranzeigen schalteten die Powers jetzt Limonadenanzeigen in der Lokalzeitung.

Charles hatte keine Ahnung, dass jemand in der Druckerei regelmäßig eine Extraschicht arbeitete und Etiketten mit leicht veränderter Optik für Flaschen mit leicht verändertem Inhalt druckte. Und dass er das auf Anweisung seines älteren Bruders Jacob tat. Und warum sollte er auch? Jacob reiste neuerdings viel und versuchte, neue Kunden für Starkade zu gewinnen; und er kam immer mit Bündeln von Bargeld zurück, die aus erfolgreichen Transaktionen stammten, wie Jacob behauptete. Transaktionen waren es auch tatsächlich. Aber es ging bei ihnen darum, Alkohol in Flaschen zu füllen, aus denen zuvor die Limonade entleert worden war, und dann die „Limo" durch Hintertüren und Keller in Speakeasies zu schmuggeln, wo sie von Menschen konsumiert wurde, die das Leben feierten. Ein Leben, das sie davor bewahrt hatte, im Großen Krieg zu sterben, an der Spanischen Grippe, durch die Rezession, durch was auch immer sie hätte befallen können, es aber nicht getan hatte. Sie waren bereit, mehr als das Angemessene zu bezahlen. Also wurde mehr als das Angemessene verlangt. Schließlich gab es eine ganze Geschäftskette im Hintergrund, die in Gefahr für ihr eigenes Leben arbeitete.

Jacob fand diese Lebensweise aufregend. Während Charles in Wycliff blieb und Limonaden braute und abfüllte, von denen die Hälfte ohne sein Wissen in den Abwasserkanälen Seattles landete, leitete Jacob eine geheime Abfüllanlage, die auseinandergenommen und rasch wieder zusammengebaut werden konnte für den Fall, dass eine Polizei-Razzia bevorstand. Oder falls eine andere Alkohol-Schmugglerbande sich ihnen entgegenstellte und versuchte, sie zu vernichten. Waren die Limo-

Flaschen erst einmal verkauft – und das passierte schneller, als sich das selbst ein krummer Charakter wie Jacob vorstellen konnte –, wurde er zum Zentrum der Speakeasy-Feste und von Frauen und Männern gleichermaßen verwöhnt. Sie wussten, dass er ihre Quelle war. Sie wussten, dass er gefährlich lebte. Gefährlich zu leben, machte ihn umso mehr zu ihrem Helden, wenn auch einem sehr dunklen. Es gab Gerüchte, dass Jacob Mitglieder einer anderen Alkohol-Schmugglerbande eines Nachts in den Docks erschossen habe, als dort eine Ladung Whiskey-Fässer aus Kanada angekommen war. Aber es gab dafür nie einen Beweis. Zumindest nicht öffentlich.

Jacobs Schwester Dorothy wusste so wenig wie Charles. Ab und zu, nach erfolgreichen Geschäften in der Stadt, besuchte Jacob sie und ihren Mann, plauderte liebenswürdig mit dem Ingenieur über das neuste Flugzeug-Abenteuer und schenkte Dorothy französisches Parfum oder Seidenstrümpfe. Sie hätte wissen müssen, dass beides recht teuer war – aber ihr Bruder war ein erfolgreicher Hersteller. Warum sollte sie etwas Schlechtes von ihm denken?!

Dann kam der 29. Oktober 1929, und die Welt wurde von einem gewaltigen Crash im Aktienmarkt erschüttert. „Es ist alles wegen Spekulation, Überproduktion und zu wenig Nachfrage", versuchte Charles, die Situation seiner Frau Edwina zu erklären, die noch nie einen Hang für Wirtschaft besessen hatte, abgesehen von dem Geld, das ihr Mann nach Hause brachte. Sie hatte ihn nur misstrauisch angesehen. „Und wenn man zu viel Angebot und zu wenig Nachfrage hat, verliert das Angebot an Wert."

„Das kann nicht der Grund dafür sein, dass all die Menschen jetzt ihre Arbeit verlieren", entgegnete sie.

„Ist es aber. Wenn niemand es sich leisten kann, ein Haus zu bauen, braucht man die Holzindustrie nicht. Das bedeutet, man braucht weder die Holzeinschlagfirmen noch die Leute, die die schweren Maschinen für sie bauen und so weiter und so fort."

„Fein", sagte Edwina. „Du hast also eine Antwort auf alles. Dann sag mir, welche Auswirkung das auf uns haben wird."

Interessanterweise lief ihr Unternehmen weiterhin gut. Die Menschen schienen immer noch Limonade zu kaufen. Tatsächlich so viel, dass Charles im Jahr nach dem Börsenkrach mehrere politische Stadtkundgebungen mit freier Limo für alle sponserte.

Im Nachbarhaus runzelte George Lawrence die Stirn über seinen Büchern. Nicht nur hatte er den Preis für seine Zeitungen reduzieren müssen; um noch eine Marge zu gewinnen oder sie zumindest zu amortisieren, hatte er ihren Umfang verringern müssen. Was nicht zu ihrer Attraktivität beitrug. Er würde Gehälter kürzen müssen, wollte er nicht einen Teil seiner Angestellten entlassen. Wie gelangen Charles und Jacob so großartige Geschäfte mit etwas so Unnötigem wie Limonade, während er mit niedrigeren Papierpreisen in seiner Papiermühle und niedrigeren Zeitungspreisen kämpfte? Er rieb sich die Stirn. Irgendetwas lief verkehrt. Ziemlich viel lief verkehrt. Diese Nation hatte sich so verändert.

Es klopfte an seine Heimbüro-Tür, und seine Frau Rose trat mit sorgenvollem Blick ein.

„Meine Schwester in Sturgis hat gerade angerufen", flüsterte sie verstört.

„Sturgis in Oklahoma, wenn ich mich richtig erinnere?"

Sie nickte stumm und schluckte. „Sie kommen."

„Wer ist ,sie'?"

„Sie, ihre Familie, ihre Schwiegerfamilie. Sie sind alle hierher unterwegs."

„Du machst wohl Witze." George musterte ihr Gesicht. Er fand darin nichts als echte Sorge. „Aber warum?"

„Sie sagen, es sei wegen der Dürre. Sie haben ihr Land verkauft. Sie haben genug dafür bekommen, dass sie es hierher nach Washington schaffen, wenn sie sparsam sind."

„Man verkauft kein Land wegen einer kleinen Trockenheit."

„Es ist keine kleine Trockenheit, George. Sie sagen, es gehe jetzt schon seit ein paar Jahren so, und 1930 ist genauso schlimm. Es hat Missernten gegeben, der Boden ist knochentrocken. Auf ihren Feldern stehen Staubteufel statt Weizen."

George schlug mit der Faust auf den Tisch. „Man verkauft kein Land wegen einer kleinen Trockenheit", schrie er.

Rose zuckte zusammen, gewann aber ihre Fassung wieder. „Tja, aber sie haben es getan, George, und anscheinend sind sie nicht die einzigen, die aufgeben mussten. Zumindest konnten sie verkaufen. Es gibt in den Great Plains andere, denen die Banken einheizen wegen der Kredite, die sie aufgenommen haben. Und jetzt, wo die Weizenpreise im Keller sind, müssen sie ihr Land den Banken einfach übereignen, ohne etwas dagegen zu erhalten." Sie schluchzte trocken. „Es ist wirklich schrecklich. Und ich habe so eine Ahnung, dass das erst der Anfang ist."

„Wovon werden sie hier also leben? Die Menschen verlieren auch überall an der Westküste ihre Arbeit."

„Kannst du nicht etwas für sie finden? In der Druckerei oder in der Papiermühle?"

„Es ist deine Familie, Rose. Warum ersetzt du nicht ein paar deiner Hausmädchen durch einige deiner Nichten?!"

Schließlich traf Roses Familie müde und hoffnungslos ein. Sie waren nur die Ersten einer langen Karawane daher, was als Dust Bowl bekannt werden sollte. Sie nahmen jeden Job an, der ihnen angeboten wurde; Roses Nichten ersetzten die japanischen Hausmädchen; den Männern in der Familie fiel es schwerer, etwas zu finden. George hatte Gewissensbisse, Arbeiter in der Mühle oder in der Druckerei zu feuern, nur um sie durch Verwandte seiner Frau zu ersetzen. Sie quetschten sich zusammen in dem Herrenhaus im Kolonialstil, das noch nie so viele Bewohner gesehen hatte. Und sie alle mussten sich in das Budget teilen, das die harten Zeiten ihnen diktierten. Sie hatten immer noch Glück. Aber sie fühlten sich nicht miteinander wohl. Eine Gemeinschaft, die von einer harten Wirtschaftslage erzwungen wird, ist eine Brutstätte für versteckte Abneigungen und mitunter offene Aggression. George Lawrence blickte wehmütig auf die Steinmauer, die sie von den Powers nebenan trennte. Waren die nicht gut dran?

Aber das Glück hält für einen Spieler nur gewisse Zeit an. Dann dreht sich das Glücksrad, und der Spieler erfährt normalerweise einen harten Schlag. Jacob Power hatte eine Glückssträhne. Er feierte das Leben mit Leuten, die er für seine Freunde hielt, die aber tatsächlich seine Großzügigkeit und seine Verbindungen ausnutzten. Jacob genoss die Liebesaffären mit zauberhaften Frauen, die nach ihm Schlange zu stehen schienen. Er wurde von seinem eigenen Reichtum geblendet und von dem Glanz, der mit ihm einherging. Und das machte ihn unvorsichtig.

Das Seattle Police Department war Alkoholschmugglern wie ihm schon seit einer Weile hinterher. Er hatte ihren Razzien recht leicht entgehen können. Bis eines Nachts einer seiner sogenannten Freunde, der in Wirklichkeit zu einer anderen Bande übergelaufen war, die auf dem Vormarsch war, ihn verraten hatte. Diesmal gab es keine Warnung von irgendwem. Jacob hatte seine transportable Abfüllanlage in einem Keller in Queen

Ann voll im Betrieb, als die Polizei hereinplatzte. Es gab einen zweiten Ausgang; aber keiner hatte geprüft, ob der sich auch öffnen lassen würde. Als sie ihn am dringendsten brauchten, fanden sie ihn verschlossen. Es gab eine kurze Panik unter Jacobs Helfern. Er sah ihre Kaltblütigkeit schwinden. Außer bei einer Person, die sich von den anderen abgesetzt hatte und näher bei der Polizei stand als bei ihnen.

„Du verdammter Narr!" schrie Jacob und zog einen Revolver.

„Lass die Waffe fallen!" rief ein Polizist.

Jacob ignorierte ihn. Er sah den Verräter an. „Du gehst nirgendwohin." Dann schoss er. Aber es war er, der fiel, getroffen von einer Kugel aus der Waffe des Spitzels. Er starb in jenem Keller und wurde hinausgetragen und zusammen mit den Teilen seiner transportablen Abfüllanlage auf die Ladefläche eines Lasters geworfen.

Charles trauerte, als er die Nachricht vom Tod seines Bruders erhielt. Er konnte nicht glauben, dass Jacob nicht der gewesen war, der er seiner Familie in Wycliff zu sein geschienen hatte. Für sie war er der fleißige Geschäftsmann gewesen, der ihre Limonadenmarke groß gemacht hatte. Jetzt stellte sich heraus, dass ihr Erfolg auf dem Schmuggel und dem illegalen Vertrieb von Alkohol beruht hatte.

Niemand konnte allerdings beweisen, dass die Reichtümer der Powers aus kriminellen Aktivitäten stammten.

Und so wurden sie nie vor Gericht gezogen, um sich dagegen zu verteidigen, dass sie am Alkoholschmuggel beteiligt gewesen seien. Es gab natürlich Gerüchte in der Stadt, dass Charles die ganze Zeit davon gewusst habe. Aber Charles war das egal. Er musste ein Unternehmen führen und einen Bruder betrauern, der ein zu großes Stück vom Kuchen des Lebens abgebissen hatte.

*

James Jones hatte sich in den letzten Wochen nicht richtig wohlgefühlt. In einer Reihe von Fällen, an denen er neuerdings arbeitete, herrschte Druck. Und er musste seinen Zeitplan neu anpassen, da einige jener Fälle vor Gericht ausgefochten werden mussten. Er hasste alles daran. James war ein friedliebender Mensch. Weswegen er den Beruf angenommen hatte, den seine Familie nun schon seit über hundert Jahren in Wycliff praktizierte. Er wollte vermitteln, Lösungen für seine Klienten finden. Er wollte ihre Konflikte nicht vor Gericht ziehen. Er hielt es für eine Vergeudung ihrer Zeit und ihres Geldes. Seiner Zeit ebenfalls. Aber wenn seine Klienten hartnäckig waren und bereit zu bezahlen, so sei's drum.

James brütete über einer besonders ärgerlichen und dicken Akte, die sich um einen besonders bitteren Scheidungsfall drehte, in dem die ehemals Liebenden um buchstäblich jeden Gegenstand stritten, den sie während ihrer Ehe erworben hatten. Er rieb sich die Stirn. Warum verhielten sich Erwachsene manchmal wie

Kleinkinder? Es ging hier doch nur um Dinge. Um etwas, wovon sie dachten, dass die andere Partei in diesem Fall es nicht bekommen solle. Wie eine Schaufel im Sandkasten eines Spielplatzes. Um etwas, das in den meisten Fällen ersetzt werden konnte. Er seufzte.

James begann, ein leichtes Schwindelgefühl und Übelkeit zu verspüren. Er musste etwas Verkehrtes gegessen haben. Was hatte er zuletzt gegessen? Das Roastbeef-Sandwich zu Mittag war frisch zubereitet gewesen; genauso das Rührei, das er zum Frühstück genossen hatte. Außerdem setzte eine Lebensmittelvergiftung erst drei Tage nach dem Verzehr von etwas Verdorbenem ein. Er spürte, wie kalter Schweiß seine Kleidung durchnässte. Irgendetwas war völlig verkehrt. Sein Atem wurde schwerer und schwerer. Er griff nach seinem Glas Wasser, das wie gewöhnlich neben seinem Desktop stand. Er griff zu kurz und stieß stattdessen das Glas um. Ein intensiver Druck in seiner Brust setzte ein, ein Schmerz, wie er ihn noch nie zuvor erfahren hatte. Er versuchte zu rufen, aber es wurde mehr zu einem Stöhnen. Dann sackte er nach vorn und fiel auf die Knie.

Theodora war im Flur im Erdgeschoss, als sie vom Büro ihres Mannes her ein seltsames Geräusch hörte, begleitet von einem dumpfen Schlag. Sie hatte gerade ausgehen wollen. Stattdessen ging sie an seine Bürotür und klopfte.

„James?" sagte sie. Keine Antwort. Sie klopfte nochmals. „Ich komme jetzt rein", kündigte sie an und öffnete die Tür.

Danach ging alles sehr schnell. Theodora war erstaunlich kompetent, wenn es um Krisen ging. Sie sah James auf dem Boden liegen und das Wasserglas, das seinen Inhalt über einen Teil des Schreibtisches verschüttet hatte. Sie rannte ans Telefon und wählte 911. Dann lockerte sie James' Krawatte und Hemdkragen und öffnete seinen Gürtel. Schließlich blieb sie nur an James' Seite sitzen, seine Hand in einer von ihren, und sie sprach mit ihm in der ruhigsten Weise, deren sie fähig war.

Zwei Tage später wurde James aus dem St. Christopher's Hospital entlassen. Er hatte einen leichten Herzinfarkt gehabt.

„Er muss seinen Lebensstil ändern", ermahnte der dortige Arzt Theodora. „Vor allem braucht er in den kommenden Wochen Ruhe. Keine Aufregung, keine großen Partys zu Hause."

Theodora war sich nicht sicher, ob der Arzt von ihren Plänen wusste, Leute aus Kanada einzuladen, damit sie ihren kostbaren Sohn kennenlernten und sich vielleicht in ihn verliebten. Falls er von auch nur einer ihrer früheren Absichten wusste, wenn sie ihre monatliche Cocktailstunde gegeben hatte, so verriet er es mit keinem Wimpernschlag.

„Ich verstehe, Herr Doktor", sagte sie daher kühl. „Ich vermute, mein Lebensstil beeinflusst das Wohlbefinden meines Mannes, wenn ich das richtig verstehe. Aber ich bin doch sicher nicht für den Rest meines Lebens zum Einsiedlertum verurteilt, oder? Ich meine, mein Unbehagen wäre vermutlich auch die von seinem …"

146

Der Arzt starrte sie ernst an. „Ma'am, Einsiedlertum wäre ein etwas starker Vorschlag. Aber für eine Weile, sagen wir, für die nächsten paar Monate, würde ich das allerdings sehr empfehlen."

Theodora seufzte. „So sei es denn."

Der Arzt nickte. „Was seinen Beruf angeht – ich verstehe, er hat einen Nachfolger, der bereits mit ihm arbeitet?"

Theodora nickte. „Unser Sohn. Trevor."

„Nun, ihr Mann sollte sich überlegen, ob nicht der Ruhestand eine Option wäre. Ein Herzinfarkt sollte nie zu leichtgenommen werden. Und wenn er seinen Lebensabend in relativer Gesundheit verbringen möchte, sollte er in Erwägung ziehen, die Zügel zu übergeben."

Theodora schluckte. „So schlimm war es also?"

Der Arzt wiegte den Kopf. „Es war ein Warnschuss vor den Bug, möchte ich sagen. Beim nächsten Mal könnte er nicht mehr so leicht davonkommen. Versuchen Sie, es ihm diplomatisch vorzuschlagen."

„Könnten nicht Sie …?"

Der Arzt lächelte entschuldigend. „Wenn es von mir käme, klänge es wie eine ärztliche Anweisung. Was immer etwas stark herüberkommt; niemand hört sowas gern. Wenn aber Sie ihm erzählen, dass Sie das Leben an seiner Seite gern ein bisschen anders genießen würden und Sie vielleicht ein paar nette Reisepläne anbringen, wie Kreuzfahrten und Ähnliches, könnte er sich weit leichter überzeugen lassen. Die Vorschläge einer liebenden Gattin kombiniert mit ein wenig Lockung bewirken viel."

Theodora lachte. „Nett formuliert, Herr Doktor. Na, ich werde mein Bestes versuchen. Danke für Ihre Zeit und für alles, was Sie für James getan haben."

Sie war sich nicht sicher, ob sie glücklich oder unglücklich über den Wandel ihrer Zukunftsaussichten war. Plötzlich fühlte sie sich, als habe man sie in eine andere Generation gestopft – die der Senioren im Ruhestand. Sie fühlte sich noch nicht so alt. Aber um James' Leben zu retten und ihre Ehe am Leben zu erhalten, würde sie es akzeptieren müssen. Sie straffte den Rücken, bevor sie in James' Krankenhauszimmer zurückging, um ihm dabei zu helfen, seine Sachen zu packen, und ihn nach Hause zu holen. Sie würde es sich nicht anmerken lassen, wie sehr ihr das Gespräch mit dem Arzt zu schaffen gemacht hatte. Sie biss in den sauren Apfel und ging hinein, ganz die effiziente Dame der Gesellschaft, zu der sie erzogen worden war.

*

Trevor und seine Eltern hatten eine Familienkonferenz im Esszimmer des Jones'schen Herrenhauses. Es war wieder einmal Sonntag – nicht einer mit Cocktailstunden –, und sie hatten gerade ein leichtes Mittagessen genossen, da Theodora keine begeisterte Köchin war und jetzt, wo ihr Mann krank war, einen weiteren

Grund hatte, es zu vermeiden. Trevor war noch hungrig, aber er würde sich später auf dem Heimweg einen Snack besorgen.

„Worüber wolltet ihr also mit mir sprechen?" fragte Trevor. „Ihr habt es ziemlich geheimnisvoll klingen lassen, als ihr mich hierher eingeladen habt. Guter Salat übrigens."

Theodora lächelte huldvoll. „Danke, Liebes. Naja, da es allein die Entscheidung deines Vaters ist, werde ich erst einmal nur dabeisitzen und zuhören. James?"

James räusperte sich und faltete seine Hände auf dem nicht abgedeckten Esstisch vor sich. „Nun, es ist wahrscheinlich gar nicht so geheimnisvoll. Und es wird für dich auch nicht ganz überraschend kommen, mein Sohn." Trevor blickte immer noch rätselnd drein. „Um es kurz zu machen: Ich habe vor, in den Ruhestand zu gehen."

Trevor hob die Augenbrauen. „Ruhestand?" Er erhob sich und ging zum Panoramafenster, das einen Blick über einen üppigen Frühlingsgarten bot. „Ich hatte sowas Ähnliches erwartet nach dem Schrecken, den du uns neulich verpasst hast. Und ich verstehe deine Entscheidung. Aber selbst wenn es zu erwarten war, kommt es etwas plötzlich."

„Nun", sagte Theodora. „Wir *wollen* doch deinen Vater noch eine ganze Weile um uns haben, oder nicht?"

Trevor drehte sich scharf um und warf seiner Mutter einen verärgerten Blick zu. „Natürlich! Das steht überhaupt nicht in Frage. Ich habe nur ausgedrückt, dass ich eine Plötzlichkeit trotz der Logik hinter der Entscheidung verspüre." Dann wandte er sich an James. „Ich bin froh, dass du dir deine eigenen Grenzen gesetzt hast und weißt, wann genug genug ist. Selbstverständlich werde ich dir helfen, alle deine Klienten von deinem beruflichen Rückzug zu informieren. Wir werden ihnen auch die Option geben zu entscheiden, ob sie es vorziehen, ihre Fälle in den Händen *Jones & Jones* zu belassen oder abzuziehen, damit sie von einer anderen Anwaltskanzlei bearbeitet werden können."

„Natürlich werden sie bei *Jones & Jones* bleiben", war Theodora überzeugt. „Wir sind einfach die Besten."

Trevor versuchte sein Bestes, ihren Kommentar zu ignorieren. Aber James sagte: „Offensichtlich bist du voreingenommen, Prinzessin, und es ehrt dich. Aber die Zahl der Fälle könnte für einen einzelnen Anwalt zu viel sein. Selbst wenn Trevor inzwischen sehr erfahren ist, wird er nicht alle Fälle bearbeiten können, die derzeit auch nur auf unsere Sichtung warten. Und wir haben ein paar offene Fälle, die noch bearbeitet werden müssen, bevor wir sie abschließen können. Ich bin bereit, die kleineren zu übernehmen, aber Trevor wird diese langwierigen Gerichtsverfahren übernehmen müssen. Er wird entscheiden müssen, welche Fälle er wirklich aufnehmen und auf welche er verzichten möchte." Theodora öffnete den Mund, doch James warf ihr einen mahnenden Blick zu. „Mein Ruhestand erzeugt eine Art Trichtereffekt. Wir müssen die Zahl der Fälle verringern, um die Kanzlei wieder für einen einzigen Anwalt funktionsfähig zu machen."

Trevor ging vor dem Fenster auf und ab, die Hände auf dem Rücken, den Kopf nachdenklich gebeugt. Eine rastlose Stille lag über dem Raum. Man konnte durch das geschlossene Fenster die Vögel singen hören.

„Ich muss darüber nachdenken", sagte Trevor schließlich. „In diesem Fall möchte ich vielleicht meine eigene Kanzlei eröffnen."

„Was?!" protestierte Theodora. „Aber das ist *Jones & Jones* und ist es seit über hundert Jahren. Du kannst das nicht plötzlich ändern!"

„Mutter", sagte Trevor mit einem gereizten Blick in ihre Richtung. „Ich rede von Büroräumen, nicht vom Namen unserer Kanzlei."

„Aber was stimmt nicht mit den jetzigen Büroräumen?!"

James lachte in sich hinein. Er hatte sich innerlich bereits von der Diskussion zurückgezogen und überließ es seinem Sohn, es mit seiner kampflustigen Mutter auszufechten.

„Alles und nichts, Mutter", erwiderte Trevor.

„Das ist keine Antwort!"

„Erstens: Falls die Kanzlei mir übergeben wird, muss sie mit mir identifizierbar sein. Nicht mehr mit diesem Standort. Die Leute müssen mich jetzt als *den* Jones ernstnehmen, wenn sie die Dienstleistungen dieser Firma beanspruchen."

„Aber das hier ist immer der Standort von *Jones & Jones* gewesen. Es ist Teil des Familiensitzes. Und dieser Familiensitz ist immer Teil der Gesellschaft von Wycliff gewesen."

„Das eine schließt das andere nicht aus, Mutter. Dieses Haus wird immer noch Teil der Gesellschaft von Wycliff sein, wenn du entscheidest, dass es so bleiben soll. Nur das Büro wird ausziehen."

„Das ist ein Sakrileg. Alle wissen, dass man hierherkommen muss, wenn man die Hilfe deines Vaters benötigt!"

„Genau", sagte Trevor und war milder gestimmt. „Nur wird Vater nicht mehr hier sein, um zu helfen. Vergiss nicht, er hat gerade verkündet, in den Ruhestand zu treten. Und ich lebe in Downtown."

„Nun, dann ziehst du eben einfach wieder bei uns ein", schlug Theodora hoffnungsvoll vor.

„Theo!" mahnte James.

In Theodoras Augen schwammen plötzlich Tränen. „Ich versuche nur zu helfen, James. Wirklich, das ist ein Familienunternehmen. Und unser Sohn verachtet all seine Traditionen."

„Tue ich überhaupt nicht!" sagte Trevor und schlug sich mit der Faust in die Hand. Er regte sich selten auf, aber seine Mutter hatte es dieses Mal geschafft. „Ich halte unser Familienunternehmen in Ehren. Ich werde seinen Namen beibehalten. Ich werde nur damit umziehen und es zu meinem machen. Ich denke, das ist mehr als legitim. Oder nicht, Vater?"

James lächelte schwach. „Wenn erst einmal alles übertragen ist, gehört es dir, damit du damit machen kannst, was du willst, mein Sohn. Theo, du musst loslassen. Unser Sohn ist erwachsen. Du willst ihn nicht für den Rest seines Lebens an deinem Schürzenband haben. Eigentlich warst du ihm gegenüber all die Jahre übermächtig nur aufgrund der Tatsache, dass unsere Büroräume tatsächlich Teil unseres Familiensitzes sind. Was in der Vergangenheit eine logische Entscheidung gewesen sein mag. Aber Psychologen haben herausgefunden, dass es immer besser ist, wenn man seinen Arbeitsplatz von seinen Privaträumen trennt."

„Die Büroräume haben Türen", widersprach Theodora schwach.

„Haben sie natürlich. Aber das ist mehr der Klienten wegen als zu unseren eigenen Gunsten. Ein Schritt durch diese Türen bringt uns innerhalb eines Wimpernschlags zurück zu unseren Fällen. Selbst wenn wir nur an diesen Türen vorbeigehen, werden wir an die Arbeit erinnert, die dahinterliegt. Also könnte Trevors Entscheidung, mit dem Büro umzuziehen, auch meiner Gesundheit zugutekommen."

„Oh, James", seufzte Theodora.

Trevor atmete auf. „Danke, Vater. Lass uns morgen über die Transaktionen sprechen. Ich werde zur üblichen Zeit im Büro sein. Und dann sehen wir weiter. Inzwischen plausche ich mit Hunter über mögliche Büroräume in Downtown. Ein zentralerer Standort könnte für die Kanzlei sogar von Vorteil sein."

Theodora stand auf. „Ich sehe, ihr beiden habt all eure Entscheidungen ohne mich getroffen. Nun, sei's drum. Solange ihr beide glücklich damit seid." Sie ging zu Trevor hinüber und gab ihm einen kühlen Kuss auf die Wange. „Ich gehe etwas nach oben. Ich bekomme ein leichtes Kopfweh." Sie ging zu James, küsste ihn auf die Stirn und blickte ihn verletzt an. „Es fühlt sich fast so an, als seist du froh, deine Firma abzugeben."

James sah überrascht zu ihr auf. „Weißt du, Theo, du hast recht. Das ist wirklich so." Dann lachte er leise und blickte auf seine gefalteten Hände. „Vielleicht hätte ich das schon vor einer Weile tun sollen."

*

„Mach's dir bequem", sagte Dottie zu Ozzie. Er hatte endlich einen freien Tag und hatte ihre und Lukes Einladung zum Abendessen annehmen können. Zu einem deutschen Abendessen natürlich, da es Dottie liebte, ihren Gästen ein Stück ihrer Wurzeln zu präsentieren. Sie hätte gern Sauerbraten zubereitet, ein Stück Rindfleisch, das mindestens drei Tage lang mariniert werden muss; aber da Ozzies freier Tag ziemlich kurzfristig kam, hatte sie ihre Pläne ändern müssen. Es hatte Schnitzel mit Bratkartoffeln gegeben und einen wundervoll bunten Salatteller, gefolgt von Vanille-Eis mit heißen Himbeeren und Schlagsahne.

Ozzie fühlte sich angenehm satt. Sie hatten sich über aktuelle Angelegenheiten in Wycliff unterhalten. Wie die Immobilienpreis- und Steuererhöhungen sich auf die Mietpreise auswirkten. Dass die Stadt den Tourismus geschickt mit umweltfreundlichen Maßnahmen wie dem kostenlosen Shuttlebus vom Park & Ride-Parkplatz an der Harbor Mall verbunden hatte. Dass das neue Museumsgebäude ein zusätzliches Highlight auf der Liste der Sehenswürdigkeiten in der viktorianischen Stadt war. Dass sie sich darauf freuten, wieder im Kaskadengebirge wandern zu gehen, sobald der Schnee geschmolzen und der Boden etwas abgetrocknet wäre. Dass sie traurig darüber waren, dass es in diesem Jahr nicht möglich sein würde, in ihrem Fischereiabschnitt Krebse zu fangen, weil der Dungeness-Krebs einfach eine Erholungspause vom Überfischen brauchte. Und ein Dutzend anderer Alltagsthemen, an denen alle drei interessiert waren.

Jetzt saßen sie im Wintergarten des McMahon-Hauses. Sein Panoramafenster bot einen Blick über die tiefer liegenden Nachbarsgärten, die Dächer von Downtown, den Sund und das Olympic-Gebirge auf der anderen Seite. Nicht direkt an der Jupiter Avenue, sondern eine Straße höher genossen Luke und Dottie sowohl die Stille der Wohngegend als auch die fantastische Aussicht. Das heißt, falls es sonnig war wie heute. An anderen Tagen hingen die Wolken vielleicht tief und hüllten alles in dickes und nieseliges Grau. Aber heute stand die Sonne noch recht hoch am Himmel, und die wenigen Wolken, die darüber hinwegsegelten, färbten sich nur langsam ein.

Dottie hatte sich ein Korbsofa gewählt und Ozzie an ihre Seite gezogen, während Luke in einem Korbstuhl saß. Ihre Weingläser standen auf einem Korbtisch mit Glastischplatte vor ihnen, und zwei Flaschen Merlot eines örtlichen Weinguts waren bereits entkorkt und atmeten, damit sie ausgeschenkt werden konnten.

„Also, Ozzie" sagte Luke. „Kommen wir zum wichtigsten Thema heute Abend." Er beugte sich vor, schnappte sich eine der Flaschen und begann, die Gläser zu füllen. „Dottie brennt schon eine Weile darauf, und ich muss zugeben, sie hat mich mit ihrer Neugier ebenfalls angesteckt. Du bist also nicht mehr mit Elsie verheiratet? Und es gibt jemand Neues in deinem Leben?"

„Du musst uns alles von Anfang an erzählen", bettelte Dottie. „Ich weiß nicht einmal, wie ich dich so lange aus den Augen verlieren konnte! Sean und ich wussten nur, dass Elsie zurück in ihre Heimatstadt umzog, kurz nachdem du in die Wüste geschickt worden warst. Und danach haben wir von keinem von euch beiden mehr gehört."

„Dottie", warnte Luke. „Vielleicht tut es Ozzie zu sehr weh, darüber zu sprechen."

Ozzie lächelte wehmütig. „Damals tat es das, sicher. Heute sehe ich es einfach nur so: Zwei junge Menschen heirateten unklug früh und fanden zu spät heraus, dass sie nicht für einander bestimmt waren. Dass Elsie sich nie an den neuen Stützpunkt mit mir gewöhnt hatte und ich außerdem für ein halbes Jahr fortmusste, war nur der Auslöser, nicht die Ursache für unsere endgültige Entfremdung. Sie fand in ihrer Heimatstadt jemand anders, der offenbar viel besser zu ihr passte als ich. Und ich erhielt während des letzten Monats meines Wüsteneinsatzes einen

Abschiedsbrief. Als ich heimkam, war alles eingelagert, abgesehen von ein paar Sachen, die sie als ihre beansprucht hatte."

„Oh, nein!" rief Dottie aus.

„Ich war mehr durch das verletzt, was ich als Verrat betrachtete, als durch den Verlust ein paar materieller Dinge. Dinge lassen sich ersetzen. Aber, wie man so schön sagt, die Zeit heilt Wunden. Und wo Zorn ist, heilt sie noch schneller."

Luke warf Dottie einen „Ich hab' dir's gesagt"-Blick zu. Dottie errötete und verbarg ihre Verlegenheit, indem sie einen Schluck aus ihrem Glas nahm.

„Bist du dann also auf dem Stützpunkt geblieben?" fragte Luke.

Ozzie schüttelte den Kopf. „Ich bin für weitere vier Jahre nach Travis in Kalifornien geschickt worden."

„Als du zurückkamst, müssen Sean und ich schon nach Fairchild geschickt worden sein", sagte Dottie. „Deshalb war uns nicht bewusst, dass du wieder im Lande warst."

„Tja, und in dem ganzen Durcheinander habe ich gewiss nicht daran gedacht, mich wieder bei alten Freunden zu melden", gab Ozzie reumütig zu. „Naja, jedenfalls … Ich ging dann rüber nach Ramstein in Deutschland, und danach wurde ich nach Mildenhall in England versetzt."

„Mildenhall", seufzte Dottie verträumt. „Davon habe ich so viel gehört. Es hätte mir so gefallen, wenn Sean je dort stationiert gewesen wäre. Ramstein allerdings nicht so sehr. Das wäre nur eine weitere deutsche Stadt für ein deutsches Mädchen wie mich gewesen." Sie lachte. „Bist du dort Emma begegnet?"

Ozzie nahm einen Schluck aus seinem Glas Merlot, dachte über das Aroma nach, während er ihn über seine Geschmacksknospen rinnen ließ, und schluckte. „Nein. Ich wohnte tatsächlich bereits in England und war auf einer Mission nach Afrika, als ich durch ihre Heimatstadt reiste. Ich bin ihr an dem Tag zweimal begegnet. Beim ersten Mal machte ich nur einen Spaziergang, und wir trafen aufeinander bei einer Scheune, die gerade niedergebrannt war; und ein paar Stunden später bin ich in dem Pub des Hotels, in dem ich mit meinen Fliegern übernachtete, buchstäblich in ihre Arme gelaufen."

„Zweimal innerhalb weniger Stunden?" Dottie blickte fasziniert. „Das ist kein Zufall."

„Das glaubte ich auch nicht", lächelte Ozzie. „Deshalb ging ich zum Angriff über."

„Wie?"

„Ich fragte sie, ob es ihr etwas ausmachen würde, eine Stunde mit einem sehr einsamen Flugzeugmechaniker an der Bar zu verbringen und schlicht mit ihm über Gott und die Welt zu reden."

„Gut so", nickte Luke. „Ehrlichkeit währt länger als Angeberei."

„Naja, ich war nicht wirklich einsam", zwinkerte Ozzie. „Schließlich waren da noch alle meine Flieger. Aber ich dachte, wenn ich an ihre Gefühle appelliere, könnte mir das etwas helfen."

„Und es hat funktioniert", stellte Dottie fest. Ozzie nickte. „Und wann ist das passiert?"

„Ziemlich genau vor zwei Jahren. Wir besuchten einander hüben und drüben. Verlobten uns nach einem Jahr. Haben erst letztes Jahr geheiratet. Deshalb sitzt sie ja auch immer noch drüben fest. Wären wir bereits seit zwei Jahren verheiratet gewesen, hätte sie mit mir mit einem Ehepartner-Visum mitkommen können. Naja, wenn das Wörtchen ‚wenn' nicht wär …"

„Verflixt!" Luke schüttelte den Kopf. „Ich kapier' nicht, warum sie Dinge für langjährige Streitkräfte wie dich so schwer machen."

„Überall dasselbe", erwiderte Ozzie. „Vergiss nicht, es geht um sie, nicht um mich. Sie ist lediglich eine Zivilistin aus dem Ausland. Dasselbe Verfahren für alle …"

„Und du sagst, sie käme in zwei Wochen herüber?" fragte Dottie.

„Hoffentlich. Es sei denn, die derzeitigen Streiks sind nicht behoben, es gibt keinen neuen Vulkanausbruch, sie ist nicht wieder in einen ihrer verrückten Fälle verwickelt, und so weiter und so fort."

„Wirst du hierbleiben, oder überlegst du, rüber nach Europa zu ziehen, wenn du von der Luftwaffe pensioniert bist?" fragte Luke.

„Für Letzteres gibt's keine große Chance", sagte Luke. „Das war einer meiner Verhandlungspunkte, als wir das Leben als

Ehepaar diskutiert haben. Mein Deutsch ist im Prinzip nicht vorhanden. Wie und wo wollte ich drüben arbeiten? Wo fände ich Freunde? Emma dagegen spricht fließend Englisch. Und sie ist ein geselliger Mensch. Egal, ob sie hier eine Arbeit findet oder nicht, sie wird Freunde finden und sich hier wie zu Hause fühlen können."

„Dann bleibt ihr also hier."Dottie strahlte. „Und ich habe dir bereits versprochen, sie mit Julie zusammenzubringen. Ich bin mir ziemlich sicher, uns fällt etwas ein, wie wir Emma so beschäftigen können, dass es ihren Intellekt und ihre Bestrebungen genauso zufriedenstellt wie deine Vorlieben. Und ich habe das Gefühl, dass sie sich hier drüben ziemlich schnell heimisch fühlen wird. Wycliff ist so eine freundliche und idyllische Stadt – wer würde sich nicht in sie verlieben?!"

*

Trevor mochte seine Penthouse-Wohnung ganz gern. Besonders an einem sonnigen Frühlingstag war sie überhaupt nicht so übel. Obwohl es manchmal mühsam war, alle Treppen steigen zu müssen. Obwohl das Treppenhaus schimmelig roch und nach dem Essen, das die Nachbarn unter ihm kochten. Obwohl der Blick von seiner Dachterrasse nicht überwältigend war. Er wünschte, der Architekt hätte einen Blick aufs Wasser geschaffen; aber vielleicht war es ganz gut so, dass er es nicht getan hatte, da seine brüchigen Fensterrahmen bei wirklich schlechtem Wetter keine Gefahr liefen, noch mehr beschädigt oder gar von den Elementen durchdrungen zu werden.

Trotzdem musste er eine Entscheidung treffen. Nachdem die Anwaltskanzlei seiner Familie an ihn übergeben worden war, musste er auch eine neue Wohnung finden. Es würde sich nicht gut machen, ein schickes Büro in Downtown zu haben und dann eine vergleichsweise schäbige, wenn auch teure Unterkunft in einem alten Gebäude, das dringend der Renovierung bedurfte. Wenn er seinen professionellen Ruf unterstreichen wollte, musste er in ein Zuhause investieren, das nach Erfolg roch. Es würde vielleicht auch seine Mutter besänftigen, wenn sie empfand, dass er den Ruf der Familie *und* der Kanzlei in Ehren hielt. Obwohl es wohl etwas dauern würde, bis sie es zugäbe. Er wusste, dass er dieses Mal ihre Gefühle wirklich verletzt hatte.

Er griff sich die jüngste Ausgabe des *Sound Messenger* und blätterte sie durch, bis er die Kleinanzeigen gefunden hatte. Wegen der steigenden Immobilienpreise in Seattle und einem Exodus jener, die es sich leisten konnten zu pendeln, aber nicht mehr in der Smaragdenen Stadt zu wohnen, stiegen auch die Preise in Wycliff und Umgebung. Er runzelte die Stirn. Das Wirtschaftswachstum der einen schien einen Abschwung für die anderen zu bedeuten. Und es hatte diesen Ausbreitungseffekt auf Gebiete, die ursprünglich an der Sache noch nicht einmal beteiligt gewesen waren.

Mit allem umzuziehen, würde teuer werden. Er würde eine Hypothek aufnehmen müssen, um ein respektables Haus zu kaufen. Er würde Büroräume mieten müssen, wollte er das Büro nicht im Hause haben. Und er würde eine Sekretärin bezahlen müssen. Theodora hatte eine ganze Menge Sekretariatsarbeit für seinen Vater und ihn erledigt. Unbezahlt. Diese Zeit war vorbei, und er würde sie gewiss nicht fragen wollen, ob sie willens sei, dasselbe für ihn zu tun. Immerhin war er froh, sich aus den meisten ihrer erstickenden Tentakel befreit zu haben.

„Büroräume, Büroräume, Büroräume", murmelte er vor sich hin. Dann gab er es auf und ging zu den Immobilienseiten über. In manchen Fällen machten die Preise keinen Sinn mehr. Was noch vor nur zwei Jahren recht angemessen gewesen war, hatte sich an manchen Orten bereits preislich verdoppelt. Wer konnte sich das erlauben? Was würde das für die Bevölkerungsstruktur von Wycliff bedeuten? Nicht jeder besaß sein eigenes Haus. Würde die Migration auch auf diese friedliche und stille viktorianische Kleinstadt mit ihren traditionsreichen Unternehmen und Familien, die sich seit über einem Jahrhundert kannten, ebenfalls übergreifen?

Trevor seufzte und gab auf. Die Platte mit Kräckern und Käse wirkte auf ihn plötzlich verzweifelt: die spontane Mahlzeit eines Junggesellen, dem alles aus dem Ruder gelaufen war. Wann hatte er angefangen, sich so zu vernachlässigen? Hatte er sich wirklich zu sehr auf seine Mutter und ihre Fürsorge verlassen? Zu seinen Eltern zu gehen und dort zu Mittag und zu Abend zu essen, bis er schließlich ausgezogen war? Tatsächlich war, in ihrem Haus zu arbeiten, eine bequeme Entschuldigung dafür gewesen, auch an ihren Mahlzeiten teilzunehmen. Asche auf sein Haupt. Und welch gute Gelegenheit, eine endgültige, große Veränderung herbeizuführen.

Er griff sich einen Kräcker, stopfte ihn sich in den Mund und schnappte mit der anderen Hand sein Smartphone vom Tisch. Dann ging er an die Küchentheke, wo er Hunter Madigans Geschäftskarte erst unlängst abgelegt hatte. Er wählte ihre Nummer.

„*Sound Decisions Real Estate*", antwortete Hunters kühle Stimme.

„Ähm, hallo … Hunter … Hier spricht Trevor Jones. Hast du einen Moment Zeit?"

„Oh, hallo, Trev! Für dich immer. Wie geht's?"

„Äh, gut. Hör zu, ich brauche deine Hilfe, aber du musst mir auch Diskretion versprechen, in Ordnung?"

„Oooh, klingt ziemlich aufregend. Natürlich bleibt Geschäftliches nur zwischen dir und mir. Lass hören, worum es denn geht."

Trevor lief zwischen der Küchentheke und den großen Fenstern, die auf seine Dachterrasse hinausgingen, hin und her. Der Boden unter seinen Füßen knarrte mit jedem Schritt, was etwas nervig war. Aber er war zu rastlos, um einfach zu sitzen.

„Ich möchte ein Büro mieten, und ich brauche ein neues Zuhause für mich."

„Oh, wie aufregend! Dann hast du dich also entschieden, aus deiner schäbigen, kleinen Wohnung in etwas Besseres umzuziehen?!"

„Ja", gab Trevor zu. „Du hattest recht damit. Ich muss etwas an meinem Leben ändern. Ich kann nicht wie ein eingefleischter Junggeselle aussehen, wenn ich in Wirklichkeit eine Beziehung will. Ich brauche eine attraktive Behausung. Selbst wenn das eine größere Investition bedeutet, geht es letztlich ja um meine Zukunft."

„Richtig", stimmte Hunter zu. „Und wenn du am Ende doch findest, dass das, was du gekauft hast, nicht nach deinem Geschmack ist, kannst du immer noch verkaufen und etwas anderes kaufen. Inzwischen hat dein Zuhause an Wert gewonnen, und du würdest sogar zu einem höheren Preis verkaufen, mit einem netten, kleinen Profit, mit dem du machen könntest, was du wolltest. Aber sag mal, sagtest du, du brauchtest auch Büroräume?"

Trevor seufzte. „Stimmt. Ich habe mir die Kleinanzeigen im *Sound Messenger* angesehen, aber nichts hat mir wirklich zugesagt."

„Nun, es ist derzeit nicht einfach, in Downtown etwas wirklich Gutes zu finden. Was stimmt mit dem Büro in deinem Elternhaus nicht?"

„Hör zu, das bleibt bis auf weiteres unter uns, okay? Mein Vater geht in Ruhestand. Also will ich nicht mehr zu meinen Eltern zurückgehen, um dort zu arbeiten. Das ist alles."

„Verständlich", sagte Hunter munter. „Ich habe damals dasselbe gemacht, als meine Eltern beschlossen, in Ruhestand zu gehen und ihr künstlerisches Leben zu führen."

„Wirklich?" Trevor fühlte sich leicht bestärkt. „Gut. Wie lange würde es also dauern, bis du etwas Passendes gefunden hast?"

Hunter lachte. „Wie sollte ich das wissen, Trev? Aber mein Vorschlag steht nach wie vor. Lass mich dir das Lawrence-Haus zeigen, bevor du nach etwas anderem suchst. Es ist groß, aber es ist äußerst wohnlich. Und es könnte dir gefallen, dass es dicht genug bei Downtown für Geschäftliches liegt, aber weit weg genug für ein echtes Wohngefühl." Trevor zögerte, und sie schien es am Telefon zu spüren. „Oh, komm schon. Es ist völlig unverbindlich. Tu mir einfach den Gefallen, und sieh's dir an. Es hat großes Potenzial, und es wird derzeit mächtig überholt. Ich stecke eine Menge Schweiß und Blut hinein, und du stehst ganz oben auf meiner Liste der Leute, von denen ich wünschte, sie nähmen es."

Trevor nickte schweigend, was Hunter natürlich nicht sehen konnte. „Naja …"

„Wie wäre es gleich morgen nach deiner Büroarbeit? Ab wann kannst du? Ich werde meinen gesamten Zeitplan für dich umstellen, wenn du sagst, dass du rüberkommst und es dir anschaust."

„In Ordnung."

„Ist das ein Ja?"

„Ja."

„Ab wann hast du frei? Wäre fünf okay für dich?"

„Fünf wäre in Ordnung. Aber Hunter – hege nicht zu große Hoffnungen. Ich habe sehr spezielle Erwartungen."

Hunter lachte leise. „Das merke ich daran, wo du gerade wohnst."

Trevor musste gegen seinen Willen lachen. Er war schon halb am Haken. Und im Übrigen begann er, sich darauf zu freuen zu sehen, wo seine Zukunft einen neuen Anfang nehmen könnte. Wenn er jetzt nur noch ein neues Büro für sich fände. Und eine Frau, die ihn genug lieben würde, um den Rest ihres Lebens mit ihm zu verbringen. Nicht unbedingt in derselben Reihenfolge …

6

Rasen grün halten

„Es ist sehr wichtig, seinen Rasen zu kennen, um zu wissen, in welcher Höhe man ihn mähen sollte. Im Allgemeinen ist es besser, im Sommer etwas höher zu mähen. Ihr Rasen wird schnell austrocknen und in eine Ruhephase übergehen, wenn Sie ihn niedrig mähen. Ich rede dabei von Rasen der gemäßigten Zone. Ist Regen angesagt, schalten Sie Ihr Bewässerungssystem ab. Sparen Sie Wasser, und Mutter Natur übernimmt für Sie. Wenn es trocken ist, schalten Sie es einfach wieder an!"
(Tipp von Gärtner Joe, Pangea Gardenscapes)

1941

Überall in Wycliff heulten die Sirenen. George Lawrence hatte seine Sonntagszeitung gelesen und über den Cartoon gekichert, die sein jüngster Zugewinn, ein Karikaturist, sich hatte einfallen lassen. Jetzt runzelte er die Stirn. Rose kam aus dem Salon, wo sie mit ihrer Schwester Spitze gehäkelt hatte.

„Ich frage mich, was es diesmal mit dem Lärm auf sich hat", murmelte er, erhob sich und schaltete das Radio ein.

Die Radioröhren summten und wärmten sich auf, dann schaltete sich die Sendung zu. „... waren heute Morgen Zeugen eines kurzen, heftigen Angriffs auf Pearl Harbor und der schweren

Bombardierung Pearl Harbors durch feindliche Flugzeuge zweifellos japanischer Herkunft." Der Reporter, der von einem Dach im hawaiianischen Honolulu berichtete, sagte, auch Honolulu sei bombardiert worden und der gesamte Angriff dauere bereits seit drei Stunden an. Er nannte es „einen richtigen Krieg". Rose erblasste und setzte sich.

„Krieg?" sagte sie. „Aber das kann nicht sein. Warum wir?"

George nahm es als eher rhetorische Frage. Er ging zu seinem Humidor hinüber und griff sich eine Zigarre. Seine Hand zitterte, als er die Spitze abschnitt, und das Streichholz, das er zum Anzünden anstrich, brach. Er fluchte und entschuldigte sich nicht einmal. Rose sagte nichts; sie war zu schockiert, um ihn wegen seiner Sprache zu tadeln.

Nachdem er eine Weile an seiner Zigarre gesogen hatte und auf und ab gegangen war, rieb er sich die Stirn und sagte nur: „Ich fürchte, mir ist der Appetit aufs Mittagessen vergangen, meine Liebe. Ich gehe runter zum Harbor Pub und schaue nach, was dort los ist." Er küsste sie auf die Stirn und ging.

In jener Nacht verdunkelte Wycliff seine Fenster. Und die Radios blieben stumm. Am nächsten Morgen gab es Berichte über einen Mob der oben in Seattle gewütet und dabei Fenster eingeworfen und geplündert hatte. Man hörte von Beleidigungen gegen japanische Amerikaner. Und George Lawrence Jr. war einer der ersten, der sich bei einem Rekrutierungsbüro meldete, um in den Krieg gegen „die Japsen" zu ziehen. Rose war untröstlich, als sein jüngerer Bruder Andrew nur Stunden später dasselbe tat.

Drüben im Saltbox-Haus der Powers setzten sich Charles und Edwina mit ihrem Sohn William III hin, um mit ihm über die Zukunft der Brauerei zu sprechen. Nachdem die Prohibition 1933 geendet hatte, waren die Powers zum Brauen von Stark Bier zurückgekehrt. Aber sie hatten auch ihre Limonadenproduktion beibehalten. Das Schlimmste schien vorüber zu sein. Zwei Jahre später waren keine Leute mehr aus der Dust Bowl gekommen. Sobald der New Deal vonstattenging, hatten sich die Menschen besser gefühlt.

Doch der Himmel über Europa hatte sich verdüstert. Die Zeichen dafür waren schon lange vorhanden gewesen. Das Ruderteam des Bundesstaates Washington war zu den Olympischen Spielen 1936 nach Berlin gereist, der deutschen Hauptstadt, und hatte Goldmedaillen nach Hause zurückgebracht. Es konnte doch nicht so schlimm sein, wenn noch immer internationale Spiele stattfanden, oder? Doch 1939 hatte Deutschland Polen angegriffen, und das war der Tropfen gewesen, der das Fass zum Überlaufen gebracht hatte. Der Krieg war rasch ein sengendes Feuer geworden, das ganz Europa überrannte und eine neue Welle des Misstrauens gegen Deutsche in den USA zur Folge hatte. Was hatten die Hunnen jetzt wieder vor? Die älteren Wycliffer erinnerten sich noch an die Zeiten, als *die Powers noch Stark geheißen hatten. Sie erinnerten sich ebenso an Jacob Powers zweifelhafte Verstrickung mit Schmugglern während der Prohibition und an seinen gewaltsamen Tod. Sollten sie Charles trauen, der sein Bruder war? Der möglicherweise mit ihm unter einer Decke gesteckt hatte? Er hatte deutsche Wurzeln. Er konnte alles Mögliche vorhaben.*

„Wir müssen über die Nachfolge sprechen, mein Sohn", sagte Charles, nachdem sie sich um den Esstisch versammelt hatten.

William schüttelte den Kopf. „Ich werde nicht über Brauerei-Angelegenheiten reden, wenn im Pazifik ein ausgewachsener Krieg gegen uns stattfindet."

Charles hieb mit der Faust auf den Tisch. „Dieser Krieg wird sich bald gegen unsere Familie richten, und ich will nicht, dass du darin involviert bist, wenn es einen Weg gibt, unsere Familie vor Diskriminierung und möglichem Ruin zu bewahren."

„Ich verstehe nicht, wie das eine mit dem anderen in Verbindung stehen sollte", entgegnete William. „Ich möchte mich wie jeder andere patriotische und fitte, junge Amerikaner melden."

„Bill", beschwor Edwina ihn sanft. „Hör' deinen Vater an. Du wirst gewiss deine Meinung ändern."

William warf seiner Mutter einen verzweifelten Blick zu, aber sie lächelte ihn so traurig an, dass er nachgab. Und Charles erzählte ihm von dem Pakt zwischen den Deutschen und den Japanern, was bedeutete, dass auch Deutschland bald im Krieg gegen die USA stehen würden. Dass den Leuten zuallererst ihre deutschen Wurzeln einfallen würden, wenn sie den Powers begegneten. Und dass Jacob ihren Ruf noch weiter ruiniert hatte. Niemand würde William Power III vertrauen, dass er jemandes Rücken decken würde, wenn es darum ging gegen Deutschland oder einen seiner Verbündeten zu kämpfen.

„Ich kann nicht glauben, dass die Leute so sind", stöhnte William.

„Sind sie aber", beharrte Charles. „Wart's nur ab, was sie mit den Japanern hier machen werden. Sie werden vermutlich jeden einzelnen wie einen möglichen Spion oder einen heimlichen Soldaten behandeln. Du kennst die Nachrichten aus Seattle. Das war erst der Anfang."

Charles hatte furchtbar recht. Wenige Monate später kam Akiro Hashimoto vom Fischgeschäft neben der Brauerei zu Charles und William, der nun zum Geschäftsführer der Brauerei bestellt worden war. Akiros Gesicht verriet seine Gefühle nicht, aber seine Stimme schwankte, als er fragte, ob Charles sein Haus und vielleicht auch sein Fischgeschäft kaufen wolle, da ihm gesagt worden war, er solle in zwei Tagen hinauf nach Seattle zu einem Sammelpunkt für japanische Bürger gehen.

„Ich habe keine Verwendung für Ihr Haus und Ihren Laden, um ehrlich zu sein", erklärte William, dem von seinem

171

Vater gesagt worden war, er solle die Gesprächsführung übernehmen. „Außerdem würde es wegen unseres deutschen Hintergrunds schlecht wirken, einen Japaner zu unterstützen."

„Vergeben Sie meinem Sohn diese Plumpheit, Akiro", unterbrach Charles und blickte William verächtlich an. „Wir wissen, dass es für uns alle unsichere Zeiten sind. Aber wenn jeder sich nur um sich selbst kümmert, wohin kommt dann unsere Gesellschaft, wohin die Moral unserer Nation?! Ich fühle mich durch Ihr Vertrauen in unsere Familie geehrt. Wir können Ihnen nicht so viel bieten, wie Ihr Anwesen und Ihr Geschäft vermutlich wert sind. Aber seien Sie gewiss, dass beides noch hier sein wird, wenn Sie zurückkommen, und sie werden an Sie zurückgehen. Halten wir das alles schriftlich fest."

Charles und William waren sich während all der dunklen Kriegsjahre nicht einig über den Vertrag, den sie mit Akiro Hashimoto abgeschlossen hatten, aber Charles hielt Wort. Als der Krieg schließlich vorüber war und Akiro aus einem Internierungslager zurückkehrte, verhärmt, müde und misstrauisch gegen jeden, fand er sein Zuhause gepflegt vor, und sein Geschäft lief immer noch. Charles verkaufte ihm alles wieder für die Summe, die er einst bezahlt hatte, und es wurde nie wieder darüber geredet. Aber in die Powersche Küche gelangte ein unablässiger Strom kostenloser Meeresfrüchte, bis Edwina dies ganz sanft beendete. Sie hätten getan, was christlich sei, sagte sie. Und Akiro Hashimoto hatte den Kopf geneigt und gesagt, dass die Christen, denen er während des Kriegs begegnet war, offenbar anders geprägt gewesen waren.

Inzwischen hatte der Lawrence-Haushalt zwei Söhne im Krieg, Andrew im Pazifik, George drüben in Europa. Andrew kam verwundet zurück, erneut ein Lawrence, der mehr als seine Schuldigkeit unter dem Starbanner erfüllt hatte. George kehrte erst ein paar Jahre später zurück. Er war in Deutschland geblieben, um dabei zu helfen „aufzuräumen", wie er es nannte.

Eines Tages begegnete er William Power III, wie der von der Brauerei nach Hause lief, während er selbst in seinem nagelneuen Auto vorbeifuhr.

„Na, wie fühlt man sich, wenn man aller Grausamkeit des Krieges entgangen ist und mutig daheim sitzengeblieben ist?" verhöhnte er William.

William wurde zornig. „Nennst du mich einen Feigling?"

„Du legst mir Worte in den Mund. Ich sag nur, du hast es mächtig bequem hier gehabt, während andere die Welt von den Hunnen und den Japsen befreit haben."

„Wir haben auf unsere Weise zu den Kriegsanstrengungen beigetragen", sagte William. „Oder was, glaubst du, haben wir abgefüllt, um es mittels Lazarettschiffen und Flugzeugen über den Atlantik zu schicken? Schon mal was von Medikamenten gehört?!"

„Ja, große Sache. Deine kleinen Schwestern hätten das auch allein hingekriegt. Aber du schlauer Nazi hast dich hinter

173

ihren Röcken versteckt." Und nachdem er sein Ziel erreicht hatte, *Dampf abzulassen, beschleunigte George Lawrence Jr. und ließ seinen Nachbarn in den Abgasen seines Auspuffrohrs stehen.*

An jenem Abend sah William seinen Vater beim Abendessen an und sagte nur: „Du hattest recht, Vater. Egal, was wir tun, einigen Leuten werden wir es nie recht machen."

Charles lächelte mild. „Aber für einige tun wir's, mein Sohn." Er stach mit seiner Gabel in ein Stück Seehecht. „Es gibt alle möglichen Menschen in dieser Welt. Es liegt bei dir, wen du für wichtiger hältst."

*

Thomas war sich nicht sicher, ob er geschmeichelt oder nervös sein sollte, als Astrid ihn während seiner Mittagspause am Lawrence-Haus überfiel. Er saß in seinem Truck und kaute an seinem italienischen Sandwich, als sie sich ihm näherte.

„Stört es, wenn ich auf dem Beifahrersitz sitze und Ihnen für einen Moment Gesellschaft leiste?" fragte sie durch das offene Seitenfenster und wartete nicht einmal eine Antwort ab. Sie öffnete einfach die Tür und stieg ein. Dann zog sie eine Tüte Donuts aus ihrer Schultertasche, öffnete sie und hielt sie ihm hin.

„Nehmen Sie ein paar", bot sie an. „Sie sind frisch vom *House of Donuts* in Lakewood. Sie müssen die mit Speck und Ahornsirup versuchen – sie sind köstlich."

„Ich sollte nicht", sagte Tom, war aber vom Duft versucht, der der offenen Tüte entwich. Er warf einen Blick hinein und war überredet. Letztlich gewann seine Vorliebe für Süßes immer die Oberhand. „Nur eines", sagte er. „Danke."

„Ich habe *Ihnen* zu danken", sagte Astrid. „Ohne unsere Unterhaltung neulich wäre ich untergegangen. So habe ich mich ziemlich schnell in den Griff gekriegt, und jetzt bin ich in Schwung."

Tom wusste nicht, was er sagen sollte, und äußerte nur einen Laut, der alles hätte bedeuten können. Er aß sein Brot weiter. Astrid merkte, dass sie ihn im falschen Moment erwischt hatte.

„Nun, ich wollte Sie nicht bei der Mittagspause stören. Jedenfalls machen Sie ziemlich große Fortschritte beim Entfernen der Steinmauer. Ich wünschte, ich wäre mit dem Interieur so schnell. Aber es ist nicht so einfach, Mrs. Lawrence von den Farbschemen und Materialien zu überzeugen, die ich mir vorstelle. Tja, letztlich hat sie das Geld in der Hand, und mein eigener Geschmack muss dem ihren nachgeben."

Tom nickte nachdenklich. Er hatte kein Problem damit, solange seine Pläne nicht die Gesundheit der Natur beeinträchtigten. Er wollte das allerdings nicht laut sagen. Dann merkte er, dass sie ihn etwas gefragt haben musste.

„Was?" fragte er.

„Ich dachte, wir könnten diese Woche einen schnellen geschäftlichen Snack einnehmen. Vielleicht drüben im *Le*

Quartier?" Tom sah ahnungslos drein. „Das französische Bistro-Restaurant?"

„Ich kenne es", würgte er zwischen zwei Bissen hervor.

„Ich frage mich nur, was an Geschäftlichem zu diesem Zeitpunkt zu besprechen wäre. Sie sind noch in der Planungsphase, ich in der Abbauphase. Mrs. Lawrence weiß, wofür sie bezahlen will."

„Ja, aber vergessen Sie nicht, dass es Hunter ist, die das Haus auf den Markt bringen und verkaufen muss. Und ich habe ein paar ziemlich coole Ideen, wie wir das Hausinnere dem Garten anpassen können und umgekehrt. – Bitte?"

Tom zuckte die Achseln. „Warum nicht? Wann passt es Ihnen?"

„Freitagabend?"

„Auf keinen Fall", sagte Tom. „Da ist eine Vernissage in der *Main Gallery*."

„Nun, wie wär's dann Montag? Gleich nach der Arbeit?" Astrid sah ihn auffordernd an.

Tom nickte. Astrid strahlte und kletterte aus seinem Truck. Sie ließ die Tüte Donuts auf dem Beifahrersitz zurück. „Die sind alle für Sie. Guten Appetit!" Dann winkte sie ihm leicht zu und ging zurück zum Haus.

Tom seufzte erleichtert auf. Der Truck war immer noch vom süßen Duft ihres schweren Parfums erfüllt. Warum machten Frauen das?! Tiffany legte selten sowas an, weil sie wusste, dass er einfach nur ihren warmen, weichen Geruch mochte. Wenn denn warm und weich einen natürlichen Duft beschreiben konnte. Ach,

Tiffany! Er fragte sich, was sie neuerdings für ein Problem hatte. Sie schien unruhig und unglücklich. Er musste etwas daran ändern. Und da ihr fünfunddreißigster Hochzeitstag nahte, wäre es besser etwas Einzigartiges. Etwas, das sie sich geschätzt fühlen ließ.

Er stopfte sich den letzten Bissen seines Brots in den Mund und kaute, ohne es zu schmecken. Er hatte gehofft, dass Frauen ab einer gewissen Zeit im Leben aufhörten, kompliziert zu sein. Aber derzeit schien er allen möglichen Frauen mit allen möglichen Problemen zu begegnen. Und seine Frau war eine von ihnen.

*

„Mein liebster Zauberer, mein Ozzie,
Vermutlich ist dies der letzte Brief, den Du je durch die Post von mir erhalten wirst.“

Ozzie ließ Emmas Brief auf seinen Esstisch sinken, wo er ihn geöffnet hatte, um ihn zu lesen, und ließ seine Gedanken schweifen. Vor ein paar Jahren hätte so eine Eröffnung eines ihrer Briefe bedeutet, dass sie ihre Beziehung beenden würden. Dass die weite Entfernung, die zwischen ihnen gelegen hatte, bevor sie einander kannten, sich wieder auftun würde, nun ein Abgrund der Hoffnungslosigkeit und Verzweiflung. Welchen Unterschied ein paar Jahre manchmal machten. Er seufzte mit einem kleinen Lächeln und las weiter.

„In weniger als zwei Wochen werde ich an Deinem Ende der Welt für den Rest unseres Lebens bei Dir sein. Es ist schwer zu glauben, dass wir nach so einer langen Reise endlich da sein werden, wonach wir uns von Anfang an gesehnt haben. Und manchmal muss ich mich kneifen, damit ich glauben kann, dass es wahr ist.

Heute war mein letzter Arbeitstag. Es fühlte sich seltsam an. Ich wurde zu unserem Verleger gerufen, und er erinnerte mich an unser erstes Gespräch in seinem Büro, als ich mich um ein Praktikum bei seiner Zeitung bewarb. Dass ich über so viele kulturelle Veranstaltungen und soziale, sogar politische Themen berichtet hätte, dass jemand tatsächlich vorschlug, ich solle doch eine Hängematte in meinem Büro aufhängen. Wie wir das Gautschen frischgebackener Drucker mit einem großen Grillfest im Lieferhof unseres Verlagshauses gefeiert hatten, und dass Drucker und Journalisten gleichermaßen die Zukunft feierten, die jemand für sich schaffen würde. Dann sagte er, dass ich jetzt auf eine Reise ginge, über die kein Buch geschrieben worden sei, da jede einzelne Auswanderungsgeschichte individuell sei. Dass, meinen Abschied zu feiern, sich anfühle, als sende man mich mit guten Wünschen fort, aber auch als verliere man jemanden, den man nicht verlieren wolle. Als er schließlich endete, war ich zu Tränen gerührt, und er musste mir ein Paket Tempos anbieten, damit ich mein Gesicht trocknen konnte.

Danach machte ich die Runde von Büro zu Büro, schüttelte Hände, umarmte die meisten, und ging dann in das Büro des Chefredakteurs, um meine Zeiterfassungskarte abzugeben."

Ozzie sah von seinem Brief auf. Er erinnerte sich an ihr winziges Büro unter dem Dach eines Gebäudes aus dem vorigen Jahrhundert. Es hatte nach Linoleumwachs und altem Holz gerochen, als sie ihn mitgenommen hatte, um ihn an ihrem Arbeitsplatz vorzustellen, ihren Kollegen, ihrem Chef. Sie alle hatten geglaubt, er sei nur eine Affäre. Warum sollte eine gebildete Redakteurin wie sie ihre Zeit mit einem US-Flieger verbringen wollen? Sie würde sich nach einer Weile langweilen. Ozzie lachte lautlos. Sie hatten alle so falsch gelegen. Seine Freunde hatten am Anfang Ähnliches gedacht. Was sollte er mit einer deutschen Frau anfangen, die vermutlich ihren Kopf zu hoch trug, um sich an das militärische Leben anzupassen, zeitweise Wochen und Monate lang allein zu sein, wenn er im Einsatz wäre? Er solle besser nach jemand Bodenständigerem Ausschau halten, der sich für sich selbst behaupten konnte, aber keine eigene Karriere haben wollte. Junge, hatten die sich alle geirrt!

„Ich kann Dir nicht sagen, wie seltsam es sich anfühlte, das Gebäude zum letzten Mal zu verlassen. Plötzlich wurde mir bewusst, dass ich eine Vergangenheit zurückgelassen hatte und noch keine Zukunft hatte. Das Gefühl überwältigt mich immer noch bisweilen. Noch bin ich bis Quartalsende überall versichert. Noch werde ich einen Teil meines Gehalts beziehen und für die

179

Überstunden bezahlt, die ich angesammelt habe. Du weißt, wie viel DAS ist!

Aber wer bin ich jetzt gerade? Zwischen zwei Lebensabschnitten weiß ich mich nicht anders zu definieren, als dass ich die Frau eines äußerst abwesenden Ehemanns bin. Ich gehörte einmal der schreibenden Zunft an und möchte auch künftig wieder dazugehören. Ich befinde mich in einer Schwebe. Ich bin weder hier noch dort. Ich warte, und ich wünschte, ich könnte die Zeiger aller Uhren der Welt bewegen. Und gleichzeitig bringe ich emsig Dinge zu Ende, und die Zeit scheint, mir durch die Finger zu gleiten.

Ich frage mich, ob es sich auch jedes Mal für Dich so angefühlt hat, wenn Du in Deinem Leben von einem Stützpunkt zum nächsten umgezogen bist. War es so?"

Ozzie kratzte sich am Kinn. Die ersten Bartstoppeln bohrten sich schon wieder durch seine Haut, obwohl er sich erst rasiert hatte, bevor er heute Nachmittag zur Arbeit gegangen war. Wie war es für ihn gewesen? Er war jedes Mal, wenn er Stützpunkte gewechselt hatte, in Papierkram ertrunken. Erst musste er an seinem alten Stützpunkt alles abwickeln, dann am neuen alles korrekt neuanfangen. Dazu kamen der Umzug seines Haushalts und die teilweise Einlagerung desselben. Dazu kam der Verkauf seines Autos und der Kauf eines neuen am neuen Standort, wenn es dies wert war, oder der Mitumzug seines Autos, wenn es das nicht war. Emma würde ihres noch verkaufen müssen; er wusste, sie würde es in letzter Minute und vermutlich mit großem Verlust tun. Es herüberzubringen, wäre ein noch größerer finanzieller Verlust. Ozzie stand auf und schenkte sich an der Küchentheke einen Gin Tonic ein. Dann kehrte er zurück an den Tisch und zu Emmas Brief.

„Ich frage mich, ob Du neuerdings auch so durcheinander bist wie ich. Wirst Du mich immer noch lieben, falls ich den einen oder anderen Anfall von Heimweh bekomme? Oder wirst Du denken, dass ich Dich nicht mehr liebe, wenn ich zu sehr Erinnerungen nachhänge? Werde ich Freunde finden, wo wir gemeinsam leben werden?

Ich sehe mir die Bilder von dem Haus an, das Du in Wycliff gemietet hast. Ich versuche, mir den Grundriss vorzustellen. Ich frage mich, ob ich mehr von meinen Sachen hätte weggeben sollen, statt sie mit mir umzuziehen. Wird dort Platz genug dafür sein?

Ich habe auf Amazon nach Literatur über Wycliff nachgesehen, und ich habe ein paar Geschichtsbücher mit Sepiafotos gefunden. Ich glaube, eines davon ist sogar von der Kuratorin des Historischen Museums von Wycliff geschrieben worden. Ich möchte einfach so viel wie möglich über den Ort lernen, an den ich ziehe, damit ich Dir nicht peinlich bin wegen meiner Unkenntnis. Ich habe außerdem eine Romanreihe gefunden, die in der Region spielt; sie scheint reale Menschen mit fiktionalen Figuren zu mischen, denn ich habe den Namen der Kuratorin unter ihnen erkannt. Ich bezweifle allerdings, dass Du diese Romane lesen willst. Es sind alles Kleinstadt-Romanzen laut

Beschreibung der Autorin. Und ich weiß, Du bist kein Fan von Romanzen (obwohl Du es im richtigen Leben so sehr bist). Naja, Du kannst sie Dir ja mal anschauen, wenn ich sie mitbringe. "

Ozzie hob die Brauen. Er betrachtete sich nicht als Romantiker. Überhaupt nicht. Romantische Männer waren nicht für die Lebensweise geeignet, die er vorzog. Outdoor-Leben, manchmal sogar etwas rau. Er war zäh, praktisch, geerdet. Falls Emma ihn für einen Romantiker hielt, wusste er nicht, warum. Nur weil er seinerzeit zufällig die richtigen Dinge im richtigen Augenblick getan hatte? Dann musste sie sich auf ein paar Überraschungen gefasst machen. Oder war es nicht zufällig gewesen? Hatte er sich tatsächlich überlegt, was sie in einer spezifischen Situation mögen würde, und sie hatte seine Aufmerksamkeit als „romantisch" aufgefasst?

„Ich frage mich immer, wie unser Leben sein wird. Du sagtest, alles sei in fußläufiger Nähe von unserem Haus. Mir gefällt der Gedanke sehr. Ich habe das Gefühl, dass ich zumindest in Sachen Haushalt und Fortbewegung mein neues Leben erobern werde. Worüber ich mir nicht so sicher bin, ist die Arbeitssituation. Ich habe ein Online-Nachrichten-Medium namens ‚The Sound Messenger' abonniert. Neulich berichtete es über den Niedergang der Printmedien an der Westküste und wie sie versuchen, mehr Inhalte in ihre Online-Präsentation zu stellen, um ihre Leserschaft dort so informiert zu halten wie in ihrer Printversion. Es stimmt mich nicht sehr hoffnungsvoll, einen neuen Job als Journalistin zu finden. Außerdem denke ich, obwohl

ich mich ziemlich in der Lage sehe, das Englische für Alltagsunterhaltungen zu verwenden, dass es vielleicht nicht ausreichend dafür sein könnte, als Journalistin zu arbeiten. Noch nicht. Auch werden Zeitungsartikel so anders geschrieben, als ich es hier gelernt habe. So viele Wiederholungen. So viel Information, die weniger zur Story beiträgt, als vielmehr Platz füllt. Ich müsste wohl meinen Schreibstil anpassen. Bin mir nicht sicher, dass das passieren wird. "

Ozzie nahm noch einen Schluck aus seinem Glas, während er das letzte Blatt von Emmas Brief zu lesen begann. Er war überzeugt, sie würde auf weniger Schwierigkeiten stoßen, als sie jetzt vorhersah. Doch vielleicht war es so besser, als wenn sie ganz naiv und mit Vollgas herüberkam, nur um zu merken, dass ihr Antrieb von den realen Umständen brutal ausgebremst würde, die auf jeden warteten, der sein Leben in so großem Maße veränderte. Umgekehrt wäre es für ihn mit Sicherheit unmöglich gewesen. Er bewunderte den Mut, den seine Frau gezeigt hatte, als sie ihm gesagt hatte, sie würde mit ihm gehen, wohin sein Leben ihn auch führe.

„Jedenfalls habe ich schon fast vollständig gepackt. Heute Abend bin ich rüber in das Pub gegangen, in dem Du mich zum ersten Mal angesprochen hast. Ich musste das Ende des einen Kapitels und den Anfang des nächsten an dem Ort feiern, der so viele freudige Erinnerungen für mich birgt. Für uns. Einige unserer gemeinsamen Freunde waren da. Einige hat ihr Leben auch woandershin geführt. Selbst das Personal hinter der Bar hat

sich etwas verändert. Gerüchten zufolge wird das Hotel verkauft und umgebaut werden. Ich kann mir nicht vorstellen, warum jemand so ein stimmungsvolles Gebäude umgestalten wollte. Aber vielleicht ist das nur wegen der Erinnerungen, die uns dort entstanden sind, und weniger, weil das Haus nicht der Renovierung bedürfte.

Ich spüre, dass in dem Maß, in dem sich mein Leben hier verändert, sich auch die Dinge hier verändern. Und auf eine Weise, die es mir sogar noch leichter macht, Lebewohl zu sagen. Nicht, dass es je NICHT leicht für mich gewesen wäre. Du kennst mich besser, nicht wahr, mein Zauberer?

Ich kann es nicht erwarten, wieder in Deinen Armen zu sein, Ozzie, mein Liebling. Inzwischen werde ich mich zu beschäftigen wissen. Und ich hoffe, auch Du hast Deinen Spaß. Tu nichts Besonderes für mich – ich weiß, Du hast einen vollen Zeitplan auf Deinem Schreibtisch und musst ziemlich müde sein, wenn Du spät abends nach Hause kommst. Wir können alles zusammen angehen, wenn ich erst bei Dir in Wycliff bin.

Ich liebe Dich.

Ganz und gar Deine Emma."

Ozzie faltete die Blätter wieder vorsichtig zusammen und strich mit einem schwieligen Daumen über den Umschlag. Er fühlte sein Herz im Halse schlagen. Er warf einen Blick auf den Kalender, den er gegenüber dem Esstisch aufgehängt hatte. Nur noch eine Woche (ihr Brief hatte bis zu seiner Auslieferung eine Woche gebraucht), und sein Leben würde für immer auf den Kopf gestellt. Seine ausländische Frau würde sein Haus mit ihrem lebhaften Schwatzen und Singen erfüllen, mit ihren textilen Kreationen und dem Duft ihrer selbstgekochten Speisen. Ihre Sachen würden im Haus herumlegen, so wie sie es in seiner Erinnerung an seinen Stützpunkt in England getan hatten, wo sie ihn so oft wie möglich besucht hatte.

Gute Güte, Ozzie sehnte sich nach jenem Stützpunkt. Er hatte dort jede Minute geliebt. Aber er wusste, dass es ihm auch langsam hier zu gefallen begann. Sein Chief hatte erst unlängst zu ihm bemerkt, dass er viel mehr lächle und sogar vor sich hin summe. Ob das bedeute, dass seine Frau endlich aufkreuzen werde. Und Ozzie hatte nur genickt, während er kein Worten herausgebracht hatte. Sein Chief hatte ihm nur freundschaftlich auf die Schulter geschlagen. „Ist auch an der Zeit, Wilde. Schön für Sie."

*

Hunter war ziemlich überrascht, als an jenem Donnerstagabend Tom in ihr Büro platzte, kurz bevor sie es schließen wollte.

„Nanu, Tom?! Stimmt was nicht beim Lawrence-Haus? Ich dachte, du machtest große Fortschritte."

„Tun wir auch", versicherte ihr Tom. „Die Steinmauer ist praktisch weg. Morgen rechen wir den Schotter heraus, dann sehen wir, was sich mit den Beeten tun lässt. Ich ziehe es vor, sie nicht mit irgendetwas zu umranden, sondern sie so natürlich wie möglich zu belassen."

„Klingt gut", lächelte Hunter. „Ich wünschte, das Hausinnere würde auch so gute Fortschritte machen."

„Tja", sagte Tom. „Vielleicht sage ich dir jetzt zu viel, aber Astrid hat mich für nächsten Montag um ein Geschäftstreffen gebeten, nur wir beide, um unsere Design-Ideen besser aneinander anzupassen. Sie sagt, sie habe ein paar spezifische Ideen, die sie mit mir besprechen wolle. Anscheinend geht es um Farbschemen und wie puristisch sie es halten kann oder sollte."

„Interessant", sagte Hunter. „Warum erzählt sie nicht auch mir von diesen Ideen?"

Tom zuckte die Achseln. „Ich denke, sie fühlt sich etwas verunsichert, nachdem sie unlängst von Mrs. Lawrence runtergeputzt worden ist. Und sie scheint einen Vertrauten zu brauchen. Falls irgendetwas mit den Plänen, die wir besprochen haben, kollidieren sollte, werde ich sie einfach abwehren. Keine Sorge."

„Gut." Hunter nickte. „Wenn dich aber nichts Geschäftliches hergeführt hat, was ist es dann?"

„Trotzdem Geschäftliches", lächelte Tom. „Aber das hier ist ein Geheimnis. Tiff und ich haben nächsten Monat unseren Hochzeitstag, und ich möchte sie ganz groß überraschen."

„Oh, wie schön. Und welche Rolle spiele ich dabei, da du ja sagtest, es *sei* etwas Geschäftliches?"

„Nun, wir haben in den vergangenen Jahrzehnten viel gearbeitet, und ich denke, es ist an der Zeit, es etwas runterzufahren und das Leben mehr zu genießen. Weißt du, ich denke, wir sollten öfter zusammen sein. Wenn wir ein Refugium hätten, wäre Tiff vielleicht glücklicher, als sie es derzeit zu sein scheint. Also dachte ich, ich überrasche sie mit einer Wohnung irgendwo oder mit einem kleinen Cottage oder so. Wüsstest du etwas Passendes?"

Hunter schlug die Hände zusammen. „Was für eine entzückende Idee von dir! Ich bin mir sicher, Tiffany wird es total gefallen. Wünschst du irgendein spezifisches Gebiet?"

„Genau darum geht's", sagte Tom. „Ich möchte, dass Tiffany den perfekten kleinen Ort bekommt. Aber ich weiß nicht, wie ich ihr die Idee nahebringen kann, ohne dass sie Verdacht schöpft. Wenn ich sie frage, was für sie ein Wunsch-Standort wäre oder wie ihr perfektes, kleines Ferienhaus aussehen sollte, würde sie sofort erraten, was ich vorhabe. Und das würde die Überraschung für sie ruinieren."

„Das geht gar nicht", stimmte Hunter zu.

„Also habe ich mich gefragt, ob du eventuell deswegen sozusagen vorfühlen könntest."

Hunter lachte. „Oh, ich sehe schon, worauf das hinausläuft. Wenn ich sie anrufe oder besuche, wird sie aber leider auch sehr schnell meine List durchschauen."

„Deshalb muss ich wissen, ob du morgen zu der Vernissage gehst."

„Zu der mit Phoebe Fierce in der *Main Gallery*? Klar. Das ist eine wunderbare Gelegenheit, mit potenziellen Kunden in Verbindung zu bleiben."

„Brillant", strahlte Tom. „Das ist unsere Chance. Könntest du einen Weg finden, Tiff dort zu schnappen und mit ihr zu plaudern?"

„Und sehr subtil die Fragen anzusprechen, die sie uns beantworten muss, damit wir eine Entscheidung über eueren Ferienwohnort treffen können?" Hunter kicherte. „Tom, du bist mir einer! Und die Antwort ist natürlich Ja. Ich tue das mehr als gern für euch zwei."

„Danke, Hunter," lächelte Tom. „Wir sehen uns dann morgen Abend in der *Main Gallery*."

Draußen sah Tom auf seine Armbanduhr. Er kam neuerdings jeden Abend später heim. Scheibenkleister, das Lawrence-Projekt fraß ihn auf. Es war wirklich Zeit zurückzuschrauben, langsamer zu machen und mit Tiffany eine leichte Lebensveränderung zu diskutieren. Sie verdienten mehr Auszeiten. Und vielleicht half es auch Tiff, besser zu entspannen. Tiff. Er lächelte vor sich hin. Welch ein Segen war der Tag gewesen, als er auf sie zugegangen war, während sie den Rasen auf einem John Deere mähte! Er dachte immer noch an den Geruch frisch geschnittenen Grases, wenn er an seine zauberhafte Frau dachte.

*

Phoebe war von einer bewundernden Menge umgeben. Zuerst war sie sehr nervös wegen der Besucherzahlen zu ihrer Vernissage in der *Main Gallery* gewesen. Würde überhaupt jemand kommen? Sie war immer noch ein Neuling in der Kunstwelt, und heutzutage wollten die meisten Leute Bilder kaufen, die von einem bereits bekannten Künstler gemalt worden waren. Selbst, wenn er nur ein lokaler Inbegriff war.

Sie hatte keine Ahnung, dass Harlan und Mark bereits Fernseh- und Rundfunksender informiert und dabei verraten hatten, dass sie einen neuen Werkzyklus ausstellen würde. Dass sie von einigen der führenden Künstler aus der Gegend von Los Angeles inspiriert worden war, aber ihren Themen ihre unverwechselbare pazifisch-nordwestliche Färbung verlieh. *The Sound Messenger* hatte ebenfalls saubere Arbeit geleistet und die Vernissage angekündigt; Redakteurin Julie Dolan, die Tochter der Feinkostladen-Besitzerin Dottie McMahon, hatte sie bereits beiseitegezogen, um ihr einige Fragen für ihre Kritik in der Zeitung zu stellen, und ihr versprochen, noch einmal später am Abend auf sie zuzukommen.

Harlan und Mark hatten großartige Arbeit geleistet, indem sie Phoebes Gemälde in Farbfamilien arrangiert hatten, durchsetzt mit ein paar hohen Bistrotischen für die Gäste, damit sie ihre Weingläser darauf absetzen und ihre Ansichten über die Kunstwerke diskutieren konnten. High-School-Schüler boten den ganzen Abend lang ein fliegendes Buffet an, und das Fingerfood, exquisite Köstlichkeiten kreiert von Paul Sinclair alias *The Bionic*

Chef, hielten manche Leute länger in der Galerie fest, als sie ursprünglich geplant hatten. Harlan hatte bereits einige Bilder mit gelben Punkten markiert. Das bedeutete, dass diese an Besucher verkauft worden waren, denen das Kunstwerk mehr bedeutete, als ob der Künstler bereits bekannt war oder nicht. Als Phoebe diese Punkte entdeckte, strahlte sie noch mehr.

Eingerahmt von Harlan und Mark erzählte sie dem Publikum nun, wie sie angefangen hatte, mit Acryl und verschiedenen Malmedien wie Pasten und Sand zu arbeiten, dass sie mit der tatsächlichen Tiefe des 3D-Malens und traditionell gemalter Perspektive spielte, und dass sie gern Natur und Bewegung auf geometrische Formen reduzierte.

„Einige von Ihnen haben vielleicht meine erste Vernissage hier in der *Main Gallery* vor ein paar Jahren gesehen", fügte sie hinzu und scherzte: „Ich würde es mein Experiment mit ‚Shades of Gray' nennen. Grauschattierungen. Es war ein ziemlich masochistisches Experiment, da ich Farben wirklich liebe, aber wissen wollte, bis zu welchem Grad man Dinge treiben kann, wenn man mit Nuancen spielt, die im Prinzip gar keine Farben sind – Schwarz und Weiß. Heute hoffe ich also, dass Ihnen die Regenbogenfarben dieser Ausstellung unter dem Titel „Tanz" ebenfalls gefallen – und denken Sie nicht nur an Menschen als Tänzer. Alles in der Natur tanzt. Selbst künstlich geschaffene Dinge unter dem Einfluss der Natur. Vielen Dank."

Das Publikum applaudierte und zerstreute sich, um sich jedes einzelne Gemälde genauer anzusehen. Phoebe reckte den Hals, ob Trevor Jones bereits angekommen wäre.

„Er ist noch nicht da", sagte Harlan halblaut zu ihr, da er erriet, nach wem sie suchte. „Aber ich bin mir ziemlich sicher, er kommt. Eine persönliche Einladung zu erhalten, bringt alle möglichen Leute zu einer Vernissage, weil sie wissen, dass sie nicht jeder bekommt." Er zwinkerte ihr zu. „Ist es in Ordnung für dich, wenn ich dich eine Weile lang verlasse und mich unter die Leute mische?"

Phoebe nickte. „Geht völlig in Ordnung, danke."

Unterdessen gingen Tom und Tiffany Delaney durch den Raum und grüßten einige Freunde oder Geschäftspartner. Sie inspizierten einige der Bilder näher, besonders jene mit Naturthemen.

„Ich weiß nicht, ob ich sie mag oder nicht", gab Tiffany zu. „Ich sehe, sie hat Talent. Aber ich mache mir so gar nichts aus abstrakter Malerei."

„Nun, wenn man bedenkt, dass sie zuerst lernen müssen, auf klassische Weise zu malen, und erst dann ihre eigene Stimme finden dürfen, frage ich mich, was in manchen Köpfen so vorgeht", bekannte Tom. „Aber du musst zugeben, dass die hier zumindest ästhetisch sind. Obwohl es mir schwerfällt, einen Tanz in einer Reihe von Quadraten zu erkennen."

Tiffany musste lachen. „Vielleicht ist das ein Wortspiel von ihr. Square Dance. Weißt du, eigentlich gefällt es mir sogar ganz gut, weil die Farben so lebhaft sind, dass sie sich tatsächlich zu bewegen scheinen."

Tom sah genauer hin. „Du hast recht. All diese verschiedenen Schattierungen von Rot-, Orange- und Violett-Tönen. Und so sauber aufgetragen. Sie muss einen sehr dünnen Pinsel verwendet haben."

„Oder einen, in dem sie die Farben geschichtet hat", unterbrach eine Frauenstimme.

Tom blickte erschreckt auf. „Oh, Astrid, was für eine Überraschung."

„Nicht für mich", lächelte Astrid. „Ich wusste, Sie würden hier sein; also dachte ich mir, ich versuch's auch mal." Dann hob sie die Augenbrauen gegen Tiffany. „Astrid Lund", stellte sie sich vor und hielt ihr ihre Hand etwas hochmütig hin. Tiffany schüttelte sie, fühlte sich aber sofort gegen sie eingenommen. Sie antwortete nicht. Sie spürte, dass diese Frau hinter etwas anderem her war.

„Da wir daran zusammenarbeiten, das Lawrence-Anwesen zu überholen", sagte Astrid zu Tom und ignorierte Tiffany nun vollständig, „warum sehen wir zwei uns diese Bilder nicht genauer an und sehen, ob einige von ihnen nicht unser Gemeinschaftsprojekt inspirieren können?" Sie blickte Tiffany kühl an. „Darf ich mir Ihren Mann für eine Weile ausborgen?" Sie wartete nicht einmal Tiffanys Antwort ab, sondern zog Tom mit sich. Tom blickte über die Schulter und sprach tonlos eine Entschuldigung. Tiffany war sprachlos.

„Tiff!" riss sie eine muntere Stimme aus ihrer plötzlichen Betäubung. Hunter Madigan nutzte die Situation und überfiel Toms glücklose Frau. „Wie schön, dich heute Abend hier zu sehen."

„Nun, es war bis vor einem Moment schön", murmelte Tiffany und nickte in Richtung Tom und Astrid.

„Oh", sagte Hunter leichthin. „Ich würde dem nicht zu viel Gewicht beimessen. Die beiden arbeiten an der Neugestaltung von …"

„Ich weiß", sagte Tiffany. „Das Lawrence-Haus. Wie geht es voran?"

„Langsam, aber sicher." Hunters Augen glänzten. „Es ist schwierig, wenn es ein bestimmtes Budget gibt, und ein Designer und der Besitzer sich nicht wirklich einigen können."

„Ich hoffe, du sprichst nicht von Tom."

„Bewahre!" Hunter lachte. „Dein Mann ist genau richtig, und er und seine Männer haben jetzt schon Wunder gewirkt. Du solltest irgendwann mal vorbeikommen und dir ansehen, wie sie dein Design umsetzen. Ich mache mir mehr Sorgen wegen des Hauses selbst."

„Es ist riesig, ich weiß", nickte Tiffany und gestattete sich, in die Unterhaltung hineingezogen zu werden.

„Oh, allerdings. Und natürlich halte ich nach potenziellen Käufern hier in Wycliff Ausschau."

„Schau nicht mich an", schüttelte Tiffany den Kopf. „Ich habe auch so schon genug zu tun. Ich wünschte mir manchmal, wir hätten ein kleineres Zuhause und mehr Zeit, es zu genießen."

„Sowas wie ein Cottage?"

Tiffany blickte verträumt. „Weißt du, es klingt bescheuert, wenn man schon am Sund lebt. Aber ein Cottage am Meer wäre schon was, oder?"

Hunter machte eine Notiz im Kopf. „Ich habe unlängst eines gesehen, ein Nurdachhaus mit einer riesigen Fensterfront vom Boden bis zur Decke."

„Meine Güte, wer würde so ein Fenster putzen wollen?! Wo die Salzgischt während der Wintermonate ständig gegen das Glas peitscht?! Nein, ein Ranch-Style Haus wäre schön. Ohne Stufen für dieses watschelnde Mädchen hier. Und ein Deck, so dass wir draußen grillen oder sonnenbaden könnten. Und vielleicht ein Gästezimmer. Nicht mehr."

„Du bringst mich zum Träumen", lachte Hunter. „Klingt ziemlich gemütlich. Gibt es da auch einen offenen Kamin?"

„Vielleicht ein paar Öfen, die für den Fall eines Stromausfalls benutzt werden können." Tiffany seufzte. „Kannst du dir ein Jacuzzi im Badezimmer vorstellen und, darin zu sitzen, während man hinaus auf die Dünen blickt?" Dann lachte sie. „Mädchenträume", schalt sie sich.

„Und warum auch nicht?" fragte Hunter. „Träume halten uns in Bewegung. Was würden wir ohne sie tun? Schätzungsweise bloß existieren."

„Auch wieder wahr", seufzte Tiffany. „Obwohl ich an manchen Tagen das Gefühl habe, dass das alles ist, was ich jetzt tue. Täglich dieselbe Routine. Und Tom kommt immer später nach Hause. Das hier ist der erste romantische Abend, den wir in diesem Monat haben. Und schau, was daraus geworden ist."

Hunter blickte nachdenklich in Astrids Richtung. Ihr gefiel auch nicht, was sie sah. „Lass mich zur Hilfe kommen," zwinkerte sie. „Ich bin mir sicher, das Mädchen bespricht nur Geschäftliches. Aber eine Vernissage ist für die Geschäfte nur eines einzigen Menschen da." Tiffany blickte Hunter fragend an. „Die des Künstlers natürlich."

„Oh, ja. Natürlich."

„Bis später, Liebes." Hunter gab Tiffany links und rechts einen Luftkuss und segelte an Toms Seite, von wo sie Astrid kunstvoll löste und sie in die entgegengesetzte Ecke des Raumes führte, wo sie ein paar Gemälde mit ihr diskutierte.

Tom kehrte sofort an Tiffanys Seite zurück. „Die Frau hat vielleicht Nerven", entschuldigte er sich.

„Tja, es gehören immer zwei dazu", sagte Tiffany bitter.

Tom küsste sie auf die Wange. „Glaub mir, so gestalkt zu werden, ist auch nicht meine Vorstellung von einem romantischen Abend. Lass uns nochmal von vorn beginnen. Hättest du gern noch ein Glas Wein, mein Schatz?"

Tiffany schüttelte den Kopf. „Nein, für heute Abend reicht's mir."

Tom runzelte die Stirn. „Du nimmst Astrid doch nicht etwa so ernst, oder?"

Tiffany schüttelte den Kopf. Aber *dich*, dachte sie. Und du hast dich zu einfach wegziehen lassen. Inzwischen bemühte sich Tom darum, ihren Mantel zu holen und ihr in die Ärmel zu helfen. Er verspürte eine leichte Verärgerung bei Tiffany. Aber er beschloss, ihr keine weitere Aufmerksamkeit zu schenken. Sie war in letzter Zeit launisch. Das war vermutlich nur einer dieser Augenblicke.

*

Trevor war immer noch unentschieden gewesen, ob er heute Abend zu der Vernissage gehen solle. Einmal hatte er sogar in Erwägung gezogen, seine Mutter zu diesem Thema zu Rate zu ziehen. Aber das, entschied er, wäre unreif und nur eine Fortsetzung seines früheren Vertrauens in ihre Führung gewesen. Außerdem, überlegte er, wenn sie wusste, dass er zu der Vernissage ginge, würde sie beschließen mitzukommen. Was bedeuten würde, dass sich der ganze Abend nur darum drehen würde, dass Theodora Jones ihn von Auserwählter zu Auserwählter schleppen würde. Davon hatte er genug. Er musste allein sein. Entscheiden, wen *er* treffen wollte.

Er hatte sein Spiegelbild angelächelt und sich grünes Licht gegeben. Er sah heute Abend lässig-elegant aus, und der Seidenschal, den er in sein Hemd gesteckt hatte, verlieh ihm das seriöse Geschäftsimage, das er ebenfalls vermitteln wollte. Er hatte beschlossen, später bei der *Main Gallery* aufzutauchen. Unter den Ersten zu sein, würde ihn zu eifrig aussehen lassen. Etwa eine halbe Stunde oder so nach der offiziellen Eröffnung würde ihm all die Formalitäten ersparen, die er so fürchtete, und er könnte sich perfekt unter die Menge mischen.

Daher schenkte ihm niemand Aufmerksamkeit, als er die Galerie betrat und zu einer der Bedienungen mit einem Teller Fingerfood schlenderte. Er genoss den Happen sehr und wollte gerade ein zweites Mal zugreifen, als ihn Harlan entdeckte und zu sich winkte. Trevor seufzte. Er hatte geglaubt, er könne etwas Zeit für sich in vollständiger Anonymität verbringen. Er lehnte daher fürs erste einen weiteren Bissen ab und zwängte sich durch die Menge.

„Trev!" Harlan begrüßte ihn mit einem freundlichen Schlag auf die Schulter. Obwohl Trevor keinesfalls klein war, war Harlan noch um fast einen halben Kopf größer. „Ich will, dass du heute Abend jemanden ganz Besonderes kennen lernst."

„Bitte", murmelte Trevor zurück. „Nicht schon wieder etwas, das von meiner Mutter arrangiert wurde?"

Harlan lachte. „Im Gegenteil. Eigentlich kennt ihr einander auch schon. So ungefähr."

Jetzt gab Trevor nach. „Naja, dann lass es uns hinter uns bringen."

„Glaub mir, sie ist deine Aufmerksamkeit wert."

Harlan legte einen Arm um Trevors Schultern und führte ihn zur Bar hinüber. Eine sehr zierliche Frau sprach dort mit Mark, und ihre Figur und die Locken riefen einige vage Erinnerungen in Trevor hervor. Bevor er etwas sagen konnte, unterbrach Harlan die Dame und seinen Geschäftspartner. „Phoebe, meine Liebe, darf ich dich einem Mitglied einer der ältesten Familien der Stadt vorstellen, Trevor Jones? Trev, das ist die bald berühmteste abstrakte Malerin des Pazifischen Nordwesten, Phoebe Fierce."

Phoebe hatte sich umgedreht und errötete nun zutiefst. „Hallo", sagte sie weit weniger selbstbewusst, als sie zu klingen gedacht hatte. „Und schön, Sie wiederzusehen."

Trevor stammelte etwas. Er erinnerte sich, dass sie ihn einmal auf einen Rundgang durch ihre Bilder mitgenommen hatte, obwohl er damals keine Ahnung gehabt hatte, dass sie die Künstlerin selbst gewesen war. Er erinnerte sich, dass er sogar zugegeben hatte, dass ihm die Ausstellungsstücke nicht sonderlich gefielen. Und er erinnerte sich, dass sie ihm ihre Geschäftskarte gegeben hatte, die er zu all den anderen Geschäftskarten gesteckt und vergessen haben musste. Aber wie hatte er solch ein engelhaftes Wesen vergessen können?!

„Wir überlassen euch jetzt euch selbst", schlug Mark vor. „Vielleicht macht ihr ja da weiter, wo ihr letztes Mal aufgehört habt." Er und Harlan zogen sich zurück.

Trevor und Phoebe betrachteten einander. Sie sagten kein Wort, begannen aber, einander anzulächeln. Der Barkeeper räusperte sich. „Hätten Sie gern ein Glas von irgendwas, Sir?"

„Ja, bitte", brachte Trevor heraus, während seine Augen immer noch an Phoebe hingen.

„Was darf's sein?"

„Oh, einfach irgendwas." Phoebe musste kichern. Trevor fing sich. „Entschuldigung. Haben Sie einen trockenen Weißwein?"

Einen Moment später gingen die beiden in eine stille Ecke bei einem großen Triptychon, den Phoebe in den Grundfarben Gelb, Magenta, and Cyan kreiert hatte. „Es ist schon eine Weile her", wagte sich Phoebe vor.

„Es tut mir leid", sagte Trevor und wurde rot. „Mir war nicht bewusst, dass Sie es ernstgemeint hatten, dass ich in Verbindung bleiben sollte."

„Nun ja, ich denke, die Situation an dem Abend damals war nicht perfekt, um einander kennenzulernen."

„Nein", sagte Trevor rasch. Dann lachte er nervös. „Ich war stehengelassen worden."

„Ich erinnere mich daran", sagte Phoebe. „Sowas kommt vor. Wir Mädels raffen uns auf, rücken unsere Tiara zurecht und gehen weiter. Ihr Männer fühlt wahrscheinlich denselben Schmerz, aber kommt damit anders klar."

Trevor sah sie an und fragte sich, ob sie den Tiara-Vergleich ernst gemeint hatte. „Naja, man kann einer Frau, die einen stehenlässt, schlecht vorschlagen, sich mit einem hinter der Scheune zu treffen. Es hätte völlig verkehrte Konnotationen. Also beißen wir in den sauren Apfel."

Phoebe nickte. „Sie scheinen mir allerdings nicht von der Art der Scheunenkämpfer zu sein. Ich vermute, Sie vergraben sich entweder in Arbeit oder in Abenteuern."

„Eher in Arbeit", gab Trevor zu. „Das erscheint mir produktiver."

„Geht mir genauso", lächelte Phoebe. „Darf ich Ihnen vielleicht heute Abend meine Lieblingsbilder zeigen? Und ich werde Ihnen nicht vorschlagen, eines von ihnen zu kaufen. Lassen Sie mich Ihnen einfach meine Geschichte erzählen. Und … vielleicht darf ich Ihnen später noch eine Geschäftskarte überreichen?"

„Absolut", strahlte Trevor. „Und ich verspreche, dass ich Sie diesmal nicht so lange auf einen Anruf warten lasse."

„Gut", nickte Phoebe. „Lassen Sie mich damit beginnen, dass ich Ihnen erzähle, wer mich dazu inspiriert hat, all diese leuchtenden Farben zu verwenden statt der Grauschattierungen letztes Mal."

Und er lauschte glücklich ihrer Stimme und beobachtete ihre lebhaften Gesten, während sie ihm jedes einzelne Gemälde der Ausstellung zeigte. Als sie fertig war, war die Galerie leer. Nur Harlan und Mark waren noch da und standen an der Bar und stießen miteinander auf eine neuerliche, erfolgreiche Vernissage an. Und darauf, möglicherweise für ihre Künstlerin eine neue Verbindung hergestellt zu haben, die über Geschäftliches weit hinausging.

7

Licht und Schatten

„Auf das Licht zu achten, besonders auf die Menge Sonnenlicht in Ihrem Garten, hilft Ihnen bei der Wahl Ihrer Pflanzen. Überprüfen Sie, wie viel Sonne, wie viel Schatten und wie viel Feuchtigkeit durch Regen und Nebel die Abschnitte erhalten. Oder wie trocken sie durch darüber hängende Äste bleiben. "

(Tipp von Gärtner Joe, Pangea Gardenscapes)

1968

Morgan Power blickte verstohlen zum Haus zurück. Niemand hatte gemerkt, dass sie sich einem Gebiet näherte, das, aus welchem Grunde auch immer, von ihrer Familie als tabu betrachtet wurde. Neugier tötet Katzen, wusste sie. Doch bisher hatten die kleinen Exkursionen zu der überwucherten Steinmauer, die das Grundstück der Powers von dem der Familie Lawrence nebenan trennte, nur Vergnügen gebracht. Denn sie hatte ein Geheimnis, das allein ihr gehörte. Und es war voller Romantik und Zärtlichkeit und Träume.

In einer Sommernacht im vergangenen Jahr hatte Morgan wegen der Hitze, die sich in ihrem Dachzimmer gestaut hatte, nicht schlafen können. Nicht einmal, dass sie das Fenster öffnete, hatte viel daran geändert. Und so war sie aus dem Haus geschlüpft in die Kühle des nächtlichen Gartens. Der Tau an ihren *nackten Füßen hatte sich köstlich angefühlt, und der Gesang der Zikaden hatte ihr das Gefühl gegeben, sie hätte in der monderleuchteten Dunkelheit Verbündete. Und Verbündete brauchte sie gegen ihre herrischen älteren Brüder Michael und Robert, die versuchten, ihre jüngere Schwester zu bevormunden. Robert, der nur ein Jahr älter war als sie, tat es auf was freundschaftliche Weise. Aber Michael hatte etwas Dunkleres an sich, und Morgan fragte sich immer, ob das daran lag, dass er so kurz nach Ende des zweiten Weltkriegs geboren worden war und selbst ihre große Nation noch an den Folgen gelitten hatte. Sie war die Steinmauer entlanggegangen, die einer der Lawrences nach dem ersten Weltkrieg errichtet hatte, und sie war in einem Teil des Gartens gelandet, der wilder als der Rest wirkte. Neugierig war sie nähergetreten, und sie hatte die Überbleibsel einer alten Blockhütte entdeckt, die von Brombeersträuchern und einigen großen Büschen verdeckt waren. Die Steinmauer verlief mitten durch die Veranda und bis hinauf an ihr Dach.*

Nun, als sie sich vorsichtig diesem besonderen Ort an der Mauer genähert hatte, hatte sie bemerkt, dass jemand anders dieselbe Idee gehabt hatte. Wo früher die Veranda der Hütte versperrt gewesen war, waren eine ganze Reihe Steine aus der Steinmauer entfernt worden. Genug, um auf die andere Seite sehen zu können. Und als sie überlegt hatte, ob das versehentlich von einem Tier verursacht sein mochte, das versucht hatte, hinüberzugelangen, oder ob es mit Absicht geschehen war, hatte sich aus dem Schatten der anderen Seite eine männliche Gestalt gelöst und war langsam nähergekommen.

„Bist du das, Jonathan Lawrence?" hatte Morgan gefragt und in die Düsternis der Hüttenveranda geblinzelt.

„Du bist gekommen!" hatte er leise gerufen. „Ich war mir deswegen nicht sicher. Aber ich habe dich im letzten Monat ziemlich oft an diesen alten Ort kommen sehen."

„Du hast mich beobachtet?" hatte Morgan gesagt und war errötet. Sie war sich nicht sicher gewesen, ob sie sich darüber freute oder ärgerte.

„Nicht wirklich", hatte sich der junge Mann verteidigt. „Ich konnte einfach nicht schlafen."

„Geht mir auch so", hatte Morgan geseufzt. „Es muss dieser Wahnsinn sein, in den sich unsere Nation verwickelt hat. So viel passiert, und nichts davon fühlt sich richtig an."

„Zumindest scheint ihr euch in eurer Familie einig zu sein", hatte Jonathan gesagt.

„Das glaubst du, weil du uns nicht kennst", hatte Morgan bitter gelacht. „Und eigentlich wären sie auch nicht sehr erfreut, wenn sie wüssten, dass wir miteinander sprechen."

„Und ich frage mich, warum, denn meiner Familie geht es genauso mit eurer", hatte er zugestimmt. „Ich frage mich, wo diese Feindseligkeiten alle angefangen haben. Nichts davon ergibt für mich irgendeinen Sinn. Ich kenne dich von der Schule, und mir erscheinst du sehr anständig."

„Gleichfalls", hatte Morgan gesagt und war wieder errötet. „Warst du es, der ein paar von den Steinen weggeräumt hat?"

„Es macht keinen Sinn, sie durch eine Veranda verlaufen zu lassen."

„Nein, stimmt. – Warum kannst du nicht schlafen?"

Jonathan hatte unruhig gewirkt. Er hatte einen kleinen Stein zu seinen Füßen getreten; Morgan hatte nicht sehen können, was er tat, aber sie hörte, wie der Stein die Mauer traf. „Es klingt vermutlich total heuchlerisch. Ich sag dir's, wenn du's mir zuerst sagst."

Morgan hatte die Achseln gezuckt. „Okay. Also, meine Eltern reden immer von unseren deutschen Wurzeln und was in den letzten Kriegen passiert ist und dass die Leute heute immer noch nicht sehr nett von den Deutschen denken."

„Naja, du musst zugeben …"

Morgan war einen Schritt zurückgewichen. „Hör mal, wenn auch du bloß mit den Wölfen heulst, rede ich nicht mehr mit dir. Irgendwann muss das alles auch mal aufhören. Erstens war meine Familie an keinen dieser Gräueltaten beteiligt, und man kann Menschen nicht stellvertretend beschuldigen."

„Schau mal, es tut mir leid …"

„Das sollte es auch! Zweitens ist meine Familie immer sehr patriotisch gewesen. Wir haben immer bewiesen, dass wir patriotische Amerikaner sind …"

„Und?"

„Dieser verdammte Krieg verursacht einen Riss durch meine Familie. Meine Eltern wollen nichts mit Gewalt zu tun haben. Und ich stimme ihnen zu. Ich weiß nicht, wie Robert dazu steht. Es scheint, als sei er der Einzige in der Familie, der nur dasitzt und abwartet. Und dann ist da Michael, der Superpatriot, der sich tatsächlich freiwillig gemeldet hat und nach Camp Lewis geschickt wird und dann rüber nach Nam. Und weshalb? Wegen eines Kriegs, der uns nicht einmal berührt haben würde, weil er so weit weg ist. Und warum sollten wir uns darin einmischen, wo die Franzosen da drüben bereits eine Niederlage erlitten haben?!"

„Du kennst dich gut in Politik aus, oder?"

„Ich weiß genug, um zu wissen, dass jeder Krieg nur mit Verlierern auf allen Seiten endet."

„Holla. Du stehst also nicht auf der Seite deines Bruders? Du bist nicht auf der Seite der Truppen, die seit wann dort kämpfen? 1957?"

„Ich bin nie auf der Seite eines Kriegs. Ich bin sehr für das Leben unserer Jungs. Und das Jahr war 1955", hatte Morgan geschnappt. „Du lernst besser deine Geschichtszahlen richtig für unsere Abschlussprüfung. Damit du, wenn sie dich einziehen, wenigstens sagen kannst, du bist mit einem High-School-Examen in der Tasche erschossen worden."

„Ich werde nicht eingezogen", hatte Jonathan sehr leise gesagt.

„Oh, dann brauchst du deine Prüfungen auch nicht zu bestehen, ist es das?"

„Ich weiß nicht, was ich neuerdings denken soll", hatte Jonathan zugegeben. „Meine Familie hat immer für eine Sache gekämpft. Und sie steht hundertprozentig hinter dieser. Sie sagt, unsre westlichen Demokratien seien gefährdet und wir müssten gegen den Kommunismus vorgehen. Andererseits haben sie dafür gesorgt, dass …" Jonathan hatte sich auf die Lippen gebissen. „Wusstest du, dass man sich aus diesem Krieg herauskaufen kann? Oder seine Kinder? Sie haben dafür gesorgt, dass ich nächstes Jahr sofort nach der High-School ans College gehe. Noch dazu Ivy League. Ich habe keine Ahnung, wer an meiner Stelle antritt und für mich die Suppe auslöffelt. Das macht mich schlaflos. Irgendwo da draußen ist jemand, der genauso gern leben möchte wie ich, aber er hat nicht das Geld dazu, sich aus dem Schlamassel herauszukaufen. Ich fühle mich wie ein Heuchler. Ein Verräter. Aber meine Eltern sagen, es sei legal. Und dass es besser sei, als wenn ich nach Kanada rennen würde."

Sie hatten einander angesehen und waren eine Weile stumm geblieben. Dann hatte Morgan wehmütig gelächelt. „Ist es nicht traurig, dass immer eine Generation die Kriege zusammenbraut, die die nächste für sie ausfechten muss? Und es beginnt mit Kleinigkeiten. So wie unsere Familien uns sagen, dass wir miteinander nicht reden sollen, weil wir zu unterschiedlichen Familien gehören."

Jonathan hatte geschluckt. „Würdest du ... Meinst du, wir könnten gemeinsam alle Steine von der Veranda entfernen und von vorn anfangen?"

„Du meinst, uns unseren Familien widersetzen und Frieden schließen?"

Jonathan hatte genickt und seine Hand hingehalten. Sie hatte sie geschüttelt.

Im Laufe der Monate hatten sie daran gearbeitet, Steine aus der Steinmauer zu entfernen, und zwischen Morgan Power und Jonathan Lawrence war eine tiefe Freundschaft entstanden. Sie hatten sogar versucht, das leckende Dach der Blockhütte zu reparieren. Alles heimlich. Sie scheiterten, und in einer Sommernacht, bevor Jonathan zum College abreisen sollte, wurden sie von einem Gewitter überrascht, das sie völlig durchnässte. Ihre Eltern entdeckten sie, beide verraten von nassen Fußspuren, die zu ihren jeweiligen Schlafzimmern führten. Jonathan wurde ein paar Tage eher an die Ostküste geschickt; und bis zu seiner Abreise blieb Morgan unter der strengen Aufsicht ihrer Mutter Daisy, die bald vermuten würde, dass die letzte Nacht ihrer Tochter im Garten nicht folgenlos geblieben war.

Natürlich verstärkten Morgans Schwangerschaft und die Feindschaft zwischen beiden Haushalten nur die Romanze, die so verstohlen angefangen hatte wie die in Shakespeares „Romeo und Julia". Glücklicherweise wurde, nachdem die Tatsache beiden

Elternpaaren mitgeteilt wurde, dass ihnen ein Enkelkind und Erbe geboren werden würde, ein Waffenstillstand geschlossen. Und als Jonathan Morgan bat, ihn zu heiraten, und ihr sagte, dass er auf das Ivy League College verzichten und lieber im Bundesstaat Washington studieren würde, um bei seiner frisch gegründeten Familie zu sein, wurde ein ordentliches Hochzeitsfest organisiert wie in der guten, alten Zeit, als Heirat und Kinder noch in der richtigen Reihenfolge kamen.

Etwa ein Jahr nach der Geburt von John Jr. – das junge Paar war in eine Wohnung gezogen, die jeweils hälftig von seinen Eltern bezahlt wurde – kehrte Michael aus Vietnam zurück. Er hatte diesen Tausend-Yard-Blick, der Menschen vor ihm ausweichen ließ. Was leicht genug war, da er meist für sich blieb. Er sah rau aus mit seinem langen Haar und seinem Bart. Seine Haut hatte etwas Wächsernes bekommen. Er sprach kaum, und manchmal ging er einfach fort und kam zwei, drei Tage lang hintereinander nicht zurück, nur um sich dann in die Küche seiner Mutter zu setzen oder auf die Veranda, wo er rauchte.

Daisy schnupperte ein paarmal die Luft und kräuselte ihre Nase. Sie sagte Bill, ihrem Mann, nicht, dass sie vermutete, dass er Marihuana rauchte. Sie wusste tatsächlich auch nicht, wie es roch, nur dass es anders roch als normale Zigaretten, und war sich nicht sicher. Sie sorgte sich um Michael, der endgültig nach Hause geschickt worden war, genesen von einer physischen Verwundung, aber nicht seelisch. Sie war nur froh, dass Robert den klügeren Weg gewählt und sich bei der Küstenwache gemeldet hatte, was ihn dem Kampf ferngehalten hatte und ihn trotzdem der Nation helfen ließ. Sie beobachtete Michael und hätte ihm zu gern über die zottelige Mähne gestreichelt. Aber sie wagte es nicht. Michael war als Sohn gegangen und als Fremder zurückgekehrt.

Eines Tages, kurz nachdem der Vietnamkrieg für beendet erklärt worden war, verschwand Michael. Er hinterließ auf seinem Nachttisch eine Nachricht. „Ihr Lieben", stand da. „Wir sind als Helden gegangen und als Schurken wieder begrüßt worden. Was für ein Witz Krieg ist! Wie ein Kartenspiel, das immer wieder ausgeteilt wird, bis jemand den Tisch verlässt. Am Ende vergisst man beinahe, warum man das Spiel überhaupt angefangen hat. Man sieht die Furcht in den Augen eines jeden, kaum getarnt von großspurigem Reden und vielleicht einem besonders lässigen Gang. In den Augen eines JEDEN. Und man erkennt, dass der Mensch, den man gleich töten wird, auch eine Familie daheim hat. Aber im nächsten Dorf könnte JEDER ein Feind sein. Wieder. Und wieder. Und wieder. Und dann kommt man nach Hause. Und man sieht die Abscheu in den Augen der Leute, die einen einst beim Abschied bejubelt haben. Und man weiß, dass man mit dem, was man getan hat, tun musste, nie wieder dazugehört. Zumindest fühle ich mich so. Sucht also nicht nach mir. Ihr werdet bald von mir hören."

Ein paar Tage später war Michael in allen Nachrichten. Er war auf einer Parkbank in Olympia gefunden worden, verstorben an einer Überdosis. Seine glasigen Augen hatten auf das Kapitol gestarrt.

*

Der Samstagmorgen brach mit Sonnenschein und Vogelgezwitscher an. Es war einer jener belebenden Tage, die Tiffany normalerweise mochte. Aber heute Morgen war sie von Selbstzweifeln zerrissen. Hatte sie gestern Abend ruiniert, weil sie ihrer Eifersucht nachgegeben hatte? Hätten sie bleiben sollen, anstatt Astrid als Gewinnerin das Schlachtfeld zu überlassen? Hätte Tom sich von dieser Frau losgerissen, wenn Hunter nicht an seiner Seite aufgetaucht wäre und sie weggelockt hätte?

Tiffany saß mit gerunzelter Stirn über ihrer Schale Haferflocken, die mit einer Handvoll frischer Himbeeren bestreut waren. Ihr Kaffee – ungesüßt, ohne Milch – bot wenig Reiz mit seiner starken Bitterkeit. Tom war bereits durch sein Frühstück gehastet – zwei Scheiben Toast mit Erdnussbutter und Gelee, ein Glas Orangensaft und noch eines mit Milch. Er steckte sich die Morgenzeitung unter den Arm und ging aus der Küche. Dann, wie nach weiterem Überlegen, drehte er um, legte die Zeitung vor sie hin und küsste sie auf die Stirn.

„Ich bin heute Abend zurück", kündigte er vergnügt an. „Muss mir ein potenzielles geschäftliches Projekt ansehen."

Tiffany sah ihn entsetzt an. „Aber es ist Samstag. Und davon steht nichts in unserem Geschäftskalender. Außer deinem ganztägigen Golfturnier morgen."

„Deshalb", sagte Tom. „Es kam gestern auf meinem Smartphone rein, und ich hab' vergessen, es dir zu sagen. Es passiert zu viel neuerdings. Vielleicht sollten wir ein bisschen langsamer machen."

„Genau", stimmte Tiffany zu. „Vielleicht solltest du nicht gehen. Vielleicht haben wir bereits genug zu tun. Vielleicht solltest du dir einfach das Wochenende freinehmen und es dir ein andermal ansehen."

Tom schüttelte den Kopf. „Kein Tag ist so gut wie das Wochenende, um sich künftige Geschäfte anzusehen."

Tiffany zuckte die Achseln und sah elend drein. „Wie du willst." Sie war den Tränen nahe.

„Hasi", sagte er zärtlich und tätschelte ihre Hand. „Es sieht fast so aus, als wärst du verärgert über unseren Erfolg. Vielleicht solltest *du* dich mehr entspannen. Wie wär's, wenn du dir eine schöne Massage und eine Maniküre und Pediküre in einem der Salons hier gönntest? Es könnte deinen Stress etwas lindern. Hm?"

Tiffany seufzte. „Nein. Du hast recht. Ich sollte mich an deine energiegeladene Art gewöhnt haben, wenn es um neue Projekte geht. Ich fühle mich einfach nicht so toll."

„Nun, vielleicht solltest du deine Diät ändern", schlug Tom vor.

211

„Das ist nicht sehr hilfreich", schalt Tiffany. „Du weißt, dass ich das für dich tue."

„Stimmt nicht", wehrte Tom ab. „Du tust das für dich selbst. Ich habe dir tausendmal gesagt, dass ich dich genauso liebe, wie du bist." Er sah auf die Uhr über dem Herd. „Ich muss jetzt los. Ich bin schon ein bisschen spät dran. Bis heute Abend, Schatz. Und verwöhn dich ein bisschen. Versprochen?" Er stand schon auf der Küchenschwelle.

Tiffany lächelte schwach. „Versprochen", sagte sie ohne Begeisterung. Tom nickte, winkte ihr zu und ging an den Wandschrank in der Diele, um sich einen Mantel zu nehmen. Ein paar Augenblicke später hörte Tiffany, wie sich die Haustür schloss. Es würde ein sehr langes Wochenende für sie werden.

*

Hunter Madigan wippte auf dem Kapitols-Parkplatz in Olympia mit den Zehen. Sie wartete auf Tom jetzt schon seit über einer halben Stunde, und ihr Kaffee zum Mitnehmen im Pappbecher war ausgetrunken. Was verspätete ihn so? Sie hatte ihm letzte Nacht getextet, dass sie vielleicht das perfekte Wochenendhäuschen in Oyhut für ihn hätte. Eine Freundin von ihr wollte es verkaufen, hatte das Haus aber noch nicht auf den Markt gebracht. Es könnte so ziemlich genau die richtige Größe haben. Sie fieberte darauf, Tom die Gelegenheit zu zeigen und eventuell den Verkauf zu besiegeln, bevor ein Makler in Ocean

Shores seine Finger drin hätte. Endlich sah sie Toms Truck heranfahren. Sie seufzte erleichtert auf.

„Entschuldige die Verspätung", rief Tom aus dem Fenster. „Dein Auto oder mein Truck?"

„Ich würde mein Auto vorziehen", sagte Hunter ehrlich. Sie wusste, dass Toms Truck gepflegt war. Aber es war immerhin sein Arbeits-Truck. Und obwohl sie normalerweise nicht pingelig war, wollte sie sich ihr teures Geschäftskostüm nicht auf einem Sitz vorstellen, auf dem jemand mit schmutzigen Arbeitshosen gesessen haben mochte. Lieber stilvoll ankommen und das Geschäft richtig abschließen. Wenn sie sich gut fühlte, war der Verkauf eine Kleinigkeit. Das spürte sie.

Tom glitt auf den Beifahrersitz neben ihr, so elegant das ein Mann seines Umfangs eben konnte. Er hatte sich heute schick gekleidet. Er sah definitiv auch wie jemand aus, der Geschäfte machen wollen.

„Fahren wir los?" fragte Hunter.

„Klar!" Tom lehnte sich zurück. „Also Oyhut ist es, sagtest du? Bin mir nicht sicher, ob ich weiß, wo genau das ist."

„Oh, technisch gesehen ist es ein Teil von Ocean Shores, versucht aber, ein eigenes kleines Zentrum aufzubauen. Es liegt zwischen einer Bucht und dem Meer – es ist also gewissermaßen geschützt, aber mit viel Aussicht, nahe am Strand und in kurzer Fahrtentfernung vom Zentrum von Ocean Shores."

„Klingt recht nett."

„Ich glaube, es wird dir gefallen."

„Und du bist sicher, dass es das ist, was Tiff wollen würde? Ein Cottage am Strand?"

„Das sagte sie", nickte Hunter, während sie sich darauf konzentrierte, sich auf die I-5 einzufädeln. „Sie wollte auch ein Ranch-Style-Haus und etwas von der Meeresgischt Abgelegeneres."

„Seltsam. Sie hat mir nie etwas davon gesagt."

„Nun, bist du sicher, dass du sie je danach gefragt hast?" neckte ihn Hunter.

Tom runzelte die Stirn. „Weißt du, ich hab's vermutlich nicht getan. Nach so einer langen Ehe nimmt man es als gegeben, dass man alles über seinen Partner weiß. Wenige Überraschungen. Alles irgendwie Routine." Er wandte ihr sein Gesicht zu. „Klingt langweilig, nicht? Ist es aber nicht. Eigentlich ist es ziemlich beruhigend. Man weiß, mit wem man es zu tun hat. Der andere deckt einem den Rücken. Man ist frei für Geschäftliches außer Haus."

„Klingt gut", stimmte Hunter zu und setzte den Blinker, um am Übergang zur State Route 101 Richtung Norden wieder die Fahrbahn zu wechseln. Der Verkehr war hier immer dicht, aber an diesem Samstag war es noch früh genug, dass sie den Massen zuvorgekommen waren. „Also, los geht's. Etwa anderthalb Stunden Fahrt von hier aus. Bist du schon mal in Ocean Shores gewesen?"

„Nee", sagte Tom. „Ich war zu beschäftigt damit, mein Unternehmen aufzubauen, als ich noch jung und ungebunden war.

Dann kamen die Kinder und ihre Ausbildung. Wir haben für beide fürs College gespart; am Ende sind wir in den Ferien meist hier in der Gegend geblieben. Wycliff und die Region Puget Sound sind wirklich nicht übel, um da deine Sommerferien zu verbringen."

„Stimmt", sagte Hunter. „Vielleicht hat Tiffany deshalb nie über ihren Traum mit dir geredet. Sie hat ihn vielleicht nicht einmal für eine Möglichkeit gehalten."

„Nun, nicht zu fassen", murmelte Tom. „Eine Reihe unserer Freunde sind jeden Sommer an die Küste gefahren. Scheint so, als hätten wir ihnen nur zugesehen, wie sie gingen und nach ein paar Tagen oder sogar Wochen wiederkamen."

„Tja, jetzt seid vielleicht ihr an der Reihe."

„Warum hat sie nie etwas gesagt? Warum bin ich nie auf die Idee gekommen?"

„Vielleicht wart ihr einfach zufrieden mit dem, was ihr hattet, und habt euch nicht mit euren Freunden verglichen?" schlug Hunter vor. „Eigentlich ist das ziemlich großartig, wenn man da im Leben angekommen ist. Voll zufrieden mit dem, was man hat …"

„Bis vor kurzem", nickte Tom.

„Das heißt?" fragte Hunter, starrte geradeaus und wechselte die Spur, um ein anderes Auto auf die Spur einzulassen, die sie gerade verlassen hatte.

„Irgendwas schein Tiff zu stören", grübelte Tom. „Ich habe keine Ahnung, was. Sie ist neuerdings auf Diät, aber das kann's nicht sein. Das hat sie auch früher schon gemacht, und normalerweise gibt sie nach zwei Wochen auf. Es muss etwas anderes sein."

Hunter zuckte die Achseln. „Sie hat gestern Abend nichts rausgelassen. Jedenfalls nicht zu mir."

Tom seufzte. „Ich schätze, nach diesem Wochenende ist es an der Zeit, sich besonders liebevoll um sie zu kümmern."

„Na, wenn du genau das nicht gerade tust, weiß ich nicht, was du noch besser machen könntest", staunte Hunter.

„Aber sie weiß ja nicht, was ich vorhabe", antwortete Tom. „Und sie wirkte nicht sehr glücklich, als ich nur sagte, ich hätte mich um etwas Geschäftliches zu kümmern."

„Sie wird bald wissen, worum das alles gegangen ist."

„Ja. Aber inzwischen liegt ein langes, einsames Wochenende vor ihr."

*

Tiffany ging in ihrem Wohnzimmer hin und her. Sie fühlte sich unruhig. Nicht, dass es das erste Mal gewesen wäre, dass Tom sie an einem Samstag alleingelassen hatte, um Geschäftliches zu regeln. Aber warum sollte er einen ganzen Tag brauchen, um sich ein Projekt anzusehen? Wohin war er unterwegs? Er war nur in diesem Regierungsbezirk lizensiert, nicht irgendwo eine Tagesreise weit weg. Hatte er ihr die Wahrheit gesagt? Oder hielt er etwas vor ihr geheim? Traf er sich vielleicht mit jemandem? Und womöglich nicht einmal

216

geschäftlich? Vor ihrem inneren Auge stieg Astrid auf. Und bei dem Gedanken war sie nicht glücklich.

Astrid Lund schien alles zu haben. Sie war selbstbewusst – und wer wäre das nicht bei solch einem Aussehen, dieser schlanken Figur?! Sie war gebildet. Sie hatte eine eigene Karriere. Obwohl sie offenbar aus Deutschland eingewandert war – Tiffany kannte den Akzent von ihrer Freundin Dottie nur zu gut –, hatte sie es geschafft, sich recht rasch ein Unternehmen aufzubauen. Doch halt! Wenn sie aus Deutschland hierhergekommen war, musste sie einen Sponsor haben. War sie verheiratet? Geschieden? Spielte sie mit Tom nur herum?

Tiffany zerbrach sich den Kopf. Warum glaubte sie überhaupt, dass diese Frau hinter Tom her war? Nur, weil sie Seite an Seite arbeiteten, bedeutete das nicht, dass irgendetwas zwischen den beiden lief, oder? Tom hatte auch schon mit anderen Frauen gearbeitet, und nichts war passiert.

„Aber es ist auch noch niemand so dreist gewesen wie sie", murmelte Tiffany vor sich hin und ließ sich auf ein Sofa fallen. Sie betrachtete das Hochzeitsfoto auf dem Kaminsims gegenüber. Sie war schon damals recht rund gewesen. Dass sie als Kind oft hungrig gewesen war, dann in der Schulcafeteria einen Job bekommen hatte, bei dem sie sich mit allem, was übriggeblieben war, kostenlos hatte vollstopfen können, hatte ihr keinen guten Dienst erwiesen. Tom schien es damals nichts ausgemacht zu haben. Er schien nicht einmal jetzt ihre Schwächen zum Thema zu machen. Hatte sie etwas übersehen?

Ihre Blicke flogen zwischen einer Pralinenschachtel, die Tom ihr unlängst geschenkt hatte, und einer Obstschale hin und her. Beide saßen dekorativ auf dem Kaffeetisch vor ihr. Nicht gut. Wenn sie ehrlich zu sich selbst war, war sie nicht hungrig. Sie langweilte sich nur.

Nun, Grund genug, hinüber in ihr Büro zu gehen. Sie konnte ein paar Rechnungen schreiben. Sie konnte zur Abwechslung an ihrem eigenen Gartendesign arbeiten. Sie konnte …

Tiffany erinnerte sich plötzlich daran, was sie neulich aus purer Langeweile getan hatte. Sie wurde rot. Hatte sie wirklich mit der Seite einer Partnerschaftsagentur herumgespielt? Alle Formulare ausgefüllt und per E-Mail verschickt? Was, wenn …

Sie ließ sich in ihren Bürostuhl fallen, atmete tief ein und wedelte ihrem immer röter werdenden Gesicht mit einem Notizblock etwas Luft zu. Eine Hitzewelle war das Letzte, was sie zusätzlich zu der Verlegenheit über ihr eigenes Verhalten brauchte. Andererseits – was war so schlimm daran? Sie schaltete ihren Desktop an, ging zum Internetbrowser, googelte die Partnerschaftsagentur und loggte sich in ihren Account ein. Obwohl sie nicht wirklich etwas erwartet hatte, gab es bereits einen Vorschlag. Der Mann klang recht interessant; es gab ein Foto von ihm – er sah ganz interessant aus, wenn es denn nicht so ein Foto war, wie sie eines geschickt hatte. Sie hatte nur dieses Fake-Foto geliefert. Warum sollte sie sich nicht die Extra-Mühe geben und antworten? Morgen wäre sie allein. Schon wieder. Tom würde Spaß mit seinen Freunden haben; darunter waren auch ein paar Frauen. Also war nichts Schlimmes daran, sich diesen Herrn namens Harry, einen Banker aus Steilacoom, einmal anzusehen. Wenn sie mutig genug war, sich zu erkennen zu geben, bedeutete das vielleicht sogar ein Mittagessen in Gesellschaft, und danach würde sie es beenden und ihren Account schließen. Kinderleicht. Nur, dass sie wusste, dass es verkehrt war. Tom ging mit Freunden; sie würde einen Fremden treffen. Zudem unter den falschen Umständen.

„Pah, Humbug", sagte sie zu sich selbst. „Auch ich habe ein Recht auf etwas Spaß. Und außerdem würde ich ihn wissen lassen, dass es das erste und das letzte Mal ist, dass ich ihn sehen werde."

Sie emailte dem Mann. Kurz darauf erhielt sie eine freundliche Antwort. Und Tiffany schlug vor, dass sie Harry im *Bair Bistro* in Steilacoom treffen würde. Sie verriet, dass sich ihr Aussehen in letzter Zeit etwas verändert hätte. Damit würde er nicht erwarten, dass sie so aussähe wie das Model auf dem Foto. Außerdem würde niemand über ihr tollkühnes Vorhaben Bescheid wissen, weil niemand sie drüben in Steilacoom kannte. Harry sagte nur Sekunden später zu, nachdem sie eine weitere E-Mail an ihn geschickt hatte.

„Wie erkenne ich Sie?" fragte er.

Tiffany überlegte und hackte dann eine sehr kurze Antwort in den PC. „Ich werde einen Schal in Seahawks-Farben tragen." Sie besaß tatsächlich einen Seidenschal in diesen Farben, aber ohne Verbindung zu dem berühmten Football-Team aus Seattle.

„Werde eine weiße Nelke am Revers tragen. Bis dann!" war die muntere Antwort, begleitet von einem Smiley.

Tiffany emailte mit einem „Daumen hoch"-Emoji und loggte sich dann aus. Sie sank im Stuhl zurück und atmete schwer. Jetzt konnte sie nicht mehr raus aus der Sache. Sie wusste nicht einmal mehr, was sie von der Situation denken sollte, in die sie sich gebracht hatte. Sie würde die Verabredung einfach durchziehen und sich dann verabschieden. Tom musste es nie erfahren. Und sie würde ihn ja nicht betrügen, sagte sie sich. Sie brauchte nur etwas Gesellschaft an einem sehr einsamen Wochenende.

Aber du hättest jede deiner Freundinnen in der Stadt bitten können, etwas Zeit mit dir zu verbringen, nörgelte ihre innere Stimme. „Still", murmelte Tiffany. „Das lässt sich jetzt nicht mehr ändern."

*

Ozzie hatte einen mühsamen, langen Samstag auf dem Stützpunkt gehabt und war endlich auf dem Weg nach Hause. Sie hatten ein Flugzeug für einen Einsatz vorbereiten müssen, dann hatte er drei weitere für einen weiteren in der nächsten Woche selektieren müssen. Einer der Crew Chiefs hatte sich krankgemeldet; und wenn der das tat, wusste Ozzie, dass es etwas wirklich Ernstes sein musste, denn er war kein Schwächling. Dann war eine C-17 mit verklemmter Heckladeklappe gelandet, weil sich Ladung im Innern irgendwie losgerissen hatte. Also mussten sie sich darum kümmern, und dann musste das Flugzeug darauf überprüft werden, ob weiterer Schaden entstanden war. Einer seiner jungen Flieger war am Abend vorher dabei erwischt worden, wie er auf dem Stützpunkt betrunken herumgefahren war – jetzt erwartete er ein paar schwerwiegendere Folgen für solch ein unverantwortliches Verhalten.

Ozzie seufzte. Nicht, dass er den jungen Mann nicht irgendwie verstehen konnte. Auch er war einst jung und leichtfertig gewesen. Aber der Unterschied bestand darin zu wissen, wann die Narrheit enden musste, weil sie entweder die Karriere oder den Ruf beschädigen würde. Unter dem Einfluss von Alkohol zu fahren, war mit Sicherheit eines der Dinge gewesen, von denen sich selbst ein ganz junger Ozzie Wilde fernzuhalten gewusst hatte. Er und seine damaligen Kameraden hatten immer einen designierten Fahrer gehabt oder für ein Taxi zusammengelegt. Es wäre nicht gescheit gewesen, für einen Abend voll Spaß einen Rangstreifen zu riskieren.

Wycliff tauchte hinter der nächsten Kurve auf, und Ozzie begann, sich zu entspannen. Die Lichter der Stadt hatten jedes Mal, wenn er sie sah, solch eine friedliche Wirkung auf ihn. Der Sund lag schwarz in der Dunkelheit, hatte aber diese Reflektionen von überall her; und die roten und grünen Lichter von Bojen schwankten auf den Wellen. Jenseits des Gewässers konnte er die wenigen Lichter der olympischen Halbinsel ausmachen. Auf dem Abschnitt, der von hier aus sichtbar war, befanden sich nur wenige Siedlungen, und er fragte sich, wie Wycliff von dort aus aussehen mochte.

Ein Waschbär begann wenige Meter weiter die Straße zu überqueren und hielt dann, von den Scheinwerfern des Autos geblendet, mittendrin inne. Ozzie bremste und lächelte. Wildtiere sah man tagsüber in Wycliff nicht sehr oft. Aber sie waren definitiv vorhanden. Erst heute Morgen, als er das Haus verlassen hatte, hatte er einen Hasen erblickt, der über seinen Rasen vor dem Haus hüpfte, um sich in einer Hecke zu verstecken. Und neulich nachts hatte er gerade noch den Zusammenstoß mit einem Reh vermieden, das plötzlich aus dem Wald gestürmt war und die Straße überquert hatte. Vorigen Herbst hatte er Kojoten heulen hören, und ab und zu hörte er davon, dass man Bären gesichtet habe, sogar auf dem Stützpunkt. Der Waschbär hatte sich inzwischen entschieden, sich auf die Hinterbeine gestellt, hatte dann gewendet und lief gemächlich zur Straßenböschung zurück. Ozzie wechselte einen einverständnisvollen Blick mit dem Wesen; sie waren clevere, kleine Kerle, und obwohl sie manchmal mit Mülltonnen, die nicht richtig verschlossen waren, Chaos anrichteten, hielten sie sich im Grunde für sich und ließen die Menschen in Ruhe.

Die ersten Häuser von Wycliff erschienen, dann das offizielle Schild, das jeden in der viktorianischen Stadt am Sund willkommen hieß. Ozzie beschloss, heute nicht durch Downtown zu fahren. Ihm war nicht danach, irgendwo auf einen Drink hineinzugehen und dann den ganzen Weg nach Hause bergauf zu laufen. Also bog er an einer der engeren Seitenstraßen von der Durchgangsstraße rechts ab und wurde langsamer, während er durch das Wohngebiet mit seinen eindrucksvollen Gebäuden fuhr. Das Gebiet enthielt Architektur aus der Pionierzeit über Gebäude im Regency-Stil und Zuckerbäcker-Villen bis hin zum allerneusten, modischen Design, das allerdings gedämpft war, um nicht zu wild mit den historischen Häusern zu kollidieren.

Washington Lane lag fast vollständig im Dunkeln. Ozzie hatte sein Küchenlicht eingeschaltet wie immer, wenn er kurz nach Mittag zur Arbeit ging; nun erwies es sich als warmes und einladendes Lichtsignal. Das große Herrenhaus daneben lag in völliger Dunkelheit. Die ältere Dame darin schlief vermutlich schon. Ozzie hatte gerüchtehalber gehört, dass sie ihr Anwesen neugestalte, da sie verkaufen werde. Er war ihr nie mehr als flüchtig begegnet, nachdem er sich bei seinem Einzug in die Nachbarschaft zum ersten Mal vorgestellt hatte. Sie war zweifellos ein Überbleibsel der Pionierdynastien, die immer noch irgendwie in Wycliff das Sagen hatten. Ozzie war es völlig egal. Er hielt es mit Leistung statt Erbe. Ein Mann musste beweisen, dass er jemand war, der zählte. Vage erinnerte er sich römischer Kaiser, deren Blut das richtige und deren Einfälle völlig verkehrt gewesen waren. Nicht, dass seine Nachbarin schlecht gewesen wäre oder ihren sozialen Status für gegeben betrachtet hätte.

Ozzie klickte den Garagentor-Öffner, und das Tor hob sich langsam. Nachdem er den Wagen in seine übliche Position gefahren hatte, schaltete er den Motor ab, klickte die Fernbedienung erneut und sah zu, wie sich das Tor langsam senkte, während er die Seitentür öffnete, die direkt ins Haus führte. Er atmete die Luft tief ein. Es roch trocken und sauber mit noch einem Hauch des Specks und der Eier in der Luft, die er sich zum Frühstück bereitet hatte. Wenn Ozzie vor noch einem Jahr in England heimgekommen war, hatte sein Zuhause anders gerochen. Wenn man alt und traditionsreich riechen konnte, wäre es das, wie er damals den Geruch beschrieben hätte. Andere hätten einfach gesagt, es sei modrig, da sein Stützpunkt direkt mitten in den britischen Fens gelegen hatte.

Gute Güte, er vermisste es. Die ländliche Idylle, die sonntägliche Stille, das Alter und die Geschichte von allem. Am meisten vermisste er die Vorfreude, die seine letzten beiden Jahre dort drüben durchzogen hatte. Die Vorfreude, dass Emma auf einen Wochenendbesuch käme. Die Neuordnung seines Arbeits-Zeitplans. Die Pläne, die er für dann geschmiedet hatte, wenn sie endlich da wäre und sich mit beinahe erstaunlicher Geschwindigkeit häuslich eingerichtet hätte. Sie hatte einfach in sein englisches Leben hineingepasst. Wie würde sie hinsichtlich seines neuen amerikanischen Lebens empfinden? Und vermisste er all dies so sehr, weil sich sein Leben hier plötzlich so leer anfühlte und selbst die täglichen Anrufe die einstige Vorfreude nicht aufwogen? Weil die Trennung schon so brutal lange dauerte? Wussten die Leute, was Ehepartner durchmachten, wenn das Gesetz sie trennte, nicht ihr eigener freier Wille? Wenn er so dachte, fühlte er sich beinahe wie ein Verräter. Er war ein gewissenhafter Arbeitnehmer der Regierung. Er stellte die Rechtmäßigkeit des Gesetzes nicht in Frage. Aber er konnte nicht leugnen, dass das Gesetz manchmal wehtat, selbst wenn es das Richtige tat.

Ozzie hatte seinen Seesack an seinem üblichen Ort beim Flurspiegel fallen lassen. Jetzt ging er in die Küche und hinüber an den Schrank, in dem er seine Snacks verstaut hatte. Ein paar Kräcker und Käse wären prima, zusammen mit einem Gin Tonic, bevor er schlafen ging. Sonntagsarbeit war in Ordnung für ihn. Dadurch verging das Wochenende schneller.

Seine Augen musterten das Wohnzimmer. Da war das nagelneue Sofa-Set mit stilvollen Beistelltischen und hübschen Lampen mit cremefarbenen Schirmen. Ozzie hätte nicht sagen können, aus welchem Material das alles gemacht war, bis auf die zinnernen Lampenfüße. Aber er war stolz darauf, dass er alles selbst und ohne Hilfe ausgewählt hatte. Die meisten Männer, die er kannte, überließen solche Details ihren Frauen oder zogen sie zumindest zu Rate und überließen ihnen das letzte Wort in der gemeinsamen Entscheidung. Doch Ozzie hatte nicht warten wollen, bis Emma ankäme und keinen Ort zum Kuscheln und für ihre Bequemlichkeit hätte, wenn er fort bei der Arbeit wäre.

Er stellte sich vor, wie ihr rotblondes Har im rötlichen Licht des Gasfeuers im offenen Kamin glühen würde. Er stellte sich vor, wie ihre großen braungrünen Augen verträumt aus dem Fenster blickten und nach der winzigen Stelle zwischen den beiden tiefergelegenen Nachbarhäusern suchten, an der sie ein wenig von den Dächern von Downtown und dem Sund und – je nach Wetter – von den Bergen jenseits sehen konnte.

Ozzie setzte sich auf sein Sofa und schnappte sich die Fernseh-Fernbedienung. „Saturday Night live" lief, genau das richtige Programm, um seinen Kopf zu entspannen. Emma wachte vermutlich gerade erst auf an ihrem Sonntagmorgen neun Stunden östlich. Er würde sie morgen früh anrufen, kurz vor ihrem Abendessen. Ozzie gähnte. Er würde herausfinden, ob er für Emma alles richtig gemacht hatte, wenn sie erst einmal hier war. Warum sich vorher sorgen? Warum sich überhaupt sorgen? Eigentlich hatte er alles. Nur nicht die Vergangenheit, nach der er sich so sehnte, weil seinem Leben gerade so viel seines Zwecks fehlte. Emma …

Der Stargast der Show erschien zum ersten Mal im Programm. Ozzie lachte und verschluckte sich fast an einem Kräcker-Krümel. Manchmal war ein albernes, leichtherziges Programm das Beste, damit man nicht darüber nachdenken musste, was in der Vergangenheit lag und was noch nicht die Zukunft war.

*

Tom war gestern Abend sehr spät heimgekommen. Tiffany hatte schon ihre Gesichtscreme aufgelegt und war dabei gewesen, zu Bett zu gehen, als er das Schlafzimmer betrat.

„Tut mir leid, dass es *so* spät geworden ist", hatte er gesagt, aber keine weitere Erklärung angeboten. Er hatte sich im Badezimmer zurechtgemacht und sich in ihrem King-Size-Bett zu ihr gesellt. Aber als er nach ihr zu greifen versucht hatte, um sie an sich zu ziehen und ein wenig zu kuscheln, bevor sie einschliefen, war sie von ihm abgerückt und gnadenlos bewegungslos geblieben. Tom hatte geseufzt.

„Lass uns morgen darüber reden, hm? Es war auch für mich ein langer Tag." Er hatte sich auf die andere Seite gedreht und nur Augenblicke später angefangen, selig zu schnarchen, während Tiffany mindestens eine weitere Stunde lang wachgelegen hatte, erfüllt von Sorge und Zorn.

Tiffany hatte vorgegeben, noch zu schlafen, als Tom heute Morgen gegangen war. Sie wollte seine späte Rückkehr vom gestrigen angeblichen Projekt nicht diskutieren. Nachdem sie gehört hatte, wie das Garagentor sich hob und sich dann wieder schloss, und der Truck mit Tom fortgefahren war, war sie langsam aufgestanden. Neugierig war sie auf den Stuhl zugegangen, auf dem Tom die Kleidung von gestern abgelegt hatte. Sie hatte sein Hemd hochgehoben und daran geschnüffelt. Es schien nach einem entfernten Hauch von Parfum zu riechen. War er mit einer Frau zusammen gewesen? War diese Frau wirklich eine potenzielle Kundin gewesen? Und falls ja, warum hatte er so unglaublich lang gebraucht, den Handel zu besiegeln? Falls er ihn denn besiegelt hatte. Wenn er nicht etwas ganz anderes vorgehabt hatte.

Wut und Enttäuschung waren wieder in ihr aufgestiegen, und einen Moment lang war Tiffany den Tränen nahe gewesen. Dann hatte sie sich auf die Lippen gebissen, war ins Badezimmer gegangen und hatte lange und heiß geduscht.

Danach kleidete sie sich mit Sorgfalt. Eine schwarze Tunika über bequemen schwarzen Leggings, um ihren Umfang visuell zu verdecken, dann ihr langer Schal in Blau, Grün und Weiß, den sie kunstvoll um ihren Hals schlang und über eine Schulter baumeln ließ. Sie legte ein winziges bisschen Make-up auf. Als sie in den Spiegel blickte, fühlte sie sich recht zufrieden. Um ehrlich zu sein, würde sie nie eine Schönheit sein. Aber heute Morgen hatte sie diesen Funken in sich, der ihr Gesicht frisch und lebhaft wirken ließ. Ihr Stil war lässig-elegant. Kurz, sie wünschte, Tom könnte sie so sehen und bewundern. Wäre er gestern früher heimgekommen, hätte sie sich heute vielleicht etwas weniger bemüht, gut auszusehen.

Am Ende stieg sie in ihr Auto und wählte eine Route über die I-5 nach Steilacoom. Die Mittagssonne erwärmte alles, und das helle Sonnenlicht hob Tiffanys Stimmung. Mount Rainier war zu sehen und leuchtete mit seinem unglaublich majestätischen weißen Gipfel; das Olympic-Gebirge auf der anderen Seite des Sundes schien weit näher zu liegen, als es tatsächlich war. Und ab und zu erhaschte Tiffany einen Blick auf die dunkelblaue, glitzernde Fläche Salzwassers, die diese Region seit ihrer Entdeckung zu so einem beliebten Ziel gemacht hatte.

Als Tiffany durch den „Baumtunnel" in Steilacoom fuhr und die Kurve nahm, die in die Ortsmitte führt, schnappte sie ob des Panoramablicks auf den Sund und die jenseits gelegenen Berge nach Luft. Der Anblick überraschte sie stets aufs Neue. Es waren Boote auf dem Wasser, und ein großer Lastkahn zog langsam Richtung Port of Olympia. An der Kreuzung beim Steilacoom Historical Museum bog Tiffany rechts ab den Hügel hinunter und hatte das Glück, vor dem Rathaus einen Parkplatz zu finden. Es waren nur wenige Meter zu Fuß zum *Bair Bistro*, und sie ließ sich Zeit. Sie war schließlich etwas früh dran.

Drinnen bat Tiffany um einen winzigen Tisch für zwei, so weit hinten im Raum wie möglich. Sie wurde neben die Postfächer gesetzt, die Relikte des einstigen *Bair Drug and Hardware Store* waren, einer wahren Institution in alten Zeiten. Tiffany wählte ihren Platz mit dem Rücken dazu, da sie so den Raum nach ihrer Verabredung absuchen konnte. Was, wenn er schon da war? Verstohlen betrachtete sie jeden Mann im Raum. Noch keine Spur von ihm oder einer weißen Nelke. Und das Restaurant füllte sich allmählich. Eine Kellnerin brachte die Karte und ein Glas Wasser.

Tiffany beobachtete die Tür. Sie bestellte nur eine Tasse Kaffee, als die Kellnerin zurückkam, und erklärte, sie warte auf jemanden. Während sie etwas Zucker in ihre Tasse streute, hörte sie plötzlich von einem nahen Tisch eine herzliche Begrüßung.

„Wie, Iris, du bist's?!"

„Harry! Lange Zeit nicht gesehen. Was für eine nette Überraschung!"

Tiffany blickte auf, und ihre Augen fanden eine Frau, die etwas jünger als sie war und weit mehr wie das von ihr geschickte Model-Foto aussah, allein an einem Tisch saß und einen Herrn anstrahlte, der vielleicht zehn Jahre älter war als sie. Er sah wie der Harry auf dem Foto ihres E-Mail-Anhangs aus und trug eine weiße Nelke am Revers seines Sportjacketts. Tiffany verschluckte sich fast. Die Frau trug ein Seahawks-Outfit inklusive Schal.

„Ich hatte ja keine Ahnung ...", platzte er heraus. „Du bist so schön wie eh und je." Er blickte sich um. „Bist du sicher, es ist in Ordnung, wenn ich mich an deinen Tisch setze?"

„Natürlich! Bitte."

Tiffany sah, wie der Mann, mit dem sie verabredet war, die Frau leicht umarmte und ihre rechte Wange mit einem Kuss berührte. Er fiel in einen Stuhl und starrte sie verwundert an. Langsam schüttelte er den Kopf.

„Dass ich ausgerechnet dir begegnen würde ohne die leiseste Ahnung ... Aber warum, um Himmelswillen, hast du dich anders genannt?!"

„Anders genannt?!" rief die Frau namens Iris ahnungslos.

„Ja, in deinen E-Mails."

Tiffany verschluckte sich beinahe an einem Schluck Kaffee. Hastig nahm sie ihren Schal ab. Sollte dieser Harry-Mensch doch das Treffen mit der anderen Frau genießen. Sie verstanden sich offenbar schon jetzt prächtig.

„Ich habe dir keine E-Mails geschickt."

„Aber ich sollte hier im *Bair* eine Dame mit Seahawks-Schal treffen. Sieh dich um – du bist die einzige."

„Stimmt", sagte Iris. „Aber ich hatte nie erwartet, von jemandem angesprochen zu werden. Am wenigsten von dir!"

„Aber wenn du es nicht bist, die ich treffen sollte …"

„Warum ergreifen wir nicht die Gelegenheit und machen da weiter, wo wir aufgehört haben? Du kannst mich immer noch verlassen, wenn deine Verabredung hereinkommt."

Tiffany stopfte den Schal in ihre Handtasche und schnappte ihr Portemonnaie. Sie ließ eine Zwanzig-Dollar-Note auf dem Tisch zurück – die Kellnerin würde sich vermutlich über das üppige Trinkgeld wundern – und schlüpfte so unauffällig wie möglich von ihrem Stuhl. Das war eine gute Gelegenheit zu entkommen, und Harry würde nie davon erfahren. Vielleicht würde er ihr eine verwunderte E-Mail schicken. Vielleicht würde er sie so selig vergessen, dass er sie nie wieder kontaktieren würde.

Sie ging an Harrys und Iris' Tisch vorbei. Einen Moment lang blickten sie und die andere Frau einander in die Augen. Später würde Tiffany sich nie sicher sein, ob Iris in diesem winzigsten aller Augenblicke die Wahrheit erraten hatte. Sie war an ihnen vorbei und schritt auf die Glas-Kassettentür zu. Als sie draußen war, holte sie tief Luft. Das Schicksal hatte sie vom Haken gelassen, obwohl sie es übel versucht hatte. Lektion gelernt. Hungrig, aber sehr fröhlich fuhr sie zurück nach Wycliff.

8

Umsetzen

„Bevor Sie eine neue Pflanze kaufen, gehen Sie sicher, dass Sie den richtigen Standort für sie wählen, und passen Sie das Pflanzareal an. Bevor Sie pflanzen, nehmen Sie die Pflanze heraus und untersuchen Sie ihre Wurzeln. Schneiden Sie gebrochene und ungesunde ab. Lassen Sie die Pflanze 24 Stunden lang in einem Eimer Wasser durchfeuchten. Auf diese Weise wird sie hydriert. "
(Tipp von Gärtner Joe, Pangea Gardenscapes)

1990

Morgan Lawrence hatte die Nachrichten angesehen und war schockiert. Sie ging in ihrem Rosengarten auf und ab und konnte es nicht glauben, dass Menschen so überaus grausam sein konnten. Sie wusste, dass Krieg immer das Extreme im Menschen hervorbrachte, Gräueltaten oder Barmherzigkeit. Dazwischen schien es nichts zu geben. Aber, dass irakische Soldaten während des Einmarsches in Kuwait Babys aus Brutkästen gerissen und auf Krankenhaus-Fußböden hatten sterben lassen, wie soeben ein junges Mädchen tränenreich vor dem Menschenrechtskomitee des Kongresses bezeugt hatte, war geradezu teuflisch. So sehr Morgan immer gegen Krieg gewesen war, dieses Mal wusste sie, dass ihr Land nicht danebenstehen und zuschauen konnte. Sie war nur dankbar, dass niemand mehr für einen Krieg eingezogen *werden würde. Diese Zeiten waren vorbei. Und ihr und Jonathans Sohn John Jr. war in Sicherheit.*

John Jr. saß tatsächlich zu diesem Zeitpunkt in seinem Wohnheim der University of Puget Sound in Tacoma, grübelte darüber, was er gerade gesehen hatte, und fragte sich, ob das Mädchen, das eben als Zeugin ausgesagt hatte, es habe in einem Krankenhaus in Kuwait gearbeitet, überhaupt alt genug war, in irgendeinem Krankenhaus der Welt eingestellt zu werden. Seine Geschichte hatte jede Menge Menschen zu Tränen gerührt, und sein Zimmergenosse Tim war höchst erregt und verfluchte den Irak und besonders die irakischen Soldaten. John biss sich auf die Lippen. Dann wandte er sich wieder seinem Buch über das Kommunizieren von Pseudo-Events zu; es war ein altes Buch von 1962, aber es öffnete einem die Augen. Eines, das ihn die Dinge kritischer betrachten ließ. Was ihn sich wiederum fragen ließ, ob er nicht Journalismus statt Politik im Hauptfach belegen sollte. Ein aufmerksamer, kritischer Beobachter sein statt jemand, der entlang der Parteilinien agierte, die mehr oder weniger durch Lobbyisten aller Art beeinflusst wurden.

Währenddessen saßen Carol und Robert Power auf dem unlängst an ihr Saltbox-Haus angebauten Deck und tranken Eistee. Carol hatte Tränen in den Augen.

„Ich wünschte, unser Sohn wäre nie zur Armee gegangen", flüsterte sie.

„Tja, ist er aber", sagte Robert fest. „Und ich bin stolz darauf, dass er's getan hat."

„Aber das heißt, dass er höchstwahrscheinlich in den Krieg geschickt wird."

„Tja, darum geht es ja auch, wenn man zum Militär geht, oder nicht? Um unsere Welt vor Übeltätern zu beschützen. Ein Held zu sein. Marc hat nur getan, was er als seine Pflicht gegen unsere Nation empfunden hat."

Carol war entsetzt. „Wie kannst du so ruhig darüber sei, dass er in ein Gemetzel geschickt wird?"

„Weil es nicht unbedingt bedeutet, dass Marc etwas passiert. Schau mich an. Ich war im Krieg, und hier sitze ich auf dem Deck mit dir und trinke Eistee."

Carol verschluckte sich fast an ihrem letzten Schluck. „Komm schon, Rob! Du kannst nicht ernsthaft behaupten, du seiest Teil des Vietnamkriegs gewesen! Du warst hier im Bundesstaat Washington bei der Küstenwache, soweit ich weiß. Nicht einmal auch nur in der Nähe von Vietnam. Mach dich nicht lächerlich."

Robert blickte verletzt. „Man kann seine Nation überall verteidigen. Es kann nicht jeder an die Front gehen und dann sein Land unverteidigt lassen, oder?!"

Carol biss sich auf die Lippen. „Trotzdem. Ich wünschte, er riefe an und ließe uns wissen, was geschehen wird."

„Nun, du weißt, dass es so eine Art Nachrichtensperre gibt, wenn es um militärische Schritte geht. Du wirst es früh genug herausfinden, und dank unserer exzellenten Medien gibt es internationale Berichterstattung aus jeder Perspektive. Ist das nicht etwas Wundervolles?!"

„Es ist eher furchterregend", widersprach Carol. „Ich denke, unsere Welt war bei weitem friedlicher, als es noch weniger Medien da draußen gab. Heute hat jeder zu allem eine Meinung, ohne je selbst tiefer zu recherchieren. Man schaltet einen Sender ein, sieht die Nachrichten an, dann eine Talkshow und entscheidet sich dann für eine Seite. Und wenn man Glück hat, hat man die der Mehrheit seiner Freunde und Bekannten gewählt, denn sonst hält man besser den Mund und behält seine Meinung für sich."

„Was ohnehin stets der klügste Schachzug ist", lächelte Robert. „Und jetzt mach dir keine Sorgen mehr. Du wirst sehen, was immer geschieht, wird zum Besten sein. Wir sind eine wundervolle Nation, und die Welt blickt auf uns als ihre Führung."

„Ich wünschte, sie täte es nicht", sagte Carol wehmütig. „Wir können nicht jedermanns Kriege ausfechten."

„Und das werden wir auch nicht", tröstete Robert sie und tätschelte ihre Hand. „Du sorgst dich zu sehr, meine Liebe. Besonders wegen Dingen, die noch nicht einmal passiert sind." Carol sah, wie er aufstand und hineinging. Auf der Schwelle drehte er sich um. „Noch ein Glas Eistee für dich?"

Sie schüttelte den Kopf. Warum waren Männer so versessen darauf, Helden zu sein, wenn eine Frau sie nur in Sicherheit und in der Nähe von daheim wissen wollte?

Marc wurde schließlich tatsächlich zur Operation Desert Shield entsandt. Er schrieb nicht viel. Er rief nicht oft an. Aber das war normal. Er war nie ein großer Kommunikator gewesen. Sein Cousin John Jr. wechselte inzwischen sehr zum Missfallen seines Vaters sein Hauptfach.

„Warum ein Zuschauer sein, wenn du tatsächlich etwas in der Nation bewegen helfen könntest?" fragte Jonathan. „Ich versteh's nicht. Als Politiker hast du direkten Einfluss auf das, was geschieht, auf welcher Ebene auch immer du arbeitest."

„Das kannst du als Journalist auch."

„Als Journalist bist du nicht einmal in der Nähe, wenn etwas gerade jetzt passiert. Du kommst immer erst dazu, wenn schon etwas passiert ist. Warum nicht im Jetzt sein anstatt im Danach?!"

„Weil das Danach manchmal wichtiger ist. Es bewertet das Jetzt", stellte John Jr. fest.

„Gib mir auch nur ein Beispiel dafür."

„Watergate."

Jonathan erhob sich und sah seinen Sohn mit eisigem Blick an. „Du denkst also, du hättest das Zeug dazu, ein weiterer Woodward oder Bernstein zu sein?! Glaubst du im Ernst, dass *irgendetwas so Signifikantes in deinem Leben passieren wird und dass es dir in den Schoß fallen wird wie ihnen?"*

„Man weiß nie."

„Natürlich nicht. Du auch nicht. Stattdessen wirst du vielleicht im Zeitungsbüro einer Kleinstadt wie Wycliff sitzen und über die jüngste Baustelle an der Main Street oder einen Schwimmwettbewerb im Hallenbad der YMCA berichten. Großartig. Wird das genug sein, um dich für den Rest deines Lebens zufriedenzustellen? Die großen Nachrichten im Mantelteil bekommen und mit lokalem Klatsch auffüllen?"

John Jr.s Gesicht wurde rot vor Zorn. „Wie kannst du es wagen, Lokaljournalismus so zu verurteilen?! Sie leisten ehrliche Arbeit auf einer anderen Ebene. Das ist der ganze Unterschied. Und sie tun es für ihre Leser. Es ist sogar noch besser, als ein Kleinstadt-Politiker zu sein, der sich nur an die wendet, die ohnehin schon auf seiner Seite stehen, und es vielleicht nie weiter als ins Rathaus schafft."

Die beiden Männer starrten einander zornig an. „Überleg dir, wie du deine journalistischen Bemühungen finanzieren willst", sagte Jonathan schließlich eisig. „Ich hatte gehofft, ich hätte einen Macher großgezogen, nicht einen Schwätzer."

„Gut", sagte John Jr. „Ich werde schon einen Weg finden. Wart's nur ab." Er stand auf und verließ das Zimmer. Dann suchte er seine Mutter, umarmte sie kurz, gab ihr einen Kuss auf die Wange und verabschiedete sich.

„Aber ich dachte, du bleibst zum Abendessen ... ", bettelte Morgan ihren Sohn an. „Warum hast du deine Absicht geändert?"

„Frag Dad", sagte John Jr. „Er meint, er könne mir vorschreiben, welchen Weg ich in meinem Studium einschlagen soll. Und das Lächerliche daran ist, dass unserer Familie sogar einmal eine Zeitung gehört hat!"

Morgan seufzte, während sie ihren Sohn hinauseilen und hinter das Steuer seines rostigen Chevy aus dritter Hand schlüpfen sah. Sie wusste, dass dies nicht der letzte Kampf zwischen ihrem Mann und ihrem Sohn gewesen war. Beide waren so hartnäckig und sich leider in den meisten Dingen des Lebens nicht einig. Außer, wenn es um sie ging. Beide liebten sie inständig. Wenn sich diese Liebe nur übertrüge.

Marc kehrte körperlich unbeschadet aus dem Krieg zurück. Er hatte einfach Glück gehabt. Es würde nicht sein letzter Kampfeinsatz bleiben. Und er würde noch einige andere Kriegsschauplätze sehen.

John Jr. nahm eine Studienanleihe auf und einen Job als Bartender in Tacoma, um seinen Lebensunterhalt zu finanzieren und den Unterhaltungen seiner Kunden zuzuhören. Sein erstes Bauchgefühl über die Brutkasten-Story hatte sich letztlich als richtig erwiesen. Es war eine reine Lüge gewesen, fabriziert von einer New Yorker PR-Firma, die von den Kuwaitis angeheuert worden war, um die öffentliche Meinung zur Unterstützung einer politischen Entscheidung hinzudrehen. Er hätte seinem Vater sagen können, dass er „ein Mann der ersten Stunde" hinsichtlich seiner Zweifel an der Zeugenaussage gewesen sei. Dass er, wäre er bereits ein voll ausgebildeter Journalist gewesen, vielleicht sofort mit der Recherche begonnen und eine Story gelandet hätte, die vielleicht nicht ganz so bedeutsam wie Watergate gewesen wäre, aber doch immerhin schockierend genug. Dass Politiker die Medien missbraucht hatten und über sie das amerikanische Volk. Und dass guter, ehrlicher Journalismus die Wahrheit herausgefunden hatte. Hätte ihm allerdings sein Vater zugehört?

Erst unlängst hatte Jonathan seine Papierfabrik verkauft. Offiziell, weil er, John Jr., nicht in seine Fußstapfen hatte treten und nebenher eine politische Karriere hatte anstreben wollen. Aber in Wirklichkeit war Jonathan mit hohem Blutdruck diagnostiziert worden, und man hatte ihm nahegelegt, seine Verantwortlichkeiten etwas einzuschränken und sich weniger zu stressen. Jetzt war er ein Aufsichtsratsmitglied seiner ehemaligen Fabrik und politisierte auf lokaler Ebene, zu Morgans Leidwesen zumeist an der Bar des Wycliffer Harbor Pub.

Als sich John Jr. die Gelegenheit eröffnete, einen Job bei einer Zeitung in New York City anzunehmen, hatte er einen letzten großen Zusammenstoß mit seinem Vater und eine kurze Unterhaltung am Telefon mit einer sehr tränenreichen, beschwichtigenden Mutter. Dann packte er seine Koffer und verließ den Bundesstaat Washington, um an der Ostküste eine Karriere zu starten. Im Laufe der nächsten paar Jahre versöhnten sich John Jr. und sein Vater so weit, dass John Jr. seine Eltern über Thanksgiving besuchte, erst allein, dann mit seiner Frau Linda, einer erfolgreichen New Yorker Fotografin. Ein- oder zweimal flog Marjory hinüber, um ihren Sohn und ihre Schwiegertochter zu besuchen. Jonathan tat es nie. Er starb, kaum 50 Jahre alt, an einem Herzinfarkt.

*

Trevor fuhr vorsichtig durch die Werften. Man wusste nie, was einen in einem solchen Arbeitsbereich erwartete. Autos, von denen man nicht einmal wusste, dass sie dort waren, fuhren plötzlich um eine Kurve. Boote wurden von einer Stelle zur nächsten bewegt und blockierten den Weg. Trucks fuhren rückwärts aus Einfahrten. Menschen überquerten Gassen.

Die Werften von Wycliff waren eine bunte Gegend. Geerdet, dachte, Trevor. Nicht besonders hübsch, aber auch nicht wirklich hässlich. Ein Ort, an dem die schrottige Segeljacht direkt neben dem sperrigen Fischereischiff oder dem schicken Freizeitboot überholt wurde. Es war ein Ort, an dem Bootseigner selbst Hand anlegten oder die Arbeit an Unternehmen wie *Barton & Son* abgaben. Witzig, dass Mattie, seine Besitzerin, das Unternehmen nie umbenannt hatte, das sich nie eines Sohnes hatte rühmen können, sondern den Namen beibehalten hatte, den ihm ihr Vater gegeben hatte. Sie war vor ein paar Jahren unwissentlich in ein Umweltverbrechen verwickelt gewesen, als ein

Auftragnehmer ihren Sondermüll abgeholt und in der Natur abgeladen und dafür ihre Schecks einkassiert hatte, die für das *Harrison Disposal Center* bei Yelm bestimmt gewesen waren. Er hatte das Geld mit einem Insider dort geteilt. Zum Glück war die Wahrheit herausgekommen, und Mattie hatte seither lieber einen ihrer eigenen Angestellten für solche Fahrten eingesetzt als je wieder einen Außenseiter.

Doch heute war Trevor nicht auf dem Weg zu Mattie. Sie war eine jener Frauen, die ihn letztlich auch hatten abblitzen lassen, und inzwischen verheiratet mit dem Besitzer des Entsorgungszentrums. Er war auf dem Weg zu Phoebes Atelier und Wohnung. Sie hatte gesagt, es sei zwischen eine große Hangar-ähnliche Konstruktion und einen Fischhändler gequetscht, der seinen Kunden auch Fisch-Tacos und Räucher-Chowder servierte. Sie hatte ihn gewarnt, dass ihr Haus nicht sehr schick aussehe und dass er vielleicht von der Umgebung enttäuscht sein werde. Und dass, käme er an einem Montag, die Luft nach Räucherfisch riechen würde. Sei's drum. Phoebe hatte ihn eingeladen, und er war auf Wolke Sieben.

Weil er den Rumpf eines riesigen Boots hinaufstarrte, dessen Art er nicht einmal hätte benennen können, fuhr Trevor fast mit seinem Auto in einen Gabelstapler, der fahrlässig auf der Mitte der Straße abgestellt worden war. Er bremste abrupt und fluchte leise, während er etwas zurücksetzte, um darum herumzufahren. Manche Leute schienen einfach zu glauben, sie seien allein auf der Welt.

Schließlich erblickte Trevor die farbenfrohe Fassade des Gebäudes des Fischhändlers, das mit Plakaten beklebt war, die frisch gefangenen Heilbutt und Steinkrabben-Beine anpriesen. Phoebe hatte recht gehabt. Selbst im Auto konnte er das Aroma von Fisch riechen, der geräuchert wurde. Obwohl er die Smoker nicht sehen konnte, weil sie sich vermutlich hinter dem Gebäude befanden, sah er den Rauch aufsteigen, und er staunte, dass Phoebe es aushielt, nicht nur hier zu arbeiten, sondern sogar noch hier zu leben.

Er parkte sein Auto neben ihrem Kia vor ihrem Atelier. Es war ein merkwürdig schmales Gebäude mit zwei Stockwerken und einem großen Fenster neben der Eingangstür, die keinen Namen trug, sondern nur eine aufgemalte Nummer und das Bild eines tropfenden Pinsels. Das obere Stockwerk besaß ein Fenster, das vom Boden bis zur Decke reichte. War das das Atelier? fragte sich Trevor.

Die Tür flog auf, als Trevor den Blumenstrauß aus dem Fußraum der Beifahrerseite ergriff. Phoebe stand strahlend auf der Schwelle. Trevor spürte plötzlich tausend Schmetterlinge in seinem Bauch, und er wusste, dass er dieser Frau mit Haut und Haaren verfallen war.

Er stieg aus, ging auf sie zu und hielt ihr das Bouquet hin, das er erst vor einer halben Stunde Kitty Hayes für ihn im *Flower Bower* hatte kreieren lassen. Kitty hatte keinen Augenblick gezögert, für ihren einstigen Verehrer, nunmehr nur noch guten Freund, die schönsten, winzigen roten Rosenknospen herauszusuchen, weil sie wohl ahnte, dass er auf dem Weg war, einer anderen Frau den Hof zu machen. Ihre Augen hatten ihm Glück gewünscht; sie wusste, wie schwierig es war, Trevors Mutter zu gefallen, und sie beneidete nicht, wer auch immer Trevors Auserwählte dieses Mal war.

Phoebes Augen leuchteten auf, als er ihr die Blumen überreichte, und sie gab Trevor eine dicke Umarmung. Sie trat zurück und hielt ihm die Tür auf.

„Komm rein", lud sie Trevor ein. „Und willkommen, wo ich nun seit genau einem Jahr zu Hause bin."

„Ein Jahr", rief Trevor aus und starrte sie an. „Und unsere Pfade haben sich nur dieses eine Mal gekreuzt!"

„Wir sind wohl beide recht beschäftigt gewesen", lachte Phoebe und schloss die Tür hinter ihm. Drinnen wirkte Phoebes Zuhause recht einfach, aber gemütlich. Eine Pantry-Küche befand sich in einer Ecke des Esszimmers, dass vom Wohnzimmer nur durch eine andere Farbwahl an der Wand abgesetzt war. Die Möbel waren im Ikea-Stil. Eine Topfpflanze stand an der Wand neben dem Flachbildschirm-Fernseher; sie ließ die Blätter hängen. Phoebe sah Trevors Blick und lachte wieder silberhell.

„Ich schätze, ich bin besser im Malen von Pflanzen, als darin, mich um die echten zu kümmern", erklärte sie entschuldigend. „Aber ich koche wirklich anständig, wie du nachher sehen wirst. Denn …" Sie blickte Trevor bittend in die Augen. „Weil ich gehofft habe, du würdest zum Abendessen bleiben, ja? Ich mache nur ein Pasta-Gericht, aber ich verspreche dir, dass du es mögen wirst. Es wird mit frischen Meeresfrüchten von nebenan gemacht. Und ich habe einen richtig guten Frascati von *Nathan's* dazu." Sie sah, dass Trevor zögerte. „Du magst keine Meeresfrüchte?"

„Sicher doch", antwortete Trevor so rasch wie wahrheitsgetreu. Hätte sie ihm stattdessen Giftpilze angeboten, hätte er sie munter zu seinem Lieblingsessen erklärt, nur um bleiben und sie noch etwas mehr betrachten zu können.

„Na, dann ist das geritzt." Phoebe deutete auf ein Sofa. „Setz dich, während ich diese zauberhaften Blumen in eine Vase stecke." Sie ging hinüber zu ihrer Küchenspüle und beschäftigte sich mit einem Mason-Glas und ihrem Strauß. „Möchtest du etwas zu trinken?"

„Was hast du denn?"

„Ich habe einen richtig guten, kalten Hibiskus-Tee. Dann ist da eine französische Limonade. Oder ich könnte dir einen Kaffee machen."

„Diese französische Limonade klingt interessant."

„Kriegst du." Phoebe stellte ein paar Gläser auf einen niedrigen Kaffeetisch; dann reichte sie Trevor eine kalte Flasche mit einer klaren Flüssigkeit. „Die gibt's bei *Trader Joe's* – und manchmal kann ich einfach nicht widerstehen …" Dann wandte sie sich wieder ihren Blumen in der Küchenspüle zu. Trevor öffnete die Flasche und füllte ihre beiden Gläser. Er fühlte sich irgendwie wie zu Hause, wenn zwar nicht mit dem Möbelstil, so doch umso mehr in Phoebes Gesellschaft.

Phoebe drehte ihm ihren Kopf zu. „Wie war dein Wochenende?"

„Ich glaube, ich habe ein Haus gekauft", sagte Trevor.

„Was?!" staunte Phoebe mit offenem Mund und ließ das Messer, mit dem sie die Stängel kürzte, mitten in der Luft hängen.

„Ja", lachte Trevor verlegen. „Ich habe es auch nicht kommen sehen. Diese Immobilienmaklerin, Hunter Madigan, ist schon was für sich."

„Wie ist das gekommen? Und wo ist es?"

„Tja, ich habe ihr gesagt, dass ich neue Büroräume brauche. Und sie sagte mir, dass meine kleine Penthouse-Wohnung in Downtown nicht dem entspricht, was ich mit meinem Ruf als Anwalt haben sollte. Sie sagte also, sie habe die perfekte Immobilie für mich und ich solle sie mir bloß mal anschauen. Völlig unverbindlich."

„Ha", machte Phoebe. „Aber sie hat dich rumgekriegt, was?"

„Hat sie. Ich habe neulich ihren Punkt gesehen, als ich meine Wohnung mal mit anderen Augen betrachtet habe. Sie ist schon ganz in Ordnung. Aber ganz und gar nicht das, was ich mir als Traum-Zuhause für den Rest meines Lebens vorstellen würde. Also habe ich einen Termin mit Hunter gemacht und sie am Lawrence-Haus getroffen. Obwohl sie noch schwer daran arbeiten, es zu renovieren und den Garten neu zu gestalten, habe ich mich sofort hineinverliebt."

„Du musst mir helfen. Wo ist das Lawrence-Haus?"

„Es ist das alte Herrenhaus im Kolonialstil an der Washington Lane, zwei Blocks weg von der Jupiter Avenue. Der Wald beginnt so mehr oder weniger auf dem Nachbargrundstück. Mrs. Lawrence zieht nach New York, und deshalb verkauft sie."

„Kolonialstil – das klingt riesig."

„Naja, es ist ziemlich groß", gab Trevor zu. „Weswegen ich auch kein zusätzliches Büro mehr brauche. Ich habe beschlossen, dass ich das in einem Teil des Gebäudes haben kann. Ziemlich so, wie das mein Vater hatte."

„Was nicht immer das Beste ist", gemahnte ihn Phoebe. „Man muss wirklich von seiner Arbeit weggehen können, um sich zu entspannen und sich wieder zu erholen."

„Weshalb dein Atelier auch Teil *deines* Zuhauses ist." Trevor zwinkerte ihr zu.

„Touchée", gab sie zu. „Es ist manchmal stressig, besonders, wenn ich festgefahren bin. Zumindest arbeite ich nicht mit Ölfarben; ich würde ersticken und wahnsinnig werden von dem Terpentingeruch in meinem Schlafzimmer."

„Festgefahren in einem Gemälde?"

„Ja. Man weiß, dass etwas verkehrt ist, aber man hat keine Ahnung, wo man etwas falsch gemacht hat. Dann scheint dieses Stück Leinwand einen anzustarren, während man versucht zu schlafen. Und dein Gehirn rattert immer weiter in stillem Disput mit dem Kunstwerk. Blöd. Wenn ich das Geld dazu hätte, würde ich mir sofort ein separates Atelier mieten. Dann könnte ich heimgehen und es einfach genießen, mein Projekt zurückzulassen und etwas ganz anderes zu tun."

Phoebe kam mit ihrem Glas voller Rosen herüber und stellte es auf den Kaffeetisch. Dann ließ sie sich neben Trevor aufs Sofa fallen. Er reichte ihr ihr Glas.

„Darf ich dein Atelier sehen?" fragte Trevor. Dann wurde er rot. „Gute Güte, in diesem Fall klingt es fast, als bäte ich dich, mich in dein Schlafzimmer zu führen!"

Phoebe kicherte. „Ja, nicht wahr?! Aber so ist es eben. Das Licht da oben ist einfach viel besser als hier unten. Außerdem, wenn ich unten malte, kämen ständig Kunden von meinen Nachbarn vorbei und würden mich anstarren, während ich male. Ich käme mir vor wie im Zoo."

„Zugegeben, ich wäre einer von denen", sagte Trevor. „Ich sehe gern Künstlern zu. Es beruhigt irgendwie."

„Ja", neckte Phoebe. „Glückliche, kleine Bäume und so." Trevor verschluckte sich fast an seiner Limo. Phoebe klopfte ihm auf den Rücken. „Komm mit nach oben. Ich zeig dir meinen Arbeitsplatz. Ich habe eine Leinwand auf der Staffelei mit einem Gemälde, das ich erst heute früh angefangen habe. Ich bin zu einer neuen Serie inspiriert."

Sie stand auf und nahm ihn bei der Hand, um ihn nach oben zu führen. Einerseits fühlte es sich völlig normal an, so vertraut miteinander zu sein. Andererseits bebte Trevor vor Vorfreude und reinem Glück.

„An was für einem Thema arbeitest du gerade?" fragte er.

„Lass es mich dir zeigen, und du darfst dann raten."

„Du weißt, dass ich nicht gut drin bin, abstrakte Kunst zu verstehen", stöhnte Trevor. „Vermutlich rate ich schrecklich falsch, und dann bist du vielleicht verletzt."

Phoebe lachte. „Ich bin nicht so leicht zu verletzten. Solange du mir nicht sagst, ich könne nicht malen."

Trevor hob verteidigend die Hände. „Das würde ich nie wagen."

Oben an der Treppe blickte er in einen großen, hellen Raum, der fast leer war. Ein alter Schrank stand in einer Ecke und ein sauber gemachtes Futon-Bett. Der Rest wurde von mehreren Reihen Leinwänden eingenommen, die bemalt oder noch verpackt und brandneu waren. Farbtuben und Gläser mit Malmedien lagen in scheinbarer Unordnung herum. Eine riesige Staffelei stand im Winkel zum Fenster. Trevor ging darauf zu. Er starrte lange darauf: Woge um Woge in Blau- und Grüntönen, die sich verwoben. Es war, als blicke er auf eine abstrakte See, die zugleich beruhigte und erregte. Sie zog den Betrachter hinein, indem er den Knoten folgte, die die Wellen formten, nur um sich wieder aufzulösen und dann einander wiederzufinden.

„Was denkst du also?" fragte Phoebe.

„Es geht um Liebe", sagte Trevor rau. „Um Zusammensein und Loslassen, um Ähnlichkeit, aber nicht Gleichheit. Um Energien, die sich aufbauen und entspannen." Er wandte sich Phoebe zu. „Ich weiß nicht, ob ich richtig rate. Aber das ist es, was ich sehe. Und es ist einfach wunderschön."

*

„Wilde!"

„Ja, Sir!"

„Sie haben ab nächster Woche um Tagesschichten gebeten?" Beim Appell war es um alle möglichen Themen gegangen. Ein neuer Flieger war der Einheit vorgestellt, ein anderer für sein besonderes Engagement für einen Gemeinde-Einsatz außerhalb des Dienstplans belobigt worden. Es hatte Informationen zu einem neuen Sportprogramm gegeben, zu neuen Öffnungszeiten der Bowling-Bahn, einen Vortrag über Widerstandsfähigkeit im Beruf wie im Privatleben. Sofern man derzeit überhaupt eines hat, hatte Ozzie bei sich gedacht. Nichts war spannend gewesen. Und Ozzie hatte so ziemlich seinen eigenen Gedanken nachgegangen wie vermutlich die meisten, die heute Nachmittag teilgenommen hatten. Aber jetzt, da der Appell vorbei war, hatte der Kommandeur seine Aufmerksamkeit auf ihn gerichtet. Und Ozzie war misstrauisch.

„Ja, Sir, das habe ich", sagte Ozzie und stand stramm.

„Kommt Ihre Frau endlich zu Ihnen?" Der Kommandeur lächelte vorsichtig.

„Ja, Sir."

„Wie schön für Sie. Hoffentlich gefällt es ihr hier. Wechsel zur Tagesschicht ist genehmigt, Wilde."

„Danke, Sir." Wilde holte tief Luft und sah zu, wie der Kommandeur wegging. Der Mann war streng und beinahe unnahbar, aber er schien stets zu tun, was für seine Flieger das Beste war. Einschließlich, in diesem Fall, Ozzie den Wechsel in eine andere Schicht zu gewähren, damit er und seine Frau ihre Ehe zu natürlicheren Bedingungen als einer Spätschicht beginnen konnten.

Der Beginn ihrer Ehe – so definierte Ozzie, was vor ihnen lag. Natürlich war er sich dessen bewusst, dass er seit jenem schicksalhaften Datum im vergangenen Jahr verheiratet war, an dem sie ihr Gelübde erst auf dem deutschen Standesamt, danach in der Kirche abgelegt hatten. Er hatte regelrecht gestrahlt, wenn sie ihn als ihren Mann vorstellte oder, natürlich auch umgekehrt, er sie als seine Frau. Doch in Wirklichkeit hatte es dazu wenig bis gar keine Gelegenheit gegeben. Das kam durch die Trennung. Und die Begriffe Ehemann, Ehefrau und Ehe hatten eine recht abstrakte Bedeutung angenommen. Er war natürlich treu geblieben; er sah andere Frauen nicht einmal an, außer wenn er daran dachte, wie viel ihm Emma bedeutete. Was den Rest anging …

Als Ozzie zum ersten Mal geheiratet hatte, war es eher ein Akt der Leidenschaft als des Nachdenkens gewesen. Er war auf seinem ersten Stützpunkt stationiert gewesen, und außerhalb desselben gab es mehr als nur ein paar hübsche Mädchen, die sich nach einem Mann in Uniform sehnten, an den sie ihr Leben binden konnten. Nicht, dass sie irgendeine Ahnung hatten, was das bedeutete, außer, dass man als ein bisschen besonders angesehen wurde, wenn man mit einer Uniform verheiratet war – der Mann darin war oft nur ein nachträglicher Gedanke. Es war eine Ehe mit buchstäblichen Vergünstigungen sowie mit ein wenig Glanz – man denke an Luftwaffenbälle und Cocktailkleider, die Aufmerksamkeit, die Zivilisten der Uniform schenkten. Was meist nicht bedacht wurde, wenn ein Mädchen „das Paket" heiratete, waren die unvorhersehbaren Arbeitszeiten, Anrufe zu jeder Tageszeit, wenn der Mann Bereitschaftsdienst hatte, die Dinge, die man *nicht* tun sollte, die Dinge, die man tun sollte, um die Uniform zu stärken, wenn schon nicht den Mann, und lange Einsätze. Nach einer gewissen Zeit kamen selbstverständlich Umzüge auf andere Stützpunkte, was bedeutete, dass ein Mädchen besser nicht an eine eigene Karriere dachte. Selbstverständlich musste ein Mädchen ziemlich eigenständigsten sein, bereit, sich von Familie und Freunden zu trennen, mobil zu sein, bereit, daheim die Gesamtverantwortung zu übernehmen. Und war der Ehemann im Herbst im Einsatz, ging jeglicher Traum von einem glamourösen Luftwaffenball ebenfalls in Rauch auf.

Als Ozzie seiner ersten Frau, Elsie, begegnet war, hatten sie wie in einem Wirbelsturm Freunde getroffen, Pläne geschmiedet, einander geliebt. Ozzie hatte sogar die Eltern des Mädchens getroffen. Seine Eltern waren ihr erst begegnet, als Ozzie und Elsie auf dem Standesamt die Papiere unterzeichneten. Keines der Elternpaare war allzu begeistert, dass zwei Zwanzigjährige so früh das Erwachsensein ausprobieren wollten, obwohl Elsies Eltern nachsichtiger gewesen waren. Sie waren daran gewöhnt, dass in ihrer ländlichen Gegend junge Leute früh heirateten, und an den Gedanken, Mitte vierzig Großeltern und weitere zwanzig Jahre später Urgroßeltern zu sein. Nicht, dass es je dazu gekommen wäre, und auch nicht aus einem Mangel an Versuchen. Vielleicht wäre ein Kind der Klebstoff für Ozzies und Elsies Ehe gewesen, die rasch nach ihrem ersten Umzug an einen anderen Stützpunkt am Rande einer mittelgroßen Stadt in New Jersey angefangen hatte zu zerfallen. Obwohl man dort viel hatte unternehmen können, hatte sich Elsie gelangweilt. Hatte die Ostküste zunächst faszinierend geklungen, so hatte sie bald Heimweh nach ihrer Heimatstadt im Mittleren Westen bekommen. Vielleicht hätte ein Baby sie beschäftigt und glücklich gemacht. Vielleicht auch nicht.

Sie hatten es irgendwie geschafft, es im Osten auszuhalten. Doch Ozzies Schicksal hatte zugeschlagen, kurz bevor ihre Zeit dort zu Ende gewesen wäre, denn er war für ein halbes Jahr zu einem Auslandseinsatz geschickt worden, und Elsie hatte sich während seiner Abwesenheit um das Haus kümmern sollen. Kein Ehefrauenklub, kein Spaß-Event für Ehepartner von Militärs im Einsatz, kein organisierter Einkaufsbummel zu einem etwa fünfzehn Meilen entfernten Outlet-Center hatte reparieren können, was die beiden nicht zu zerfallen hatten hindern können. Trotzdem hatte Ozzie es nicht kommen sehen, denn er war mit den Vorbereitungen auf den Auslandseinsatz beschäftigt gewesen und mit den Träumen, dass seine Karriere seiner Ehe förderlich sein könne.

Als er ein halbes Jahr später aus „der Wüste" zurückgekehrt war, hatte er einen Abschiedsbrief in seinem Seesack gehabt, der kurz vor Ende seines Einsatzes eingetroffen war, und dunkle Vorahnungen, was er bei seiner Ankunft vorfinden würde. Das Haus, das sie gemietet hatten, war in neuen Händen gewesen, seine Besitztümer waren eingelagert gewesen; und sein First Sergeant hatte ihm geholfen, mit der neuen Situation zurechtzukommen und vorübergehend ein Dach über dem Kopf zu finden. Dann war er zur Travis Air Force Base in Kalifornien geschickt worden. Elsie war inzwischen in ihre Heimatstadt zurückgezogen, hatte sich schwer in einen örtlichen Farmer verliebt, der willens war zu übersehen, dass sie per Gesetz noch immer verheiratet war, und ihr Leben fortgesetzt, als hätte es die acht Jahre und Ozzie nie gegeben. Zumindest war die Scheidung ohne größeren Rosenkrieg vollzogen worden. Ozzie glaubte an das Sprichwort, dass man Reisende nicht aufhalten solle. Und obwohl sein Herz geblutet hatte, war es mehr wegen der Tatsache gewesen, dass er den Ehestatus nicht hatte aufrechterhalten können, als wegen seiner immer mehr entfremdeten Frau und jetzigen Exfrau.

Seiher war Ozzie noch erwachsener geworden. Er hatte als Single mit ein oder zwei kurzzeitigen Freundinnen gelebt. Er war schließlich nicht aus Stein.

Dann war Emma gekommen, und mit ihrem Auftauchen in seinem Leben hatte sich alles verändert. Eine stille Wärme schien sein Heim zu durchziehen, sobald sie dort ankam. Eine

Ruhe und ein Gefühl der Sicherheit, das sie auszustrahlen schien. Heiterkeit. Gelassenheit. Reife. Was auch immer. Er war fasziniert gewesen von ihrer Vielseitigkeit, ihrer Neugier. Er war schockiert gewesen, wie weit sie zu gehen bereit war, wenn sie sich etwas in den Kopf gesetzt hatte. Wenn Emma etwas plante, zog sie es durch. Es hatte sie dadurch zu ein paar sehr kuriosen Fällen von investigativem Journalismus geführt, in die er sie lieber nicht verwickelt gesehen hätte. Es hatte sie beide zum Standesamt ihrer deutschen Heimatstadt geführt. Nicht der investigative Journalismus, sondern ihre Bereitschaft, etwas durchzuziehen.

Ozzie blickte hinaus und über die Startbahn hinweg. Die Abenddämmerung setzte ein, und Mount Rainier erhob sich in seiner ganzen Majestät, pastellrosa und -blau im ersterbenden Tageslicht. Die Flugzeuge vor den Hangars und draußen nahe dem Vorfeld waren schwarze Silhouetten, die grünen Heck-Embleme kaum sichtbar im Zwielicht. Der Limbo des Tages, wie ihn Ozzie fast täglich im vergangenen Jahr während des Limbos seiner neuen Ehe beobachtet hatte. In Zukunft würde es vielleicht nur während der Wintermonate geschehen, falls ihm das Wetter die Sicht auf den Berg gewährte. Der Wechsel zur Tagesschicht würde es ihm erlauben, mit seiner Frau die farbenprächtigen Sonnenuntergänge über dem Sund zu betrachten.

Wie viel würde sich noch durch Emmas Ankunft ändern? Sein Arbeitsplan, sein privater Zeitplan, seine Wochenendaktivitäten, sein Essen, das Aussehen seines Hauses und seines Gartens, seine Rückzugsbereiche und -zeiten. Er würde hinsichtlich seiner Spontanität Kompromisse schließen und auch Emmas Interessen berücksichtigen müssen. Wenn er reiste, würde er das mit ihr tun. Wenn er zu einem offiziellen Anlass auf den Stützpunkt ginge, würde er das mit ihr tun. Wenn er neue Freundschaften schlösse, würde er das mit ihr tun.

War es beängstigend, seinen gut ausgetretenen Pfad als Single zu verlassen? Denn, ganz ehrlich, im gesamten vergangenen Jahr war er das gewesen, trotz Heiratsurkunde in seiner Dokumentenakte und einem Ehering, den er nur selten trug, da er seine körperliche Gesundheit gefährdet hätte, wenn er mit Maschinen arbeitete, fliegenden oder einfach solchen zu Hause.

Ozzie schüttelte den Kopf, als die Farben des Mount Rainier zu Grau, zu Dunkelheit, zu Nichts zerflossen. Die Lichter bei den Hangars waren angesprungen. Fahrzeuge fuhren hin und her, Menschen kletterten auf den riesigen Transportmaschinen herum. Er roch den bittersüßen Geruch von Kerosin, der sich mit einem deutlichen Hauch Salamipizza vermischte.

„Mögen Sie was essen, Wilde?" fragte sein Chief und reichte ihm einen Plastikteller mit einem Riesenstück Pizza. Ozzie nahm ihn lächelnd entgegen. „Sie kommt nächsten Freitag, oder?"

Ozzie nickte. „Genau."

„Riesenveränderungen", nickte der Chief. „Kenne ich nur zu gut. Könnte mir nichts Besseres vorstellen." Er schlug Ozzie auf den Rücken, und Ozzie hustete beinahe den Bissen Pizza heraus, den er gerade heruntergeschluckt hatte. „Alles wird bestens, glauben Sie mir."

Ozzie lächelte grimmig. „Das sollte es auch besser. Wir haben lange genug darauf gewartet."

*

Tiffany überlegte, was sie tun konnte, um ihre Ehe mit Tom wiederzubeleben, während sie an einem Reiskräcker knabberte. Ihre Ananas-Diät hatte zwei Tage gedauert, dann hatte ihr Mund auf die Fruchtsäure reagiert, und sie hatte ihre Bemühung aufgeben müssen. Zumindest hatte es dieses Mal nicht an mangelnder Bemühung gelegen, dachte sie. Die Diät zeigte sich natürlich nicht auf der Waage. Sie war zu kurz gewesen. Nun, vielleicht war ja ihre Idee von einer Schokoladen-Diät nicht ganz verkehrt. Alles *außer* Schokolade natürlich. Und vielleicht etwas mehr Bemühungen auf dem Gebiet des Sich-Kleidens. In letzter Zeit hatte sie sich ein wenig gehen lassen. Und eine neue Frisur. Und …

Tiffany blickte in ihren Flurspiegel. Sie zog ihren Lippenstift nach und legte ein Lächeln auf. Da. Ein Lächeln veränderte ein Gesicht immer von „egal" zu liebenswert. Fast immer. Ihres tat das, und sie wusste es. Sie musste häufiger lächeln. Nicht ihre selbst-abweisenden Gedanken die Oberhand gewinnen lassen. Und sie musste mehr für sich tun. Denn ein glückliches Ich würde sie für Tom noch attraktiver machen. Und sie musste noch etwas für ihren Hochzeitstag tun. Das Datum rückte schnell näher, und sie hatte immer noch nur eine vage Idee.

Tiffany blickte ein letztes Mal in den Spiegel; dann ging sie zu ihrem Auto hinaus, um nach Downtown zu fahren. Es war ein wunderschöner Spätnachmittag, und sie fühlte sich durch ihre Pläne angeregt. Sie parkte ihr Auto auf dem öffentlichen Parkplatz am Bürgerzentrum und ging die Main Street hinauf zu einem der Friseursalons, die sie üblicherweise für einen simplen Haarschnitt dazwischen quetschten. Dieses Mal würde sie ein bisschen mehr machen lassen, sagte sie sich. Als sie eine Stunde später herauskam, hatte sie neue Highlights und einen mutig gestylten Bubikopf. Sie war glücklich darüber. Und sie war sich sicher, dass es Tom gefallen würde. Dann schlüpfte sie in eines der Bekleidungsgeschäfte, das immer Designerkleider für größere Größen anbot, verbrachte dort einige Zeit und gab eine ganze Menge Dollars aus. Beladen mit einer Tüte, dachte sie, sie würde ein paar leckere Brötchen fürs Abendessen von *Dottie's Deli* holen. Also ging sie die Main Street weiter hinauf und machte dabei einen Schaufensterbummel.

Es gab ein neues Geschäft für Premium-Küchenzubehör, das ihre Aufmerksamkeit erregte. Sie ging an *Fifty Flavors*, dem Eissalon, vorbei, ohne schnell hineinzugehen und sich ein Hörnchen zu besorgen. Sie ging an der *Treasure Trove* vorbei, einem Spezialisten für hochwertige Wohn-Accessoires. Und dann kam sie an *Le Quartier* vorbei, Wycliffs süßem französischen Bistro-Restaurant, das in seinen ersten paar Jahren solche Dramen erlebt hatte – ein Koch war in den Rücken geschossen worden und jetzt querschnittsgelähmt; eine Bedienung war von ihrem Ex gestalkt und angegriffen worden; ein anderer Koch hatte sie gerettet und war als Drogenabhängiger aufgeflogen. Sie dachte nur, wie dankbar sie für ihr undramatisches Leben war, als sie Tom durch eines der Bistro-Fenster entdeckte. Und er war nicht allein. Neben ihm saß eine atemberaubende Blondine, weit jünger als sie selbst, mit einer Hand auf der seinen, und sprach mit ihm mit großen, verträumten Augen. Astrid.

Es war wie ein Schlag in ihre Magengrube, dachte Tiffany. Ihr wurde übel. Ihr Herz schmerzte. Sie fühlte sich, als … Sie hielt sich an einem Laternenpfahl fest.

„Geht es dir gut, Liebes?" fragte sie eine freundliche Stimme.

Tiffany öffnete die Augen. Es war Hunter Madigan. Tiffany nickte.

„Nur ein bisschen schwindelig", log sie. „Ich glaube, ich habe es heute mit Besorgungen übertrieben."

„Dein neuer Haarschnitt sieht toll aus", komplimentierte sie Hunter. „Aber beim Friseur zu sitzen, macht mich manchmal auch schwindelig. All die Dämpfe von Farben und Haarsprays und das Stillhalten und …"

Tiffany lächelte matt. „Das muss es wohl sein. Na, ich gehe dann besser mal heim. Tom sollte auch bald zurück sein. Und er möchte vermutlich was zum Abendessen, denke ich."

Sie nickte Hunter zu und ging zurück Richtung Bürgerzentrum, ohne ihre Brötchen in *Dottie's Deli* gekauft zu haben. Aber auf dem Weg ging sie dieses Mal sicher, dass sie nicht an *Fifty Flavors* vorüberging und tröstete sich mit einer großen Kugel After-Eight-Eis in einer Zuckerwaffel.

*

Tom hatte seine Zweifel gehegt, ob er Astrids Plan eines Geschäfts-Snacks hätte zustimmen sollen. Er hatte ihr aber nicht entkommen können. Schließlich arbeiteten sie am selben Projekt. Seine Mitarbeiter neckten ihn schon damit, dass er von Astrid gestalkt würde, die heute schon wieder in seine Mittagspause in seinem Truck hereingebrochen war. Sie hatte nicht einmal gefragt, ob sie in seinem Wagen sitzen dürfe und sich einfach neben ihn fallen lassen, dieses Mal mit einer Tüte Plundergebäck aus dem *Lavender Café.*

Was war so wichtig zu besprechen, dass es abseits des Arbeitsprojekts getan werden musste? Ungeduldig war er nach Downtown hineingefahren, hatte auf einem Parkplatz in einer Seitengasse geparkt und war zum *Le Quartier* hinübergelaufen. Hannah, die heute Abend Dienst hatte, setzte ihn an einen Tisch in einer Nische und brachte zwei Karten. Zu anderen Zeiten hätte er es genossen, an diesem gemütlichen Ort verwöhnt zu werden, und die Karte hätte verlockender ausgesehen. Zu anderen Zeiten. Mit seiner Frau an seiner Seite. Das hier fühlte sich schon jetzt so verkehrt an.

Dann trat Astrid ein und segelte an seinen Tisch, den Hannah ihr gewiesen hatte. Tom erhob sich höflich, was Astrid als

Gelegenheit sah, ihn französisch zu begrüßen – mit Luftküssen links und rechts. Jetzt hatte Tom ihr Parfum noch intensiver in der Nase. Er räusperte sich und setzte sich mit blutrotem Gesicht hin. Astrid setzte sich ihm gegenüber und schnappte sich eine der Karten.

„Wie wär's mit einem Glas Prosecco?" fragte sie sanft. „Ich habe etwas zu feiern, und das ist alles deinetwegen."

„Meinetwegen?" fragte Tom zweifelnd. „Ich habe nichts getan."

„Doch, hast du", beharrte sie. „Heute habe ich mit einem Anwalt geredet, und ich habe Roy gesagt, dass ich mich von ihm scheiden lasse."

Tom wurde blass. „Ich habe dir nie Ratschläge zu deiner Ehe gegeben."

„Weil du es nicht brauchtest. Es wurde mir alles klar, als du neulich meinem Ausbruch zugehört hast. Ich brauche wieder einen kompletten Neustart." Sie signalisierte Hannah, sie möge ihre Bestellung aufnehmen, und wenige Augenblicke später saß Tom vor einem Glas Prosecco das er überhaupt nie hatte haben wollen. Astrid prostete ihm zu. „Auf Neuanfänge."

Tom hob sein Glas, trank aber nicht, was Astrid nicht bemerkte.

„Also, worüber wolltest du geschäftlich reden?" fragte Tom.

„Oh, kann das nicht ein bisschen warten? Bis wir gegessen haben?"

Tom rutschte unruhig auf seinem Stuhl herum. „Hör zu, Astrid. Es ist schön zu hören, dass ich dir neulich habe helfen können."

„Hast du. So richtig." Astrid legte ihre Hand auf seine und begann, sie sanft zu streicheln. „Du bist der gutherzigste Mann, dem ich je hier begegnet bin. Und du bist so effizient und fleißig. Gute Güte, du hast im Grunde alles …"

Tom zog seine Hand unter der ihren weg. „Ähm, ich glaube nicht, dass wir diese Richtung einschlagen sollten, Astrid."

„Welche Richtung?" fragte sie scheinbar unschuldig. „Ich sage dir nur, was für ein wundervoller Freund du bist."

Tom fragte sich, was sie wirklich versuchte. Er war nicht mit ihr befreundet. Er hatte ihr nur einmal zugehört. Als sie offenbar nicht arbeitsfähig gewesen war. Doch danach hatte sie sich ihm aufgedrängt; er hatte gewiss nichts getan, um sie zu ermutigen.

„Sollen wir jetzt unser Essen bestellen?"

„Hör zu, Astrid. Ich würde es wirklich vorziehen, jetzt über das Geschäftliche zu reden. Was ist so wichtig, dass es nicht beim Lawrence-Haus hätte besprochen werden können?"

„Oh, komm schon, Tom …"

Er schüttelte den Kopf. „Ich habe das Gefühl, dass du mich völlig falsch verstanden hast, Astrid. Ich bin an keinem privaten Treffen mit dir interessiert. Ich habe daheim eine wundervolle Frau. Sie wartet vermutlich mit dem Abendessen auf mich, wenn ich heimkomme. Wenn es also geschäftlich nichts zu sagen gibt, gehe ich."

„Aber das haben wir neulich nicht so ausgemacht, Tom", sagte Astrid vorwurfsvoll. „Du warst damit einverstanden, mit mir hier ein leichtes Abendessen einzunehmen."

„Ich war damit einverstanden, über Geschäftliches zu reden. Du hast offenbar deine Absicht geändert. Oder du dachtest, du könntest … ich weiß nicht, was. Jedenfalls ist dies nicht, womit ich einverstanden war. Und jetzt musst du mich bitte entschuldigen." Tom stand auf und warf dabei beinahe sein Prosecco-Glas um. Er fing es im letzten Moment auf. Ein Spritzer des Getränks traf Astrids Hand.

„Du bist naiv, Tom", spottete sie plötzlich. „Und ich glaubte, du hättest dasselbe Interesse an mir, wie ich glaubte, es an dir zu haben."

„Vielleicht bin ich naiv", nickte Tom. „Aber du bist launenhaft. Lässt im einen Moment deinen Mann fallen und versuchst, im nächsten den Mann einer anderen Frau zu stehlen? Was stimmt nicht mit dir? Wenn du es deinem Mann heimzahlen willst, tu es auf deine eigene Rechnung."

Tom schüttelte ungläubig den Kopf, als er zu Hannah hinüberging, um die Rechnung zu begleichen. Niemand konnte sagen, er sei kein Gentleman, selbst wenn er für jemanden bezahlte, der so viel weniger eine Dame war als seine Frau.

*

Montagabend war normalerweise ein ruhiger Abend in den Restaurants und Bars in Wycliff. Die meisten Leute hatten am vergangenen Wochenende gefeiert, und sie sparten ihr wöchentliches Budget und ihre Energie für das kommende auf. Einige Lokale schlossen sogar früher, weil ihr Geschäft einfach längere Öffnungszeiten nicht rechtfertigte. Zeit war Geld. Was dazu führte, dass der Ort mit den längsten zuverlässigen Öffnungszeiten das *Harbor Pub* war.

Es war ein rustikales Lokal mit vielen maritimen Utensilien über der Bar und an den Wänden. Der Boden war aus rohem Beton. Die Eigentümer hatten einst entschieden, dass es einfacher sei, verschüttetes Bier einsickern zu lassen, als ständig von einem Holzboden aufzuwischen. Auch kamen viele Bootsfahrer herein, manche sogar von Fischerbooten; sie schätzten gutes Essen und Getränke mehr als das Aussehen des Fußbodens, so viel, wie sie draußen waren. Dennoch hatte sich das Pub eine irgendwie gemütliche Atmosphäre bewahrt.

An diesem Montagabend saß Martina Baum mit einem Mann an der Bar, der nicht Roy war, und diskutierte ausführlich dies und das. Die beiden steckten die Köpfe zusammen. Ab und zu lachte Martina laut auf und berührte den Oberarm des Mannes. Der Mann bestellte ein paar Schnäpse, und sie tranken sie anstelle des Biers, das vor ihnen stand.

In einer anderen Ecke versammelte sich eine Gruppe Männer zu ihrem montäglichen Billardabend. Sie zogen Lose, wer gegen wen in ihren Teams spielen würde. Und bald füllte das

Klickern von Billardkugeln, die gegeneinanderstießen, die Gegend um die Bar. Ab und zu musste einer der umsitzenden Gäste seinen Stuhl aus dem Weg rücken, da die Spieler versuchten, den optimalen Winkel für ihren nächsten Stoß zu finden, und die Queues in gefährlicher Höhe mancher Köpfe oder Hälse hingen.

Es war eine laute, aber freundliche Gruppe, die sich hier jeden Montag versammelte, und sie hatte sogar angefangen, einige unterstützende Groupies anzuziehen. Sie feuerten die Jungs an während der kurzen Pausen, die entstanden, wenn jemand anders an die Reihe kam zu versuchen, die Kugeln zu versenken, oder neckten ihre Favoriten mit frechen, kleinen Bemerkungen.

Roy Lund war gerade erst eingetreten und hing am Rande der Gruppe herum. Er spielte manchmal mit ihr, war aber kein Stamm-Mitglied. Als er eine weibliche Lachsalve von der Bar her hörte, runzelte er die Stirn und blickte in die Richtung. Ihm gefiel nicht, was er sah. Martina hatte ihren Kopf zurückgeworfen, und der Mann neben ihr hatte einen Arm um ihre Schultern gelegt.

Je länger Roy zusah, desto wütender wurde er. Schließlich ging er an die Bar und schob sich zwischen Martina und einen anderen Gast neben ihr. Martina fühlte die Bewegung neben sich, wandte sich um und blickte überrascht.

„Roy!"

Er funkelte sie zornig an. „Behandelst du so deine Männer?" spie er.

„Wie meinst du das?"

„Lässt dich hinter meinem Rücken mit dem Loser da ein?"
Er sah den anderen Mann nicht einmal an.

Martina setzte sich aufrecht. „Erstens bist du nicht mein
Mann. *Du* warst es, der versucht hat, mehr als nur mein Freund zu
werden."

„Na, und du scheinst ja die Intimitäten auch mal wirklich
genossen zu haben", forderte er sie heraus und starrte ihrem
Begleiter kalt in die Augen.

„Hör mal", sagte Martina. „Das ist weder der Ort noch der
Zeitpunkt, sowas zu diskutieren."

„Dann lass den Typen sitzen, und komm mit *mir* mit."

Martina sah ihn ungläubig an. „Du bist ein Depp, Roy
Lund", erklärte sie. „Ich verstehe nicht mal, was mich das eine
einzige Mal genügend fasziniert hat. Ich muss betrunken gewesen
sein." Sie wollte sich von ihm abwenden, aber er packte sie beim
Arm.

„Hey", rief der Bartender. „Keine Misshandlung von
Damen in diesem Lokal, hörst du?"

Roy hob entschuldigend die Hände. „Keine Sorge, Mann.
Die Frau da ist ohnehin längst bedeutungslos für mich." Er ging
rückwärts von der Bar weg und vermied die neugierigen Blicke
der anderen Gäste ringsum. Einer der Billardspieler sah ihn durch
die Nebentür hinausgehen und rief ihm nach. Doch Roy reagierte
nicht.

Martina schüttelte den Kopf und entschuldigte sich beim Barkeeper und ihrem Begleiter. „Manche Leute haben einfach keine Manieren."

Ihr Begleiter schien ebenfalls das Interesse an ihr verloren zu haben. Kurz darauf bezahlte er für sie beide und ließ sie allein an der Bar zurück. Martina seufzte. Was hatte sie in den beiden Männern je gesehen? Seit ihrer Scheidung schien sie immer die völlig Falschen anzuziehen. Vielleicht sollte sie einfach damit pausieren, mit Männern auszugehen, und sich auf ihre Arbeit konzentrieren.

Jetzt, wo Astrid – vermutlich buchstäblich – auf gepackten Koffern saß, hatte sie eine Chance, sich selbst einen Namen als Innenarchitektin zu machen. Sich mit Astrid zusammengetan zu haben, war von Anfang an ein großer Fehler gewesen. Die Freundschaft hatte überhaupt nur auf ihrer gemeinsamen Nationalität und ihren Ambitionen auf demselben Gebiet basiert. Dann hatte Astrid immer mehr darüber gejammert, wie schrecklich das Leben in den Vereinigten Staaten sei, und Aufmerksamkeit gesucht und sich selbst bei jeder Gelegenheit ins Rampenlicht gestellt. Jetzt kehrte sie in ihre Heimat zurück. Doch sie, Martina, würde bleiben. Egal, ob sie wieder einen Ehemann fand. Sie war eine eigenständige Frau. Sie würde aus allem als Gewinnerin hervorgehen.

„Kann ich bitte einen Gin Tonic haben? Doppelt, kein Eis."

9

Zusatznutzen schaffen

„Reduzieren Sie die Häufigkeit des Mähens, und bestellen Sie ein neues Beet in Ihrem Garten. Sie können zum Beispiel einheimische Pflanzen setzen, die an das Klima gewöhnt sind, aber auch Futter für Wildtiere hervorbringen."

(Tipp von Gärtner Joe, Pangea Gardenscapes)

2001

Später sollte Linda froh sein, dass sie John Jr. am Abend zuvor zum Lachen gebracht hatte. Dass sie ihn körperlich geliebt hatte, wie eine sehr schwangere Frau nur lieben kann. Dass sie ihm Frühstück bereitet und ihn zur Tür gebracht hatte. Dass sie ihm für jenen Abend sein Lieblingsessen versprochen hatte. Kurz, dass sie alles getan hatte, was ihn sich wohlfühlen und sich auf die Heimkehr am Abend freuen ließ.

Nur kam er nie wieder heim. So wie 2.976 andere an jenem Abend nicht. Und er würde nie erfahren, dass am Tag, an dem er starb, seine kleine Tochter Sarah geboren werden würde.

John Jr. hatte sein Zuhause gegen halb acht verlassen. Er war zur U-Bahn-Haltestelle gegangen, um einen Zug zu nehmen, der ihn bis zum World Trade Center bringen sollte. Er hatte dort ein Treffen mit jemandem, den er über einem zweiten Frühstück im Restaurant „Windows of the World" ganz oben im Nordturm interviewen wollte.

Linda hatte vor sich hin gesummt, während sie den Frühstückstisch abräumte und sich daran machte, ihre letzten Fotodrucke zu sortieren, eine Serie von einer aufstrebenden Filmschauspielerin, die sie im Battery Park aufgenommen hatte. Sie hatte ein paar weggeworfen, denn die junge Frau blinzelte oder lächelte etwas zu künstlich. Das kleine Baby in ihrem Bauch hatte sich durch Bewegungen bemerkbar gemacht – welch ein Wunder war Leben! Und dann hatte Linda plötzlich das seltsamste Gefühl, das sie je gehabt hatte. Als hätte jemand sie mit der Faust geschlagen.

Im Nachhinein würde sie sagen, dass sie gespürt habe, dass etwas auf schrecklichste Weise passiert sei. Doch in dem Augenblick war sie einfach den Stapel Fotos weiter durchgegangen, hatte sich aber nicht mehr konzentrieren können. Unruhig stand sie auf und ging hinüber zu ihrem Fernseher und schaltete ihn ein. In dem Moment als das Bild erschien, wusste sie, dass John Jr. tot war. Sie sah den Rauch aus dem Turm aufsteigen. Sie wimmerte. Dann wurde ihr die Wirklichkeit voll bewusst, und sie begann zu wehklagen. Sie wiegte sich hin und her. Sie presste eine Faust auf ihren Mund, während sie auf das Grauen starrte, das sich entfaltete. Sie sah, wie das zweite Flugzeug in den Südturm krachte. Niemand oberhalb würde entkommen können. Sie betete, dass der Tod *schnell und schmerzlos sein werde. Sie spürte, er werde es nicht sein. Sie spürte die Todesangst all der Menschen, die in den Türmen festsaßen. Ihre Versuche zu entkommen. Sie taumelte auf ihre Füße und wählte wider besseres Wissen John Jr.s Handy-Nummer. Es gab keine Verbindung.*

Da setzten ihre Wehen ein. Zu früh. Und wegen des Heulens der Sirenen auf den Straßen unten wusste sie, dass niemand dieses Datum je mit der Geburt eines neuen Sterblichen verbinden würde, wenn so viele bereits gestorben waren oder in diesem Moment ihrem Tod ins Auge sahen. Noch würde jemand diesen Tag je wieder mit Geburtstagen, Hochzeiten oder Jahrestagen in Verbindung bringen.

Linda schaffte es, eine kleine Reisetasche zu packen. Routinemäßig vergewisserte sie sich, dass der Herd und alle Lichter ausgeschaltet waren. Sie schloss die Tür ab und ging zum Aufzug. Sie ging am Portier vorbei, dessen Blicke entsetzt am Fernsehbildschirm in der Lobby klebten. Sie begann wie blind zu laufen. Falls Taxen verfügbar waren, hätte sie es nie bemerkt. Sie erreichte das kleine Haus ihrer Hebamme nach vielen Pausen unterwegs. Sie hatte Glück. Die Dame war zu Hause und sah ebenfalls die Fernsehnachrichten, ein furchteinflößendes Detail nach dem anderen. Als sie Lindas tränenüberströmtes Gesicht sah, erfasste sie sofort die Verbindung und wurde blass. Die Geburt fand im Gästezimmer der Hebamme statt, und nachdem das winzige, neue Leben in einem improvisierten Babybett schlief, das aus einem Wäschekorb und einem Stapel Handtücher erstellt worden war, weinten die Hebamme und Linda, bis sie keine Tränen mehr übrighatten.

Auf der anderen Seite der Nation schlief Morgan Lawrence noch, als das Klingeln ihres Telefons neben dem Bett sie aus ihren Träumen riss. Sie tastete nach dem Lichtschalter ihrer Nachttischlampe und nahm den Hörer ab.

„Hallo", sagte sie mit einem Blick auf die Uhr. Es war sechs Uhr.

„Morgan?" Die Stimme ihres Bruders klang, als habe er einen Kloß im Halse stecken.

„Warum rufst du so früh an? Ich hab' noch geschlafen und ... "

„Hör zu ... Steh auf und mach CNN an."

„Bist du verrückt, Rob? Warum sollte ich fernsehen wollen, wenn ich noch eine ganze Stunde hätte schlafen können, bis ich mich zur Arbeit fertigmachen muss?" Morgan war Assistentin der Geschäftsleitung bei der Papierfabrik, seit sie Jonathan geheiratet hatte, und da sie überaus kenntnisreich war, hatte die Geschäftsführung sie behalten, nachdem Jonathan verkauft hatte. Jetzt, da er seit fast vier Jahren tot war, fühlte es sich immer noch so an, als müsse er jeden Moment durch ihre Bürotür kommen. Und obwohl sie versuchte, genauso effizient zu sein und ihre Arbeit mit derselben Hingabe zu erledigen, gelang Ersteres; Letzteres hatte jedoch nachgelassen. Was bedeutete, dass sie sich manchmal die Extrastunde Schlaf gönnte, anstatt die Erste bei der Arbeit auf ihrem Stockwerk zu sein.

„Glaub mir, Schwesterherz. Es wird heute Morgen jedem egal sein, ob du pünktlich bist oder nicht. Geh jetzt um Himmelswillen bloß an deinen Fernseher!"

„Hast du das mit Carol auch gemacht?" fragte Morgan mürrisch, während sie ihre Hausschuhe anzog und hinunter in die Küche schlurfte, wo sie den Fernseher gegenüber ihrem Frühstücksplatz an der Küchentheke aufgestellt hatte.

„Carol hat mich geweckt, weil sie es zufällig gesehen hat."

„M-hm," machte Morgan und schaltete den Fernseher ein. „CNN sagtest du?" Sie wechselte durch die Kanäle. Dann blieb ihr der Mund offenstehen. „Neeein! Oh, neeein!"

Sie hörte nicht das Klicken im Hörer, das anzeigte, das Robert aufgelegt hatte, denn sie hatte das Telefon auf die Theke fallen lassen. Sie sank auf einen Barhocker und betrachtete die Bilder mit fassungslosem Entsetzen. Etwa eine Stunde später erhielt sie einen Anruf von ihrem Chef. Er gab ihr den Tag frei. Nicht, weil er wusste, dass ihr Sohn in New York City zuhause war. Nicht, weil er sich so sehr um seine Mitarbeiter kümmerte. Nur, weil er sehen wollte, was geschah, was die Nation getroffen hatte.

Morgan saß da und starrte den Fernseher an. Ihre Anrufe an Linda und John Jr. gingen nicht durch. Sie wusste nicht, was dort in ihrem Zuhause vor sich ging. Ob sie gemeinsam gefrühstückt hatten. Wo beide in diesem Augenblick waren. Sie wollte glauben, dass sie in Sicherheit waren. Dass die enorme Wolke aus Rauch und Asche, die von den Türmen aufstieg, sie nicht berührte. Dass sie an diesem sonst so sonnigen und herrlichen Herbstmorgen in New York City weit weg wären. Ungläubig sah sie zu, wie erst der eine Turm, dann der andere einstürzte. Immer wieder wurden die Bilder gezeigt, wie die Flugzeuge sich in die Türme bohrten. Bilder, die unaussprechlich waren. Unglaublich. Surreal.

Morgan versuchte die Nummer von John Jr.s Wohnung erneut. Stunde um Stunde versuchte sie es und scheiterte. Tränen strömten über ihr Gesicht. Sie spürte, dass etwas furchtbar schiefgegangen war. Oder vielleicht doch nicht? Vielleicht war es ein ganz normaler Bürotag für John Jr. gewesen? Nein, er war nicht normal gewesen, erinnerte sie sich. Er war Journalist, und wenn es je etwas gab, über das man schreiben konnte, etwas so Großes, wäre John Jr. dort und schriebe darüber. Er hatte immer von „der einen großen Story" geträumt, die in seinen Schoß fiele. Er war vermutlich so nahe am Geschehen, wie es Presse nur sein konnte. Und Linda? Die preisgekrönte Fotografin? Hätte sie nicht auch versucht, zum Ort des Geschehens zu gelangen? Um einige Fotos von historischer Bedeutung aufzunehmen, die sie an Zeitschriften verkaufen konnte? Morgan hoffte allerdings, dass sie das in ihrem Zustand nicht täte. Dass sie sich außerhalb der

Gefahrenzone aufhielt, abseits des gefährlichen Rauchs und des Ascheregens.

Doch die Nacht brach herein, und Morgan hatte immer noch niemanden in der Wohnung in New York City erreicht. Inzwischen sorgte sich Morgan richtig. Sie ging hinüber zu Robert und Carol. Carol hatte nur ein paar Kräcker und Käse hingestellt. Es war ohnehin keinem zum Essen zumute. Sie hatten einander nie nahegestanden, seit Morgan sich ihrer Familie widersetzt, sich verliebt und den Lawrence-Jungen geheiratet hatte. Doch heute Abend saßen sie beieinander im Wohnzimmer des Saltbox-Hauses und hörten die Rede des Präsidenten, die klarmachte, dass sich ihre Welt für immer verändert hatte.

Drei Wochen später flog Morgan nach New York City. Inzwischen wusste sie, dass John Jr. die Geschichte, die ihm in den Schoß gefallen war, nie hatte aufschreiben können. Diese Geschichte hatte ihn gefällt, ihn getötet. Wäre er nicht Journalist geworden, sondern hier in Wycliff geblieben, wie es sein Vater gewünscht hatte, und hätte die Papierfabrik übernommen, wäre nichts dergleichen geschehen. Er wäre immer noch am Leben; und vielleicht hätte er auch eine Frau in dieser Kleinstadt gefunden. Wenn ...

Die Silhouette von Manhattan war nicht wiederzuerkennen, als sie von Newark stadteinwärts fuhr. Als das Taxi nach Manhattan kam, schien die Luft anders zu riechen, als sie es von der Vergangenheit her in Erinnerung hatte. Sie fühlte sich schwer an. Als gingen alle Schreie der Qual und Trauer auf sie hernieder, hüllten sie ein, versuchten, ihr die Luft aus den Lungen zu drücken.

Morgan wappnete sich, als sie den Taxifahrer bezahlte und auf die Lobby des Apartment-Gebäudes zuging, in dem Linda mit ihrem kleinen Baby lebte. Es würde kein John Jr. mehr die Tür öffnen und sie fest umarmen. Es gäbe keine Neckereien und unbeschwertes Lachen mehr. Eine junge Witwe würde sich fragen, wie die ältere es überleben konnte, erst ihren Mann zu verlieren, dann ihren Sohn. Wie sie inmitten ihres eigenen Kummers einen Flug hatte buchen, packen und reisen können. Wie? Oh, wie?

Der Portier erinnerte sich an sie und murmelte sein Beileid. Morgan nickte und wartete, bis der Aufzug sie nach oben trug, um ihre Schwiegertochter zu trösten und ihr Enkelkind kennenzulernen. Um zu trauern und zu versuchen, einen Neuanfang zu machen.

*

Als Tom an jenem Montagabend heimkam, wartete Tiffany nicht auf ihn. Weder auf dem Tisch in der Küche noch im Esszimmer stand ein Abendessen, und das Haus war seltsam still. Als er vorsichtig die Bürotür öffnete, sah er, wie sich Tiffany mit einer tollen neuen Frisur mit einer Schachtel Pralinen vollstopfte.

„Tiff", sagte Tom ruhig und näherte sich ihr von hinten. „Geht es dir gut?"

„Bestens", sagte sie zwischen zwei Bissen, wandte sich um und strahlte ihn an. „Ich hoffe, du hast schon zu Abend gegessen. Ich mache eine Schokoladen-Diät." Dann brach sie in Tränen aus.

Tom war schockiert. Er machte einen Schritt vorwärts und nahm sie einfach in seine Arme. „Hasi, Schatz", sagte er beruhigend. „Ich weiß nicht, was dir zu schaffen macht. Aber ich sehe, dass du schon seit einer Weile unglücklich bist, und es ist wohl an der Zeit, dass wir uns hinsetzen und reden. Was meinst du?"

Tiffany schluchzte und sah ihn dann mit verwelkter, verweinter Miene an. „Ich kenne mich selbst nicht mehr, und ich scheine auch dich nicht mehr zu kennen."

Tom war erschüttert. Er ließ sie los, ging um den Schreibtisch und sank langsam in den Stuhl ihr gegenüber. „Du musst schon etwas deutlicher werden", sagte er. „Ich kann dir vielleicht nicht dich erklären. Aber warum sagst du mir nicht, was du an *mir* nicht mehr verstehst?"

„Diese Astrid … Steckt sie hinter deiner langen Abwesenheit letztes Wochenende?"

Tom stand der Mund offen. „Meinst du das ernst, Tiff?"

Tiffany nickte. „Deine Arbeitszeiten sind immer länger geworden. Wir hatten letzten Freitag einen romantischen Abend geplant. Und ich hatte mich so auf die Vernissage nach dem Essen

gefreut. Stattdessen hast du dich von mir wegziehen lassen und
…" Sie schluchzte.

Tom nahm eine von Tiffanys Pralinen. „Du kennst die
Erklärung für die Arbeitszeiten – es ist immer dasselbe, wenn
wegen eines Kunden der Zeitplan eng wird. Mrs. Lawrence muss
ihr Haus so schnell wie möglich verkaufen, und das bedeutet, dass
unsere Firma alles sehr schnell erledigen muss. Was Freitagabend
angeht – ich war so überrascht wie du. Ich muss zugeben, ich habe
Astrid gesagt, dass ich auf der Vernissage sein würde, aber ich
hatte keine Ahnung, dass sie mich dort stalken würde. Oder mich
gar wegziehen würde von dir. Ich …" Tom räusperte sich und
zuckte die Achseln. „Du weißt, dass ich so kesse Manieren nicht
gewohnt bin. Ich habe mich ziemlich überfahren gefühlt."

„Und Samstag? Du hast mir nicht einmal erzählt, wo du
gewesen bist."

„Nun, du hast mich an dem Abend nicht gerade danach
gefragt, und du hast am Sonntagmorgen vorgegeben, noch zu
schlafen, als ich zum Golfturnier gegangen bin. Zu dem du mich
übrigens hättest begleiten können. Es gibt auf dem Gelände ein
hübsches Klubhaus, und es waren auch andere Ehepartner da, die
dort nur gesessen und sich unterhalten haben, während sie auf
unsere Rückkehr zum Mittagessen gewartet haben."

„Wo *warst* du dann am Samstag?"

Tom seufzte. „Ich hatte das eigentlich als Überraschung
für dich zu unserem Hochzeitstag geplant. Anscheinend ist es
keine so gute Idee gewesen, es vor dir geheim zu halten. Es hat

dich was ganz Falsches denken lassen." Tiffany sah ihn erwartungsvoll an. „Ich war auf einer Fahrt mit Hunter."

„Hunter Madigan?"

„Wie viele Leute kennst du noch mit diesem Vornamen?" scherzte er etwas lahm. „Jedenfalls, als sie mit dir am letzten Freitag gesprochen hat, worüber habt ihr da geredet?"

„Oh, dies und das", sagte Tiffany. „Und wie mein Wochenendhäuschen aussehen würde, wenn ich eins hätte. Es war alles ziemlich bedeutungsloses Geplauder. Aber ich war sehr dankbar, dass sie schließlich diese Astrid von dir weggeführt hat. – Wohin bist du also mit ihr gefahren?"

Tom lächelte verlegen. „Nach Oyhut. Das ist ein Teil von Ocean Shores. Hunter hat dort eine Freundin, die ein Cottage zu verkaufen hatte. Merke, ich sagte *hatte*. Denn seit Samstagnachmittag gehört es uns."

„Was?!" Tiffany blickte Tom erschrocken an.

„Du hast mich richtig verstanden. Ich habe uns dort ein Wochenend-Cottage gekauft. Um dort Zeit mit dir zu verbringen, mein Liebling, und mehr private Zeit gemeinsam zu genießen, abseits vom Geschäft."

Tiffany begann erneut zu weinen. „Aber … aber …" Sie endete mit einem Schluckauf. „Ich habe dich erst vor kurzer Zeit mit Astrid Händchen halten sehen."

Tom blickte ungläubig drein. „Ich habe noch nie mit Astrid Händchen gehalten."

„Aber ich habe gesehen …"

Dann dämmerte es Tom. Er lachte zornig. „Die Frau ist der Horror. Lass mich dir so viel sagen. Sie hat mich gebeten, sie heute Nachmittag im *Le Quartier* zu einem frühen Geschäftsessen zu treffen. Angeblich wollte sie mir ein paar Ideen zu unserem gemeinsamen Projekt vorstellen und sie mit mir diskutieren. Das Lawrence-Haus. Ich hatte keine Ahnung, was es da zu diskutieren gäbe. Ich mache unser Ding mit unseren Jungs, und sie sollte besser in den Griff kriegen, was sie tun sollte. Jedenfalls stellte sich heraus, dass sie nichts anderes vorhatte, als mir zu erzählen, dass sie die Scheidung eingereicht hat und nun im Prinzip wieder frei ist. Dann hat sie sich meine Hand geschnappt und, wenn ich richtig liege, versucht, mich zu ihrem nächsten Liebhaber zu machen." Er lachte erneut freudlos. „Wenn die Frau nicht so eine traurige Chaotin wäre, wäre es zum Lachen. Ich weiß nicht einmal, warum sie sich mich ausgesucht hat. Und als ich sie abgewiesen habe und gehen wollte, ist sie unverschämt geworden."

„Nein", japste Tiffany.

„Naja, nichts, was mich lange belasten wird; darauf kannst du wetten. Aber eine scharfe Zunge und ein dumpfer Verstand sind jedenfalls eine schlechte Kombination."

Tiffany weinte leise, nur unterbrochen von ihrem Schluckauf. Tom aß noch eine Praline aus ihrer Schachtel. Dann schüttelte Tiffany den Kopf.

„Ich schäme mich so", flüsterte sie schließlich. „Ich hatte wirklich gedacht, du würdest mich betrügen, und alles deutete in

Richtung Astrid. Und … ich habe beinahe etwas wirklich Schreckliches getan. Frag mich nicht, ob ich es dir heimzahlen wollte oder nur die Bestätigung brauchte, dass ich immer noch begehrenswert bin." Sie blickte Tom aus tränengefüllten Augen an.

„Was hast du beinahe getan?" fragte Tom neugierig.

„Ich … ich habe mich beinahe mit einem anderen Mann getroffen." Tiffanys Gesicht verriet ihren Schock über ihr eigenes Fehlverhalten. „Ich wollte mich nicht einmal wirklich mit ihm verabreden. Ich wollte nur die Spannung, mich mit jemandem zu treffen. Irgendjemand. Und ich hätte ihn sitzen lassen. Sehr höflich natürlich. Aber trotzdem."

„Du hast ihn also nicht getroffen?"

Tiffany senkte zutiefst beschämt den Kopf. „Ja und nein. Ich habe ihn gesehen, aber er mich nicht. Er hat tatsächlich eine anscheinend alte Bekannte für mich gehalten. Und so konnte ich unentdeckt verschwinden."

Tom lachte. Dann wurde er sehr ernst. „Du hast das wirklich getan, Tiff? Wirklich?"

„Du meinst von dort verschwinden?"

„Nein, die ganze Geschichte."

Tiffany nickte. „Kannst du mir bitte verzeihen?" fragte sie ganz leise.

Tom schüttelte ganz langsam den Kopf und stand auf. Dann ging er zu Tiffany hinüber und nahm sie in seine Arme. „Ich schätze, wir beide müssen viel öfter miteinander reden, Hasi. Und du musst mir glauben, wenn ich dir sage, dass du für mich die Einzige bist."

„Aber ich bin so viel weniger hübsch als eine Frau wie Astrid."

„Schätzchen, Schätzchen, um aus deinem Lieblingsroman ‚Jane Eyre‘ zu zitieren: ‚Die innere Person ist wichtiger als die äußere Erscheinung.‘ Könntest du das bitte einfach akzeptieren?" Tiffany nickte. „Und nie wieder so wilde Dinge planen? Bitte? Was, wenn der Kerl etwas Schlimmes vorgehabt und dich entführt hätte? Ich wusste ja nicht einmal, wann und wo ihr euch treffen würdet!"

„Er hätte es schwer gehabt, mich zu entführen", protestierte Tiffany. Und plötzlich musste sie unter Tränen kichern. „Ich wiege einfach zu viel." Tom sah sie verblüfft an. „Ich glaube, eine Schokoladen-Diät hat auch ihre guten Seiten."

*

„Ich werde also diese wundervolle kanadische Freundin meiner Freundin Camilla in Victoria zu unserer nächsten sonntäglichen Cocktailstunde einladen", strahlte Theodora. „Was meint ihr?" Sie sah ihren Mann James und Trevor äußerst erwartungsvoll an. Sie hatten einen Sonntagsbraten mit allem Drum und Dran am festlich gedeckten Esstisch der Jones' genossen, ein seltener Genuss, da Theodora nicht gern Hausfrau spielte. Die leeren Schüsseln und Platten standen noch auf dem weißen Damast-Tischtuch, und die Weingläser waren halbleer.

James schüttelte verzweifelt den Kopf. „Ich weiß nicht, ob ich deinen Cocktailstunden so bald gewachsen bin, Theo", gab er zu. „Immerhin hatte ich erst vor kurzem einen Herzinfarkt. Und dieses stundenlange, nervige Plaudern und Leute-Treffen ist nicht entspannend für mich. Nicht bei all den damit verbundenen Erwartungen. Nicht, wenn all diese Leute durchs Haus trampeln und manchmal da landen, wo ich sie nicht haben will."

Trevor war inzwischen rot geworden. Nun machte auch er den Mund auf. „Ich bin schon mit jemandem zusammen."

Theodora lächelte noch immer. Vielleicht hatte sie James' kleinen Protest nicht gehört. Vielleicht war sie zu sehr in ihrer eigenen glücklichen Seifenblase. Doch plötzlich dämmerte ihr, womit Trevor gerade herausgeplatzt war.

„Was hast du gesagt, Trevor, Liebes?"

„Ich sagte, dass ich schon mit jemandem zusammen bin."

„Seit wann? Wer ist sie? Wo wohnt sie? Wer sind ihre Eltern?"

Trevor räusperte sich. „Sie ist eine sehr nette, sehr intellektuelle Frau, Mutter. Ich habe keine Ahnung, wer ihre Eltern sind. Alles, was mir wichtig ist, ist, dass sie mich zu mögen scheint, und sie ist erwachsen und selbstständig mit einem eigenen Zuhause."

James lächelte Trevor an und spendete ihm im Stillen Beifall. Doch für Theodora war keines von Trevors Worten ausreichend.

„Du hast meine Fragen gehört, Trevor, und ich habe das Gefühl, dass du ihnen ausweichst."

„Überhaupt nicht", sagte Trevor ruhig, und zum ersten Mal in seinem Leben spürte er, wie richtig sich seine Gefühle anfühlten. Wie sicher er sich bei der Frau fühlte, in die er sich Hals über Kopf verliebt hatte. „Sie heißt Phoebe Fierce. Sie ist eine Künstlerin. Sie lebt hier in Wycliff. Und es ist mir total egal, wer ihre Eltern sind, weil ich mit ihr zusammen bin, nicht mit ihnen."

Theodora hob die Brauen. „Nicht in diesem Ton, Trevor. Bitte."

„Tut mir leid, Mutter. Ich bin einfach nicht bereit für noch so eine von deinen Großinquisitionen. Ich weiß, du meinst es gut. Aber es muss einmal ein Ende mit deinen ständigen Einmischungen in mein Liebesleben haben. Oder was davon noch übrig ist. Wenn du willst, dass ich glücklich bin, lässt du mich einfach meine eigenen Interessen verfolgen und akzeptierst meine Entscheidungen."

„Aber eine Künstlerin, Trevor, mein Kind!"

„Sie ist ganz groß im Kommen", erklärte Trevor.

„Er hat damit recht", sagte James. „Wenn du dem Geschehen in der Stadt in letzter Zeit mehr Beachtung schenken würdest als deinem nächsten Plan, wie du deinen Sohn verheiraten könntest, wäre dir aufgefallen, dass beide Zeitungen, die *Seattle*

Times und der *Sound Messenger*, höchst begeistert von Phoebe Fierces Vernissage in der *Main Gallery* am Freitag vor einer Woche berichtet haben."

„Wer, um Himmelswillen, nennt sein Kind Phoebe?!" seufzte Theodora.

„Theo!" schalt James.

Trevor staunte. „Meinst du das ernst, Mutter?!"

Theodora hob verteidigend die Hände. „Okay, ich muss es euch lassen. Es ist nicht die Schuld der jungen Frau. Aber mal ehrlich ... Nur Hippies ..."

„... oder klassisch gebildete Leute", reparierte James, was sie um ein Haar verächtlich hatte sagen wollen. „Außerdem ist es ein sehr hübscher Name."

„Ich dachte mehr so an Holden Caulfields Schwester", murmelte Trevor.

James musste in sich hineinlachen. „Das zeigt, dass es auch dann wieder ein klassischer Name ist, ob du nun Homer liest oder Salinger."

„Bitte", sagte Theodora und warf beinahe ihr Weinglas um, was zeigte, wie sie die ganze Situation aufregte. „Verkauft sie sich also gut?"

„Keine Ahnung", musste Trevor zugeben. „Aber sie scheint davon leben zu können. Ich habe sie nicht nach ihrer finanziellen Lage gefragt. Wir kennen einander erst seit ein paar Tagen."

„Seit ein paar Tagen!" Theodora schnappte nach Luft. Ihr Gesicht war fleckig und wirkte panisch. James reichte hinüber, um ihre Hände mit seiner zu bedecken. „Aber, aber …"

„Mutter, es gibt kein ‚Aber', es sei denn, es kommt von mir", erklärte Trevor ruhig. „Ende der Diskussion. Ich fühle mich wunderbar ich selbst in Phoebes Gesellschaft. Sie ist eine geistreiche Gesprächspartnerin und eine bodenständige Freundin. Sie kann sogar kochen. Sie ist kreativ und fürsorglich. Und wenn … Mutter … *wenn* ich mir so kurzfristig jemanden in meinem zukünftigen Leben vorstellen kann, dann ist es Phoebe Fierce."

Theodora sackte auf ihrem Stuhl zusammen. „Du gibst der Freundin meiner Freundin Camilla also nicht einmal die leiseste Chance? Du willst sie dir nicht einmal anschauen?"

„Theo", mahnte James.

„Gut", sagte Theodora mit gespielter Munterkeit. „Gut. Wann stellst du uns also deine neue Freundin vor? Du würdest doch zumindest das tun, bevor du deine Verlobung bekanntgibst, oder?"

Trevor zog eine Grimasse. „Mutter, so weit sind wir noch gar nicht. Obwohl ich zugeben muss, dass mir der Gedanke gekommen ist. Wenn sich jemand so richtig anfühlt, sollte man sichergehen, dass sie nicht von jemand anders weggeschnappt wird, bevor man ihr die große Frage stellen kann."

„Hört, hört!" strahlte James. „Und wenn du so für sie fühlst, solltest du tun, wovon du denkst, dass es das Richtige ist."

„Aber du kennst sie erst seit so kurzer Zeit."

Trevor lächelte verträumt. „Ich kenne sie seit einer Ewigkeit, Mutter. Ich wusste nur nicht, wie oder wo ich sie finden könnte."

*

Das Telefon klingelte. Es war fast Mitternacht. Ozzie runzelte die Stirn. War es von der Arbeit? Konnte es Emma sein? Er ging hinüber zur Telefon-Ladestation und nahm den Hörer auf.

„Hallo?" Er unterdrückte ein Gähnen.

„Schläfst du schon?" hörte er die zwitschernde Stimme seiner Frau.

Er lachte leise. „Da ich normalerweise nicht schlafwandle noch dafür bekannt bin, im Schlaf zu sprechen, vermute ich, dass ich ausgesprochen wach bin. Im Augenblick. Was gibt's, Spatz?"

„Ich musste nur deine Stimme hören."

„Nun, hier ist sie."

„Wie war dein Tag?"

Ozzie ging zurück zum Sofa, ließ sich darauf fallen und stellte den Ton am Fernseher aus. „Lass mich sehen. Ich habe ein bisschen im Commissary eingekauft. So ein bisschen in Vorbereitung darauf, dass du am Freitag kommst."

„Übertreib es nicht, mein Zauberer. Übrigens brauche ich einen neuen Ausweis für den Stützpunkt. Kannst du das im Voraus erledigen, oder muss ich da persönlich dabei sein?"

Ozzie griff sich einen Notizblock und Stift von einem der Beistelltische. Er war bereit, überall und jederzeit Notizen zu machen. „Ist notiert", verkündete er. „Ich werde einen Termin ausmachen; du brauchst das definitiv."

„Oh, gut." Emma klang erleichtert. „Ich vermute, mein Führerschein wird drüben noch eine Weile gelten. Was meinst du?"

Ozzie stöhnte. Er war um diese Tageszeit zu müde, um zu denken, während sie ständig plante. Natürlich hatte sie auch bereits die ganze Nacht geschlafen. „Lass uns das überprüfen, wenn du erst mal da bist."

„Was sagt die Wettervorhersage? Was, schlägst du vor, soll ich tragen?"

„Tja, hier ist Frühlingswetter", grübelte Ozzie. „Das bedeutet, es ist ziemlich unvorhersehbar. Alles zwischen zehn und zwanzig Grad, denke ich. Auch Regen. In letzter Zeit ziemlich viel."

„Zwiebel-Look", seufzte Emma. „Ich hatte auf einigermaßen warmes Wetter gehofft."

Ozzie lachte leise. „Klingt nach 'ner Menge Spaß. Ich werde mich gern darum kümmern, all deine Lagen herunterzuschälen, wenn wir erst wieder zusammen sind."

„Ozzie!" schimpfte Emma und lachte. Dann seufzte sie. „Weißt du, wie oft wir im letzten Jahr gesagt haben ‚wenn wir erst wieder zusammen sind'?" Ozzie nickte stumm, was sie natürlich nicht sehen konnte. „Ozzie, bist du noch da?"

„Entschuldige, Schatz. Natürlich. Ich habe nach der ersten Woche, die wir getrennt waren, aufgehört zu zählen." Er kritzelte auf seinem Notizblock herum. „Hast du dein Flugticket an einen Ort gesteckt, wo du es sofort finden kannst? Und deinen Pass?"

„Ja, Schatz."

„Ich hole dich im Ankunftsbereich ab."

„Keine fünf Tage mehr."

„Hör mal, wir haben eine Einladung zum Sonntag-Mittagessen entweder dieses Wochenende oder nächstes."

„Was?" quietschte Emma.

„Ja. Bin zufällig der Witwe eines ehemaligen Chiefs von mir begegnet. Sie hat wieder geheiratet. Den Polizeichef von Wycliff übrigens. Und weißt du was? Sie ist Deutsche wie du."

„Ach, nee!"

„Ach, ja! Aber was dich vermutlich noch mehr interessieren wird, ist, dass ihre Tochter Julie Redakteurin bei der Zeitung von Wycliff ist."

„Beim *Sound Messenger*?" Emma schnappte nach Luft.

„Du hast davon gehört?" fragte Ozzie und war beinahe enttäuscht.

„Sicher. Ich habe ihn abonniert. Auf diese Weise kenne ich alle Nachrichten von Wycliff und Umgebung, seit du hingezogen bist."

„Prima. Nun, sie wird auch da sein und dir vielleicht helfen, deine Karriere dort aufzunehmen, wo du sie abgebrochen hast."

„Ich bezweifle es, mein Schatz", sagte Emma und klang plötzlich ein wenig wehmütig. „Vergiss nicht, dass Englisch nur meine erste Fremdsprache ist. Jemand müsste sich ständig alle meine Texte ansehen und meine Fehler korrigieren. Es ist recht einfach, als Ausländer die englische Sprache zu sprechen, ohne allzu seltsam zu klingen. Aber richtig zu schreiben, ist eine völlig andere Kiste. Ich denke, ich würde ständig den Gebrauch meiner Grammatik und Idiome hinterfragen – was ruinieren würde, was ich eigentlich sagen will."

„Also keine Arbeit mehr als Journalistin?" fragte Ozzie und war noch enttäuschter. Er hatte so sehr gehofft, seiner Frau auch in ihrer Arbeit weiterzuhelfen.

„Eine ganze Weile nicht", seufzte Emma. „Lass mich mich erst mal drüben zurechtfinden. Und wer weiß? Vielleicht finde ich etwas völlig anderes zu tun, das so erfüllend ist wie das Schreiben."

„Denk nicht mal dran, wieder Detektivin zu spielen."

„Ozzie!" Emma klang beinahe verletzt. „Das habe ich nie. Jedenfalls nicht wirklich. Dinge sind einfach um mich herum passiert. Und alle hätten sich gewundert, warum ich als Journalistin nicht weiter nachforsche, okay?"

„Okay", seufzte Ozzie. „Na, ich hoffe, solche Sachen passieren dir hier nicht mehr. Außerdem wirst du mehr als genug damit zu tun haben, dich zu akklimatisieren, dich häuslich einzurichten und die Gegend mit mir zu erkunden. Hast du schon eine ultimative Liste all der Dinge gemacht, die du sehen möchtest, wenn du erst hier bist?"

Ozzie hörte das Rascheln von Papier, als falte Emma etwas auf. „Hab' ich", bestätigte sie einen Moment später. „Natürlich Mount Rainier. Falls man irgendwie ganz nach oben kann ..."

„Nur wenn du an alpinen Bergsteigerkursen teilnimmst – wir könnten das tun", sagte Ozzie. „Andernfalls kommst du bis Paradise und nimmst einen der Wanderwege dort. Ich habe mir die Karte angesehen – es gibt reichlich Wege dort. Was noch?"

„Pike Place Market." Ozzie stöhnte. „Was stimmt damit nicht?"

„Es ist eine Touristenfalle."

„Nun, ich werde wie ein Tourist hingehen, und ich verspreche dir, ich werde es mit meinen Einkäufen nicht übertreiben. Ehrlich. Dann würde ich gern auf die San Juan Islands gehen."

„Na, das klingt schon besser", nickte Ozzie. „Wir könnten dort sogar ein Kajak mieten."

„Ich dachte mehr an Sightseeing", warf Emma ein.

„Nun, wer sagt denn, dass wir nicht beides tun können?" beharrte Ozzie. „Was noch?"

„Winthrop. Und die Palouse Falls. Und die olympische Halbinsel umfahren. Und die ganze Küste hoch und runter." Emmas Stimme klang immer begeisterter. „Und Poulsbo. Ich habe gehört, das sei eine echt norwegische Siedlung und voller Galerien und kleiner Läden."

„Hier geht mein Gehalt dahin", scherzte Ozzie.

„Ach, mein süßer Zauberer, du weißt doch, dass deine Frau lieber schaufensterbummelt als, dass sie wirklich etwas kauft. Besonders seit ich gemerkt habe, wieviel Zeug ich hatte, bis ich die Hälfte davon wegen der Auswanderung weggeben musste."

„Das war schwer, was?" Ozzie war nun etwas besorgt.

„Zuerst ja", gab Emma zu. „Aber je mehr ich weggetan habe, umso leichter wurde es. Am Ende habe ich mir versprochen, nie wieder etwas zu sammeln."

„Was ist dann aus deiner Schneekugel-Sammlung geworden?"

„Einem Spielzeugmuseum gespendet."

„Und diese Porzellantassen, die du überall bekommen hast, wo du geschäftlich hingegangen bist?"

„Alle weg. Ich habe nur ein paar wirklich hübsche behalten, die mich an Orte erinnern, an die ich in meiner privaten Zeit gereist bin."

„Was ist mit deinen Büchern? Du hattest sechs Regale voll, als ich dich letztes Mal besucht habe."

„Ja." Hier schwankte Emmas Stimme etwas. „Ehrlich gesagt, das war am härtesten. Aber dann habe ich mich gefragt, welche ich wirklich mehr als einmal lesen würde und ob es überhaupt nur der Besitzerstolz war, der sie mich behalten ließ.

Außer bei den Kochbüchern. Den ersten Meter wegzugeben, hat wirklich wehgetan." Ein unterdrückter trockener Schluchzer folgte.

„Ich werde jeden Meter Kochbuch wiedergutmachen, den du hast weggeben müssen", versuchte Ozzie, seine Frau zu trösten, deren Leidenschaft für Essen er wohl nie ganz verstehen würde. Essen war doch schließlich nur Essen, oder?

Emma lachte wehmütig. „Vielleicht ist es ganz gut so. Selbst bei der Anzahl von Kochbüchern, die ich rüberbringen werde, wird es nicht genug Zeit in meinem Leben geben, jedes Rezept auch nur einmal zu kochen. Ich hätte daran denken sollen, als ich angefangen habe, sie zu sammeln."

„Na, aber du kannst es versuchen", schlug Ozzie vor.

„Vielleicht", sagte Emma. „Ich hoffe, du magst meine übliche Küche. Du weißt, was man in Deutschland sagt? Liebe geht durch den Magen?"

„Das sagen wir im Englischen auch. Aber ich habe mich in dich verliebt, lange bevor ich wusste, dass du gern kochst, oder bevor ich eine Kostprobe deiner Küche erhalten habe. Übrigens habe ich unlängst deine Pfannkuchen mit Pilzsauce gemacht."

„Und? Sind sie gut geworden?"

Ozzie kratzte sich am Kinn. „Warum wird es, wenn man versucht, ein Gericht nachzukochen, das man irgendwo total gemocht hat, nie dasselbe, selbst wenn man sich an das Rezept hält und man sogar genau dieselben Zutaten verwendet?"

„Weil du die Liebe schmeckst, die jemand anders in das Gericht gesteckt hat?" schlug Emma vor. „Das lässt sich nur schwer für sich selbst wiederholen."

Ozzie war verblüfft. „Da könntest du recht haben." Dann gähnte er. „Tut mir leid, langer Tag, und morgen muss ich früh aufstehen."

„Dann lass ich dich jetzt gehen, mein Zauberer. Gute Nacht."

„Gute Nacht, Kleines." Er hörte das Geräusch eines Kusses durch den Hörer, bevor das Klicken signalisierte, dass Emma aufgelegt hatte.

Einen Moment später klingelte Ozzies Telefon erneut. Er sah die Nummer im Display und seufzte lächelnd.

„Ja?" fragte er.

„Habe ich dir gesagt, dass ich dich liebe?"

„Hast du nicht."

„Nun, tue ich. Jedes winzige Bisschen." Pause. „Ozzie, mein Zauberer, liebst du mich auch?"

„Schatz, ich wünschte, du wärst jetzt hier. Ich würde es nicht nur in Worte kleiden. Ich würde dir zeigen, wie sehr."

„Freitag …"

„Freitag …"

Klick.

10

Beschützen

„Wenn wir eine Unterbrechung in den winterlichen Bedingungen haben, spazieren Sie durch Ihren Garten. Geben Sie ein paar Blätter in die Beete, um Ihren Pflanzen zu helfen. Und wenn der Wetterbericht Eis oder Minustemperaturen ansagt, ergreifen Sie Maßnahmen, Ihre Bäume und Büsche zu schützen."
(Tipp von Gärtner Joe, Pangea Gardenscapes)

Vor ein paar Jahren

Der Krieg in Afghanistan war schon seit ein paar Jahren in vollem Gange. Alle hatten gehofft, er wäre so viel schneller vorbei. Immerhin bekämpften sie Terroristen.

„Aber Terrorismus hat eine andere Struktur als das Militär", argumentierte Morgan während eines Abendessens in ihrem Haus, nachdem Robert gerade seine Vorbehalte wegen eines weiteren Einsatzes gemurrt hatte, der seinen Sohn Marc davon abhielt, zu Besuch nach Hause zu kommen. „Ihnen fehlt der militärische Ehrenkodex; sie greifen absichtlich Zivillisten an. Dazu kommen schwieriges Gelände, die eingewurzelten Feindseligkeiten zwischen den Stämmen und vermutlich die Abneigung des afghanischen Volks, dass ausländische Truppen in sein Land eindringen, um einen Krieg gegen eine dritte Partei zu führen – nein, das wird eine lange Geschichte. Ich hoffe nur, dass

Marc bald zurückkommt. Was die historische Seite dieses Staats angeht – keine ausländische Macht hat dort jemals lange Fuß gefasst. Letztlich waren alle froh, wenn sie wieder gehen durften."

„Ich nenne deine Haltung Defätismus", erklärte Robert verächtlich.

Darauf hatte Carol ihn sanft angestoßen und mit ihren Augen gebeten, er möge das Thema wechseln. „Politik sollte man nie beim Essen diskutieren, Schatz, meinst du nicht auch?"

Morgan lächelte ihre Schwägerin an. „Du bist vermutlich die weiseste von uns, Carol. Wir können in politischen Dingen nicht die Meinung des anderen ändern. Politische Gespräche enden entweder in einer Echokammer oder in einem ausgewachsenen Streit."

Das Abendessen war allerdings in verhaltener Stimmung zu Ende gegangen, da ihrer aller Gedanken immer noch in die Richtung des Krieges drifteten, der auf der anderen Seite der Erdkugel geführt wurde. Und alles andere, worüber sie hätten reden können, schien oberflächlich und bedeutungslos.

Lange und ermüdende Jahre vergingen. Morgan fühlte sich immer weniger glücklich in ihrem großen Haus in Wycliff. Es fühlte sich so leer an ohne Jonathan; und es gab auch keine Thanksgiving-Besuche mehr von John Jr. und seiner Familie. Morgan seufzte, wenn sie über ihren Garten hinwegblickte. Welchen Sinn hatte es, alles ordentlich zu halten, wenn nur sie selbst darauf blickte und darin lebte? Was wäre tatsächlich für sie sinnvoll?

Immer häufiger dachte Morgan an die Vergangenheit. An gemeinsames Gelächter. An die kleinen Abenteuer, die sie und ihre Familie überall in Western Washington erlebt hatten. Und da wurde es ihr klar: Sie musste auch in Zukunft so weiterleben. Und um dies zu erreichen, brauchte sie wieder jüngeres Leben um sich herum. Da Linda ihre Fotografenkarriere an der Ostküste hatte – ein prächtiges Buch mit ihren Arbeiten war erst unlängst veröffentlicht worden –, ihre kleine Tochter nicht würde entwurzeln wollen, und höchstwahrscheinlich den Ort nicht verlassen wollte, mit dem die sterblichen Überreste ihres Mannes sie für immer verbinden würden, war es an ihr, Morgan, umzuziehen.

Sie begann, sich Immobilien im Staat New York anzusehen. Nicht in New York City selbst. Sie war kein Stadtkind. Sie wollte Linda nicht im Nacken sitzen. Aber sie wollte in erreichbarer Nähe sein, um das Heranwachsen ihrer Enkelin zu erleben und sie hin und wieder zu Besuch zu haben. Und um spontan Besuche abstatten zu können, nicht erst nach langem und detailliertem Planen. Am Ende bestellte sie einen Immobilienmakler im Bundesstaat New York, der für sie ein kleines Haus auf einem kleinen Grundstück finden sollte, das sich einfach instand halten ließ. Und sie beauftragte Hunter Madigan von Sound Decisions Real Estate, den Verkauf ihres Hauses in Wycliff zu arrangieren.

Robert und Carol waren entsetzt, als sie von ihren Plänen hörten.

„Wie kannst du das Haus verkaufen?!" sagte Robert. „Du hättest es behalten und deinem Neffen überlassen können!"

„Und meinen Umzug und mein neues Zuhause in New York genau wie finanzieren sollen?" erwiderte Morgan kühl. „Robert, wirklich, dies ist mein Haus und mein Leben. Und so sehr ich auch deinen Familiensinn bewundere, es geht dich nichts an. Weder das Haus noch mein Leben."

„Aber ..."

„Kein ‚aber'. Marc ist nicht einmal hier, um in dem Haus zu wohnen. Wer weiß, wann er zurückkommt? Auch wenn er früher oder später wieder in den Staaten sein wird, könnte er ganz woanders als hier im Pazifischen Nordwesten stationiert werden. Vielleicht gefällt ihm dieses alte Haus nicht einmal. Vielleicht möchte er etwas Moderneres. Mit offener Raumaufteilung. Und mit Gasheizung statt zugiger Kamine."

Robert wollte widersprechen, doch Carol stieß ihn rasch wieder an. Morgan konnte nicht anders, als sich mit stillem Amüsement zu fragen, wie viele blaue Flecken sein Arm haben musste, da Carol ihn oft anzustoßen schien, um sein Temperament zu zügeln.

„Na, erwarte bloß nicht, dass wir zu Besuch kommen", sagte Robert schließlich. „Wir werden nicht jünger, und ein Flug an die Ostküste dauert wie lange? Sechs Stunden? Dazu kommt die Unbequemlichkeit, an Flughäfen zu warten und womöglich Flüge wechseln zu müssen. Pack das einfach in deine Berechnungen. Du wärst diejenige, die reisen müsste, um uns zu sehen."

„Verstanden." Morgan nickte mit dünnlippigem Lächeln. „Dein Familiensinn hat seine Grenzen."

„Das hat nichts damit zu tun. Du musst nur die Unbequemlichkeit bedenken ..."

„Ich habe dich gehört. Nun, meine Entscheidung ist getroffen. Soweit ich weiß, hat Hunter Madigan bereits eine Innenarchitektin beauftragt und die Delaneys für den Gartenbau. Was bedeutet, dass ich am besten für den nächsten Besitzer so schnell wie möglich das Feld räume."

Danach war alles schnell gegangen. Thomas Delaney tauchte eines Tages auf und inspizierte den Garten. Er sprach mit Hunter und der Innenarchitektin, die eindeutig Augen für Thomas hatte. Aus welchem Grund auch immer, dachte Morgan. Denn nicht nur war es eine bekannte Tatsache, dass Thomas Delaney sehr glücklich mit seiner Frau Tiffany verheiratet war. Tom war nicht einmal sehr attraktiv. Und er war deutlich älter als die Designerin. Naja, es ging sie nichts an.

297

Dann erhielt sie eines Nachts einen Anruf von Carol. Marc war gefallen. Robert war untröstlich; er wollte nicht ans Telefon kommen. Und Carol bat Morgan, dass sie auch nicht versuchen solle, herüberzukommen. Es gebe nichts, was sie sagen oder tun könne. Nein, Robert wolle sie nicht sehen. Sei sie nicht gut dran, dass ihr Mann und ihr Sohn in ihrer Enkelin weiterlebten?

Es war, als gebe Robert seiner Schwester die Schuld an der Tatsache, dass sein Stammbaum so abrupt abbrach. Dass selbst die Familienbibel eines Tages in den Händen von Morgans Enkelin Sarah landen würde, da sie der letzte Spross der Familie Power war.

„Es ist seltsam, wie wir dazu neigen anzunehmen, dass es anderen Menschen so viel besser geht als uns, ohne dass wir daran Schuld tragen", grübelte Morgan laut vor sich hin, nachdem Carol aufgehängt hatte. „Wir glauben immer, dass die anderen so viel mehr Glück und Erfolg und Liebe haben als wir. Und unser Neid und Ehrgeiz machen uns blind für die Geschenke, die unser eigen sind."

Sie erhob sich und ging zum Fenster, um über ihren Garten hinwegzublicken. Das Lawrence-Haus würde bald jemandem anders gehören. Und wenn Robert und Carol wegziehen oder sterben würden, würde auch das Power-Haus einem anderen Besitzer gehören. Die Mauer würde beseitigt werden. Und wo die Blockhütte gestanden hatte, wäre ein

Pavillon. Es eröffneten sich erneut Möglichkeiten eines neuen nachbarschaftlichen Miteinanders.

*

Der Tag der Schlüsselübergabe zum Lawrence-Haus war gekommen. Morgan Lawrence stand an ihrem Wohnzimmerfenster und blickte wehmütig in ihren neugestalteten Garten. So viel war hier geschehen. So viel Glück und Unglück geteilt worden. So viel des Letzteren unnötig. Sie seufzte.

„Geht es Ihnen gut, Mrs. Lawrence?" fragte Hunter die ältere Dame.

„Ja", lächelte Morgan. „Sie haben ihre Teams gut gewählt, Hunter. Wirklich sehr empfehlenswert. Aber sagen Sie mir eines – warum haben Sie zwischendrin die Pferde gewechselt?"

Hunter lachte hilflos. „Sagen wir nur so viel – jemand war offenbar mit ihrem Leben hier nicht sehr glücklich und beschloss, einzupacken und nach Hause zu gehen. Aber sie hatte eine Partnerin – und ich dachte, ich probiere sie aus."

„Martina Baum ist eine Landsmännin von ihr, oder?"

„Ist sie tatsächlich. Aber sie haben eine unterschiedliche Einstellung zu ihrem Leben hier, und das macht den großen Unterschied aus. Wenn man annimmt, was einem das Leben gibt, verwandelt man am Ende vielleicht sogar die Dinge, die nicht so gut sind, zu etwas, das einem ganz gehört. Zitronen und

Limonade, denke ich." Hunter zwinkerte. „Martina kann bleiben. Ich muss sichergehen und sie wissen lassen, dass sie künftig für mich und meine Projekte ein Zeitfenster in ihren Zeitplan einbaut."

„Nun, Martina hat jedenfalls verstanden, mit meinem Budget umzugehen und dezente Farben zu wählen, die den künftigen Bewohnern dienlich sein werden." Morgan deutete auf die Wand zwischen zwei Fenstern. „Der neue Eigentümer, Mr. Jones, hat sogar schon ein Gemälde aufgehängt. Es trifft nicht wirklich meinen Geschmack, aber ich denke, es passt hierher. Und es knüpft wirklich eine Verbindung zu diesem neuerdings natürlich aussehenden Garten."

„Englischer Gartenstil", nickte Hunter. „Mr. Delaney ist ein Meister auf seinem Gebiet nicht nur, was den Titel angeht. Seine Frau Tiffany hat übrigens die Gestaltung entworfen. Sie sind ein wunderbares Team. Und sie hat auch Toms Idee aufgenommen, einen Pavillon zu erbauen, wo früher die Blockhütte stand. Und ist es nicht ein hübscher Ort genau an der Grenze zu dem bewaldeten Nachbargrundstück?"

„Stimmt", sagte Morgan. „Er verleiht ihm eine Leichtigkeit, die ihm jahrzehntelang gefehlt hat."

In diesem Augenblick trat Thomas in den Raum. „Meine Damen", nickte er ihnen zu. „Ich habe gerade dem neuen Besitzer die Zisterne gezeigt und ihm die Extrapumpe erklärt. Also ist er startklar. Es sei denn natürlich, er wollte einen Landschaftsgärtner beauftragen und ihn die Bewässerung für ihn erledigen lassen.

Was ich ihm sehr empfahl. Bei einem Grundstück dieser Größe, sind Besitzer schnell von ihren Instandhaltungs-Aufgaben überfordert, wenn sie denn nicht passionierte Gärtner sind."

„Was sie meist bis zu einem gewissen Grad sind", nickte Morgan. „Aber ihnen fehlen Zeit und Energie wegen ihrer zeitraubenden Arbeit."

„Wie wahr", sagte Hunter. „Bei all den Terminen, die ich mit Kunden habe, finde ich kaum Zeit, mich um meinen eigenen Garten zu kümmern. Also kümmert sich *Delaney & Delaney Landscaping* auch um meinen." Hunter lächelte. „Übrigens war er neulich einer meiner Kunden. Wie ist euer neues Ferienhäuschen in Oyhut angekommen, Tom?"

Tom strahlte. „Großartig, danke, Hunter. Ohne dich hätte ich nie an ein Wochenendhäuschen dort draußen als Geschenk zum Hochzeitstag gedacht."

„Hochzeitstag?" fragte Morgan. „Herzlichen Glückwunsch! Und was für ein tolles und ungewöhnliches Geschenk! Wie lange sind Sie schon verheiratet?"

„Seit fünfunddreißig Jahren", sagte Tom.

„Das ist eine lange Zeit", nickte Morgan. „Immer glücklich?"

Tom blickte nachdenklich. „Wissen Sie, in letzter Zeit hatten wir ein paar holperige Stellen auf unserem gemeinsamen Weg. Ich denke, wir beide brauchen mehr Zeit miteinander und müssen unsere Fixierung aufs Geschäft wieder mehr in Richtung unserer Beziehung verändern. Das Wochenendhaus war wohl der richtige Gedanke zur richtigen Zeit."

Hunter nickte. „Ich habe meinen Lebensgefährten noch immer nicht gefunden. Vielleicht finde ich nie einen."

Morgan schüttelte den Kopf. „Solange man weiß, wo man hingehört und warum man einander gewählt hat, gibt es immer eine große Chance, solche Schwierigkeiten zu lösen. Das gilt übrigens für alle Arten von menschlichen Beziehungen. Muss keine Ehe sein. Aber manchmal hilft selbst Blutsverwandtschaft nicht. Sogar in solchen Fällen muss man manchmal loslassen."

Hunter blickte Tom spekulierend an. „Was hast du an deiner Beziehung getan, um diese Holperstrecken zu überwinden?" Tom wusste, dass sie auf Astrid anspielte, ihren Mumpitz und die Versuchung, der er selbst hätte erliegen können.

„Indem ich mich an einen alten Gartentipp erinnert habe", sagte er und zwinkerte. „Gras ist immer grüner, wo man es bewässert."

*

„Der" Tag war endlich gekommen. Ozzie hatte fast nicht schlafen können. Also war er früh aufgestanden, um zu überprüfen, ob alles im Haus so ordentlich und einladend war, wie er es hoffte. Er hatte ein paar Blumen in eine Vase gesteckt; er wusste, er hatte kein Händchen dafür, sie zu arrangieren – also hatte er einfach das Gummiband, die Papiermanschette und die

Folie darum belassen. Emma würde die Geste erkennen und die Blumen trotz ihrer ungeschickten Präsentation mögen.

Er hatte die Badezimmer zweimal geputzt und sogar den Küchenboden einmal extra gemoppt. Im Wandschrank hingen leere Bügel für Emmas Kleidung, und er hatte ein paar Schubladen in seiner Kommode für sie geleert – Emmas Möbel würden erst in ein paar Wochen eintreffen. Inzwischen wollte er nicht, dass sie sich wie ein Gast in ihrem eigenen Zuhause fühlte.

Ozzie prüfte in einem Ganzkörperspiegel seine Erscheinung. Er hatte sich rasiert; sein militärischer Haarschnitt war tadellos. Sein Hemd war sauber, seine Jeans ebenfalls. Er war startklar. Und doch war es erst sechs Uhr morgens, und Emmas Flugzeug würde erst gegen Mittag eintreffen. Viel Zeit, Däumchen zu drehen und sich selbst verrückt zu machen, bevor er endlich losfahren würde, um sie am Flughafen SeaTac abzuholen. Ozzie seufzte. Er wusste, dass er bis dahin etwas tun musste, um die Zeit zu füllen. Er konnte nicht nur auf die Uhr neben seinem Fernseher starren und sich von den endlos langsamen Bewegungen der Zeiger hypnotisieren lassen.

Später würde Ozzie nie sagen können, was er getan hatte, um die Zeit herumzubringen. Er räumte seine bereits aufgeräumte Garage auf, sprengte den Rasen (obwohl es die ganze Nacht lang geregnet hatte), joggte nach Downtown, um in *Dottie's Deli* Brezeln zu kaufen, um Emma auf besondere Weise willkommen zu heißen, warf den Eichhörnchen, die im rückwärtigen Garten herumtobten, ein paar Erdnüsse zu, blätterte durch eine „Guitar"-

Zeitschrift, las einen Artikel über musikalische Entwicklungen im Pazifischen Nordwesten, ohne auch nur ein Wort aufzunehmen, und stopfte zweimal geistesabwesend Cornflakes als frühes Mittagessen in sich hinein.

Endlich war es Zeit, zum Flughafen zu fahren. Da es fast Mittag war, waren die Straßen recht leer. Die meisten Leute waren wohl noch an ihrem Arbeitsplatz. Als er das Parkhaus in SeaTac erreichte, fand er es erstaunlich voll vor, und er musste bis ganz nach oben fahren, um ganz am Ende des Decks einen Parkplatz zu finden. Mount Rainier sollte zu sehen sein, dachte Ozzie und war etwas erregt, dass er es nicht war. Emmas erster Eindruck ihres neuen Zuhauses würde etwas trüb sein. Es war nass und grau, obwohl der Regen, der vor Mittag eingesetzt hatte, inzwischen aufgehört hatte. Das Kaskadengebirge war von schweren Wolken verhangen. Alles, was Emma auf ihrer Fahrt nach Hause sehen würde, waren die zumeist unscheinbaren Ansichten in der Nähe der I-5. Nun, zumindest die letzte Strecke nach Wycliff würde einen Ausgleich dafür schaffen mit dichtem Wald, Brücken über kleine Bäche, und den einen oder anderen Blick auf den Sund. Und Wycliff selbst war ein Juwel. Was befürchtete er also?

Letztlich ging es nur darum, endlich wieder zusammen zu sein. Sie würden genießen, was ihnen zuteilwürde, und sie würden das Beste aus dem machen, was vielleicht nicht so gut wäre. Emma würde sein Haus in ihr Zuhause verwandeln. Sie würden gemeinsam die Landschaft entdecken. Sie würden vielleicht einem Klub oder etwas Ähnlichem beitreten. Sie würden im

Sommer auf dem Sund Boot fahren und im Winter auf dem Mount Rainier Schneeschuh laufen.

Ozzies Handy klingelte. Er war nervös. Wer rief ihn jetzt an? Er sah nach der Uhrzeit. Er hatte nicht einmal bemerkt, dass er bereits den ganzen Weg zur Ankunftshalle zurückgelegt hatte. Emmas Nummer stand im Display. Er fühlte sein Herz in die Kehle springen. War sie schon hier?

„Hallo", sagte er, als komme ihr Anruf nicht überraschend.

„Ozzie", hörte er sie atemlos sagen. „Man hat mir erlaubt, dich aus der Telefonverbots-Zone anzurufen. Ich bin in der ‚Einwanderung' und muss anscheinend noch ein letztes Interview durchlaufen. Es könnte etwas dauern. Es sind noch eine Reihe Leute vor mir dran. Geh nicht weg. Ich komme."

Sie legte auf, und Ozzie fühlte sich etwas wackelig. Er fand einen Sitzplatz in der Nähe eines der Gepäckkarussells und vergrub sein Gesicht in den Händen. Plötzlich war er sehr müde. Seine unruhige Nacht rächte sich nun an ihm, aber er wagte es nicht, an einem öffentlichen Ort, zumal in einem Flughafen, ein Nickerchen zu halten.

Emma war hier. Eine letzte Hürde, die vermutlich nur eine weitere Formsache war. Sie hatte ja ihr Einwanderungsvisum. Hatte sie sich sehr verändert, seit er sie zuletzt gesehen hatte? Würde er sich in ihren Augen verändert haben? Würden sie sich noch so behaglich miteinander fühlen wie damals, als sie ihre Fernbeziehung zwischen England und Deutschland geführt hatten? Würden sie sich an die Gewohnheiten des anderen leicht anpassen? Würde sie daheim vermissen und oft zurückreisen wollen? Würde sie den Kopf hängen lassen, wenn sie herausfand, dass für sie vermutlich so viele Dinge ganz anders sein würden als das, was sie in Europa gewohnt gewesen war? Würde er ihr Unterstützung genug sein?

Ozzie stand auf und lief zweimal die gesamte Länge des Flughafens ab. Er sah sich die Zeitschriften in der Hudson Buchhandlung an. Er kaufte sich eine Tasse Kaffee, die für seinen Geschmack viel zu bitter war – aber vielleicht lag das daran, dass er nicht wirklich in der Stimmung für Kaffee war. Er fuhr mit dem Aufzug zur USO-Lounge auf der Zwischenebene, checkte dort ein und sah sich die Nachrichten und irgendeine Talkshow an, die dort liefen. Dann fiel ihm ein, dass Emma vielleicht inzwischen bei der Gepäckabholung eingetroffen war und verwirrt wäre, ihn nicht vorzufinden. Also bezahlte er an der Rezeption ein Zehn-Dollar-Trinkgeld und ging wieder nach unten. Natürlich war Emma noch nicht da, und nur weitere zehn Minuten waren verstrichen.

Welle um Welle trafen Passagiere vom S-Terminal ein. Es kamen Menschen in der farbenprächtigen Tracht ihres Heimatlandes. Es kamen Sportgruppen samt Ausrüstung, die offenbar in einem Land in Übersee Wettkämpfe gehabt hatten. Es kamen Menschen in dünner Sommerkleidung, die in der verhältnismäßig kühlen Luft des Gebäudes zitterten. Andere waren offensichtlich im Pazifischen Nordwesten zu Hause und trugen diese Extralage Kleidung, der man sich leicht entledigen kann. Menschen begrüßten andere mit Transparenten und Umarmungen. Geschäftsleute hielten Schilder mit gedruckten Nachnamen empor; sie fühlten sich sichtlich unbehaglich in ihren dunklen Anzügen und bei ihrem Ratespiel, wie die Person, die sie abholen sollten, wohl aussah oder war.

Zu einem Zeitpunkt hatte sich der Ankunftsbereich fast ganz geleert. Nur eine Putzfrau ging mit ihrem Wagen mit wassergefüllten Eimern, Mops und anderen Reinigungsutensilien umher. Und einige Gepäckmitarbeiter sortierten Koffer neben einem Gepäckkarussell zur Seite, um Platz für weitere zu schaffen, die durch eine verhängte Öffnung rutschen würden.

Und dann sah Ozzie einen rotblonden Schopf von unten her kommen, und mit einem mächtigen Klopfen sagte ihm sein Herz, dass es seine Frau endlich über alle Hürden geschafft hatte. Er gab einen winzigen Laut von sich, der ihn selbst überraschte, und dann stürzte Emma samt Koffer und allem anderen auf ihn zu. Er öffnete seine Arme weit und umarmte sie, Gepäck inklusive. Sie küssten einander nur. Und umarmten einander. Und hielten einander fest.

Nein, es gab keinen Zweifel. Das war die Frau, in die er sich drüben in Deutschland verliebt hatte. Sie roch immer noch genauso, ihre Haut fühlte sich genauso an, ihr Haar hatte genau dieselben wilden kleinen Wellen und Locken. Und ihre großen, braungrünen Augen … Weinte sie?

„Liebling", sagte er sanft. „Geht es dir gut?"

Emma lachte und weinte gleichzeitig. „Ich kann nicht glauben, dass all die Anstrengungen, die wir durchgemacht haben, jetzt in der Vergangenheit liegen!" schluchzte sie und umarmte ihn noch fester.

Leute strömten wieder herein. Sie starrten herüber.

„Lass uns nach Hause fahren", sagte Ozzie mit belegter Stimme. Er nahm Emmas Koffer und führte sie zu den Rolltreppen und dem Überweg zum Parkhaus, ohne auf Vorübergehende zu achten.

„Ich kann es nicht glauben, dass wir endlich zusammen sind", sagte Emma erneut und strahlte Ozzie an. „Für immer zusammen. Ich habe die Tage gezählt, seit du mich zum letzten Mal besucht hast."

„Dann also willkommen daheim, Mrs. Wilde", sagte Ozzie. Er sah sie an und fühlte sein Herz höherschlagen. „Ich hoffe es wird für dich ganz das sein, was du dir erhofft hast."

*

Astrid stieg am Flughafen SeaTac aus dem Taxi. Der Taxifahrer half ihr, eine Reihe Koffer auszuladen; sie hatte ihm ein großzügiges Trinkgeld gegeben. Dann fuhr er ab, und sie drehte sich um zum Eingang. „Abflüge" stand da. Sie holte tief Luft.

Erst vorgestern hatte sie daheim angerufen. „Mutti", hatte sie gesagt. „Ich komme wieder nach Hause." Es hatte gut in ihren eigenen Ohren geklungen. Und völlig endgültig.

Ihre Mutter hatte nach Luft geschnappt. „Was ist mit Roy?" hatte sie wissen wollen.

Astrid hatte geschluckt. „Ich habe die Scheidung eingereicht. Nein, sag nichts. Du hattest die ganze Zeit recht. Ich habe nur an den glamourösen Teil gedacht – wie die Leute staunen würden, dass ich auswandere. Dass ich einen Ausländer heiraten würde. Dass ich hier in den Vereinigten Staaten etwas bewirken könnte." Sie hatte freudlos gelacht. „Ich hätte mich besser kennen sollen. Ich habe sogar in Sachen Bewirkung versagt. Mein letztes Projekt ist den Bach runtergegangen, und jemand anders musste einspringen."

Ihre Mutter hatte ein paar tröstende Worte gemurmelt. „Wann wirst du dann also hier ankommen?" hatte sie ganz aufgeregt gefragt.

„Übermorgen in Frankfurt. Ich nehme ein Taxi zu euch. Und wenn es euch nichts ausmacht, würde ich gern bei euch bleiben, bis ich in Deutschland wieder Fuß gefasst habe."

„Das sollte nicht allzu schwer sein", hatte ihre Mutter begeistert gesagt. „Erinnerst du dich an Steffen Bachmeier?"

Astrid hatte sich einer kurzen Beziehung mit einem Klassenkameraden im Abitursjahrgang erinnert. Nachdem er sein Studium in einer anderen Stadt angefangen hatte, hatte sich ihre

Beziehung gelöst, und sie hatten einander aus den Augen verloren. „Was ist mit ihm?"

„Nun", und Astrid hatte ihre Mutter am anderen Ende buchstäblich strahlen hören. „Er ist zurück in der Stadt, und wir sind einander neulich zufällig begegnet. Er hat nach dir gefragt. Er hat sein eigenes Architekturbüro und scheint recht erfolgreich zu sein."

„Guter, alter Steffen", hatte Astrid gesagt. „Er war ein netter Kerl."

„Ihr hättet zusammenbleiben sollen", hatte ihre Mutter gemeint. „Naja, vielleicht könnt ihr zwei ja wieder da anfangen, wo ihr aufgehört habt."

„Vielleicht", hatte Astrid nachdenklich gesagt. „Wir werden es sehen, wenn's soweit ist."

„Sicher", hatte ihre Mutter ungeduldig gesagt.

Und nun ging Astrid auf den Gang zu, der sie zum Lufthansa Check-in-Schalter führen würde. Sie beobachtete die Leute um sich. Dies war das letzte Mal, dass sie in SeaTac in ein Flugzeug steigen würde. Sie würde nie wieder diese besondere Luft atmen, nie wieder das einmalige Flair dieses Tors zu Asien und Europa verspüren.

Da war eine indische Familie, die Damen alle in prächtige Saris gekleidet und mit Strickjacken gegen die feuchte Kühle des Pazifischen Nordwestens. Ein kleiner weißer Junge schrie Mark und Bein, während seine Eltern ihre Aufmerksamkeit dem

Austüfteln eines Check-in-Automaten widmeten. Es war warm. Jemand ging mit Gepäck mit einem quietschenden Rad vorbei.

„Ich kann es nicht glauben, dass wir endlich zusammen sind", sagte eine Dame mittleren Alters, die immer noch jung wirkte, mit kaum merklichem deutschem Akzent. Astrids Kopf flog zur Seite. Das Gesicht der Frau war tränenüberströmt, strahlte aber einen leicht vertraut wirkenden Mann an ihrer Seite an. „Für immer zusammen. Ich habe die Tage gezählt, seit du mich zum letzten Mal besucht hast."

„Dann also willkommen daheim, Mrs. Wilde", sagte der Mann. Sein liebevoller Blick auf seine Frau weckte in Astrid Sehnsucht nach einer ähnlichen Erfahrung in ihrem Leben. „Ich hoffe es wird für dich ganz das sein, was du dir erhofft hast."

Das hoffe ich auch, dachte Astrid. Wer weiß, wo sie sich in ein paar Jahren befinden werden? Eine Menge Deutsch-Amerikanerinnen, die sie kannte, hatten sich nach einer Weile scheiden lassen, desillusioniert von der Lebensweise, die sie einst für so wünschenswert gehalten hatten. Sie waren geblendet von den unbegrenzten Möglichkeiten der Neuen Welt herübergereist wie Generationen von Einwanderern vor ihnen. Aber sie hatten vergessen, dass sie drüben in Deutschland bereits alles gehabt hatten. Und sie waren für ein Mehr gekommen, das sie nicht einmal für sich selbst hatten definieren können. Ihre Liebe war zumeist ein Vehikel gewesen, sie dahin zu bringen. Zu dem großen Abenteuer.

Astrid hielt einen Moment lang inne, um zu Atem zu kommen; dann schleifte sie ihre Koffer weiter zu der entlegenen Ecke des gebogenen Terminals, in dem die Lufthansa ihre Schalter hatte. Es stand schon eine ordentliche Schlange dort. Die meisten Leute sprachen Deutsch. Astrid begann, sich schon wohler zu fühlen.

„Frankfurt?" fragte der Purser hinter dem Schalter, als sie an der Reihe war. Sie nickte. „Ihr Flug geht vom S-Terminal ab."

„Danke", erwiderte sie und ging.

Es fühlte sich seltsam an, von niemandem verabschiedet zu werden. Zu wissen, dass hier nie wieder jemand auf sie warten würde. Astrid ging durch die Passkontrolle, dann durch die Sicherheitskontrolle. Sie blickte über die Schulter zurück. Sie hatte das Land schon beinahe verlassen, in dem sie sich so unglücklich gefühlt hatte. Trotz allem, was hier in den letzten Jahren für sie schiefgelaufen war, würde sie in Deutschland einen Neuanfang machen. Sie wusste nun, was sie wirklich brauchte. Sie würde von jetzt an besser zu schätzen wissen, was sie an ihrer Heimat hatte. Und es gab vielleicht sogar die Chance, dass Steffen und sie wieder zusammenkämen. Sie lächelte, als sie in den Zug stieg, der sie zum S-Terminal fuhr und zu dem Flugzeug, das sie in ihre neue Zukunft fliegen würde.

*

Als Tom an diesem Tag heimkam, hatte Tiffany eines seiner Lieblingsgerichte gekocht, Hähnchenbrust-Roulade mit Tomatenreis und einem grünen Salat. Der Tisch im Esszimmer war wunderschön gedeckt mit ihrem besten Porzellan, und mitten auf dem Tisch stand ein angezündeter Armleuchter. Das milde Kerzenlicht und die Strahlen der untergehenden Sonne schufen ein atemberaubendes Gold in dem Raum. Und die üppigen Düfte von den dampfenden Tellern füllten die Luft und vermischten sich mit denen eines Fliederstraußes auf einem Beistelltisch.

„Ich bin gewiss froh, dass das große Lawrence-Projekt abgeschlossen ist und auch bei dem neuen Eigentümer Gefallen gefunden hat", staunte Tom. „Aber haben wir je ein abgeschlossenes Projekt so stilvoll gefeiert?"

„Nein", sagte Tiffany und lächelte ihren Mann und Geschäftspartner seit fünfunddreißig Jahren liebevoll an. „Und gerade darum. Wir hätten das schon längst tun sollen. Unsere Arbeit feiern. Uns für das belohnen, was wir erreicht haben."

„Das ist ein hübscher Gedanke", sagte Tom mit einem Lächeln und setzte sich an den Tisch. „Du hast sogar die Damast-Servietten gedeckt! Ich dachte, die seien so schwer sauber zu halten."

„Na, wofür haben wir sie denn, wenn wir sie nicht benutzen?!" sagte Tiffany und setzte sich ebenfalls. „Ich habe heute einen anderen Käse verwendet." Sie meinte die Hähnchenbrust-Roulade auf ihren Tellern mit ihrem knusprigen

Speck außen und der cremigen Füllung aus Pesto und Käse. „Ich dachte, mit Feta schmeckt es vielleicht noch köstlicher."

Tom löffelte etwas Tomatenreis auf seinen Teller und füllte dann seine Salatschale mit grünem Salat in Vinaigrette-Dressing. „Hasi, du weißt, wie man einen Ehemann glücklich macht", sagte er.

Tiffany strahlte. „Es gibt noch ein paar Dinge, die du vielleicht gern hören wirst."

„Lass mich raten", grübelte Tom. „Du hast Key-Lime-Pie als Nachtisch?"

„Ja, das auch. Aber, nein, das ist nicht, was ich dir erzählen muss. Ich … ich habe eine Walking-Gruppe gefunden."

„M-hm." Tom kaute und schluckte. „Es ist wirklich köstlich."

„Nein, Tom, ich hab's wirklich getan. Ich bin zum Bürgerzentrum gefahren und habe nachgeschaut, was für Fitnessprogramme sie anbieten, und ich habe eine Walking-Gruppe gefunden, die dreimal pro Woche im Wald von Wycliff läuft. Jeder so lange, wie er dazu braucht. Aber am Ende der Tour ist immer jemand, der auf einen wartet, so dass niemand zurückgelassen wird."

„Dann bist du also ernsthaft daran interessiert, das zu tun?"

Tiffanys Gesicht leuchtete noch mehr. „Ich habe mich schon bei ihnen registriert und heute Nachmittag mitgemacht!"

„Was?" Tom blickte überrascht. „Ich dachte immer, niemand könnte dich vom Schreibtisch wegbringen, um ein bisschen körperliche Bewegung zu kriegen."

„Nun, ich habe es endlich selbst hingekriegt. Und eine der Damen in der Gruppe sagte, sie habe bereits ein paar Pfunde verloren, nachdem sie es einige Monate lang regelmäßig gemacht hat. Sie ist so ziemlich in meinem Tempo gelaufen, und ich denke, ich habe eine neue Freundin gefunden. Sie ist neu in Wycliff, und sie sagt, ihr Ziel sei es eher, Menschen zu begegnen als abzunehmen. Aber sie habe beides erreicht. Ist das nicht toll?"

„Klingt ganz danach", stimmte Tom zu. „Sind auch Männer in dieser Gruppe?"

Tiffany zögerte. Misstraute er ihr? „Ja, einige Rentner. Aber sie bleiben meistens für sich und machen es auf einem konkurrenzmäßigeren Niveau."

„Gibt es eine Chance, dass du mich ab und zu mal mitnimmst?" fragte Tom. „Damit auch ich zum Laufen komme? Ich bleibe vielleicht bei den Jungs, um sicherzugehen, dass sich alle benehmen." Er zwinkerte ihr zu. Tiffany lachte. Dann fragte er sanft: „Gibt es sonst noch etwas, was dein liebes, kleines Herz loswerden muss?"

Tiffany nickte und schluckte einen Bissen. „Ich habe heute der Handelskammer einen Bescheid geschickt – ich höre als Vorsitzende des viktorianischen Weihnachtskomitees auf."

„Ach, Unfug, Schatz! Dafür bist du doch bei allen bekannt!"

„Bin ich nicht", protestierte Tiffany.

„Aber was machen die ohne dich? Ohne deine Kenntnis?"

„Erstens bin ich immer noch ihre Präsidentin, solange sie mich wiederwählen. Und falls nicht, bin ich immer noch Mitglied. Also ist nichts wirklich verloren. Und außerdem gibt es Dottie. Seit sie die Idee mit dem Stadt-Adventskalender hatte, ist die Organisation des Events noch viel komplexer geworden. Versteh mich nicht falsch. Es ist etwas absolut Wunderbares und Einzigartiges. Aber es ist, wie einen Sack Flöhe zu hüten. Man muss jedes Unternehmen jeden Sommer vor dem Event anrufen, als wüssten sie nicht, dass es wieder stattfindet. Und dann muss man die Daten koordinieren. Manchmal wollen drei oder vier am selben Tag ihre besonderen Fenster enthüllen und ihre Sonderaktion haben, während ein anderes Datum völlig unbelegt bleibt. Dann muss ich jeden einzelnen überreden, flexibler zu sein und mit einem anderen Termin zurechtzukommen. Dann muss ich sie fragen, was sie planen – können sie es mir nicht einfach mitteilen, sobald sie es wissen, statt dass ich stundenlang am Telefon hänge?! Nein, Liebling, ich habe den Zirkus satt. Ich verbringe lieber Zeit mit dir und genieße Weihnachten eher als Zaungast."

„Mann, das war eine große Entscheidung. Was haben sie gesagt?"

„Nicht viel", sagte Tiffany still. „Ich denke, sie waren etwas überrascht. Bei der nächsten Sitzung erhalte ich vermutlich mehr Reaktionen. Aber ich habe so eine Ahnung, dass sie einfach

Dottie wählen werden, die diese Position aufgrund all ihrer Ideen und ihres Engagements wirklich verdient."

„Wirst du das aber nicht vermissen?" fragte Tom.

Tiffany zuckte die Achseln. „Wir werden es sehen, wenn's soweit ist. Aber erst einmal bin ich gerade so richtig in Fahrt, Dinge in meinem Leben zu verändern. Und bislang fühlt sich das gut an."

Tom sah seine Frau an, die mit leuchtenden Augen dasaß und mit noch so viel lebendigerer Energie in ihrer gesamten Haltung als damals, als sie die Feiern für die College-Abschlüsse ihrer Kinder organisiert hatte. Sie sah zauberhaft aus. Für ihn würde sie immer das Mädchen bleiben, in das er sich verliebt hatte, als er als junger Landschaftsgärtner auf Suche nach Kunden gewesen war. Was für ein Fang war sie gewesen! Welch eine Gefährtin war sie geworden.

Ich liebe dich", sagte er leise und legte eine Hand auf eine ihrer pummeligen, die ihm am nächsten auf der Tischplatte lag. „Du weißt, dass du die Liebe meines Lebens bist, nicht?"

Tiffanys Augen füllten sich. "Oh, Tom! Und ich hab's beinahe verdorben ..."

„Schhh", machte er, beugte sich hinüber und küsste sie auf die Lippen. „Meinst du, wir könnten diese Feier einfach verlängern? Könnten wir einen Blick auf unseren Wochenplan werfen und nachsehen, ob wir uns freinehmen können? Ich bin mir sicher, dass einigen unserer Kunden egal ist, ob ihr Rasen diese Woche oder erst nächste gemäht wird. Oder dass nicht ich den Rasenmäher fahre, sondern jemand anders. Was meinst du? Ich helfe dir auch beim Packen. Ich verspüre irgendwie den Drang, mit dir nach Oyhut zu entfliehen und uns zu feiern."

*

Trevor parkte sein Auto in der Einfahrt seines neuen Hauses, sprang heraus und eilte zur anderen Seite, um Phoebe die Beifahrertür zu öffnen. Phoebe stieg aus und starrte das Herrenhaus an.

„Bist du dir sicher?!" rief sie aus. „Das ist dein neues Zuhause? Das ist ein Palast!"

„Nun", grinste Trevor. „Es kommt darauf an, aus wessen Blickwinkel du es siehst. Ein echter Aristokrat würde es vermutlich ein Cottage nennen."

Phoebe lachte. „Im Ernst, das ist gigantisch. Ich kann nicht erwarten, mir alles anzusehen." Dann fragte sie: „Sag mal, was halten deine Eltern davon?"

„Sie haben es bisher nur von außen gesehen genau wie alle Wycliffer, die daran vorbeikommen."

Phoebe staunte. „Und du zeigst es mir zuerst?"

„Weil es mir viel wichtiger ist, was *du* über alles denkst. Komm mit. Aber sei gewarnt: Ich habe noch nichts da drin. Außer den Küchen- und Waschküchen-Geräten." Er sah sie geheimnisvoll an. „Und noch ein anderes Stück."

„Du machst mich neugierig", sagte Phoebe und sah ihm zu, wie er die schwere Eingangstür mit ihrem dekorativen Klopfer in Form eines Löwenhaupts aufschloss.

Sie betraten die Eingangshalle mit ihrer geschwungenen Holztreppe zum oberen Stockwerk. Sie hatte eher die Größe eines kleinen Ballsaals, und Trevor dachte, sie könnten sie eines Tages wieder als solchen verwenden. Oder für große Familienfeiern. Oder … „Was hast du gesagt, Liebes?"

Phoebe deutete auf die Decke. „Der große Lüster ist völlig ungewöhnlich! Hast du ihn gekauft, oder war der schon im Haus?"

„Der war schon da. Murano-Glas, höre ich", sagte Trevor. Er versuchte neuerdings, seine Kenntnisse von allem, was Kunst betraf, aufzupolieren. Er wollte nicht, dass Phoebe dächte, sie sei mit einem ungebildeten, wenn auch gut ausgebildeten Trottel zusammen. Geld und Titel bildeten gewiss einen guten Sicherheitspuffer und ein gutes Dasein. Aber ein bisschen Extra-Wissen konnte viel dazu beitragen zu zementieren, was als reine Zuneigung angefangen hatte. „Natürlich lassen wir ihn immer wieder professionell reinigen. Damit niemand, der hier wohnt, auf eine Leiter steigen muss."

„Gut", hauchte Phoebe. „Habe ich dir je gesagt, dass ich Höhenangst habe? Die Höhe eines Fußschemels reicht mir aus."

Trevor schüttelte den Kopf. „Nein, das hast du mir bisher nicht gesagt. Aber da sitzen wir im selben Boot." Er nahm ihre Hand und zog sie sanft Richtung Treppe. „Lass uns raufgehen, damit du die Zimmer dort zuerst sehen kannst. Und die Aussicht genießt. Ich hoffe, dir wird der Garten gefallen. Sein Design ist ganz neu überarbeitet worden. Ich habe gehört, davor war er im Stil des französischen Barocks."

Phoebe verzog das Gesicht. „Oh, nein! Das ist so unnatürlich und steif. Wie kann jemand sowas hübsch finden?!"

„Tja", sagte Trevor. „Er ist überarbeitet worden und sieht jetzt völlig anders aus. Was allerdings Schönheit angeht – das ist offensichtlich für jeden einzelnen Menschen ein anderes Konzept."

„Stimmt." Phoebe blickte nun in die Halle hinunter. „Das eignet sich für wundervolle Zusammenkünfte."

„Zwei große Geister …" Trevor legte seinen Arm um ihre Schultern und führte sie zärtlich weiter, um ihr die oberen Räume zu zeigen. An einer Tür blieb er stehen. „Ich …" Er räusperte sich. „Wir haben bei unserer ersten Verabredung über Arbeits- und Lebensräume innerhalb derselben vier Wände geredet, erinnerst du dich?"

„Klar", sagte Phoebe. „Warum?"

„Weil …" Trevor öffnete die Tür. „Dies hier hat Nordlicht."

Phoebe trat ein und staunte. „Es hat auch Oberlichter!"

Trevor nickte. „Ich habe sie ein Atelier daraus machen lassen. Ich dachte, du könntest dein kleines Haus ganz in ein Zuhause verwandeln und zum Malen hier heraufkommen. Völlig mietfrei. Das Haus gehört mir ja ohnehin. Außer natürlich …"

Phoebe drehte sich mit weit ausgebreiteten Armen zu ihm um. Ihre blonden Locken flogen. „Das ist ein Traum! Oh, du liebe Zeit, es wäre wundervoll, hier zu malen!"

Trevor grinste. „Komm mit. Es gibt noch mehr zu sehen."

Die beiden ließen sich Zeit, die Räume zu erkunden. Phoebe jubelte über den üppigen englischen Garten, der in voller Blüte stand. Es war schließlich später Frühling. Aber es war auch die clevere Pflanzenauswahl eines Gärtners, die immer dafür sorgen würde, dass das Auge das ganze Jahr hindurch von einem steten Wechsel aus Blüten oder bunten Beeren erfreut würde.

Als sie schließlich wieder hinuntergegangen waren und die neu installierte Küche und die glänzenden Hartholzböden bewundert hatten, hielt Trevor vor den Flügeltüren des Wohnzimmers inne.

„Mach bitte die Augen zu. Jetzt kommt, was ich vorhin erwähnt habe." Phoebe tat ihm mit hochgezogenen Brauen den Gefallen. Dann führte er sie sanft über die Schwelle und hielt sie vor den Fenstern an. „Du kannst jetzt deine Augen wieder aufmachen."

Phoebe tat das und war verblüfft. „Trevor!" japste sie.

„Mir würde es gefallen, wenn das nur das erste von vielen deiner Gemälde wäre, die in diesem Haus hängen", sagte er leise. „Übrigens würde es mir sehr gefallen, wenn du nicht nur im Atelier oben malen würdest, sondern die Wände mit deinen Kunstwerken dekorieren würdest, wo immer du denkst, es sei der perfekte Platz für eines. Es würde mir gefallen, wenn du …" Hier sah er sie an und entdeckte zu seiner völligen Bestürzung, dass ihr die Augen übergingen. „Schatz, was ist los?"

„Das ist wie ein Traum", flüsterte Phoebe.

„Bitte mich aber nicht, dich zu kneifen", sagte Trevor leise. „Ich würde es hassen, dir wehzutun. Jemals. Mir würde es gefallen, wenn du einzögst und jeden Tag für den Rest meines Lebens meine Wirklichkeit wärst."

„Sag mir bitte, dass dieses Märchen wahr ist." Phoebe schlang ihre Arme um ihn.

„Eine schwierige Schwiegermutter gehört ebenfalls dazu. Hoffentlich aber nicht wie die bösen Königinnen", versuchte Trevor zu scherzen.

„Sie versucht vermutlich nur zu verhindern, dass du verletzt wirst. Sie möchte dein Bestes. Und sie möchte dich auch nicht verlieren."

„Wenn sie für mich das Beste will, nimmt sie dich besser mit vollem Herzen an", stellte Trevor fest. „Und übrigens habe ich gerade das ganze Szenario verpfuscht."

„Welches Szenario?" fragte Phoebe und sah ihn verwundert an.

„Ich hatte vorgehabt, dich raus zum Pavillon zu führen, auf meine Knie zu fallen und dir dort die Frage zu stellen."

„Mit einer Rose zwischen den Zähnen und einem Stein in der Schachtel?" kicherte Phoebe.

„So ziemlich", gab Trevor zu.

„Wann?"

„In ungefähr einem halben Jahr. Wenn wir einander noch besser kennen würden und es gesellschaftlich angemessener gewesen wäre."

„Käse!" lachte Phoebe und legte ihm ihre Hände auf die Wangen. „Lass es uns abstrakt halten. Ich sage ‚Ja'. Der Pavillon kann warten. Du darfst die Braut jetzt küssen!"

Rezepte

Pfannkuchen mit Pilzsauce

Für die Pfannkuchen (ergibt etwas 3 mittelgroße):

1 Kaffeetasse Mehl

1 Kaffeetasse Milch

3 Eier

eine Prise Salz

Butter zum Backen

Für die Sauce:

1 EL ungesalzene Butter

1 Zwiebel, gewürfelt

1 EL Mehl

Schuss Zitronensaft

1 Dose abgetropfte Champignons oder 1 Pfund frische, gebraten

1 Tasse Joghurt

Salz

Pfeffer

Estragon je nach Geschmack (optional)

Zutaten für die Pfannkuchen mischen und den Teig beiseitestellen. Butter in einem Topf schmelzen, Zwiebel darin glasig dünsten. Mehl hinzufügen und daraus einen Teig bereiten. Etwas Wasser hinzufügen und umrühren, bis der Teig wieder eine festere Masse wird, dann Wasser hinzufügen und rühren, bis die für die Sauce gewünschte Konsistenz erreicht ist. Joghurt und Pilze hinzufügen, dann abschmecken. Die Sauce nach Hinzufügen des Joghurts nicht zum Kochen bringen, da er sich aus der Emulsion absetzen würde.

Butter in einer mittelgroßen Pfanne schmelzen lassen (je kleiner die Pfanne, desto einfacher lassen sich die Pfannkuchen wenden). Die Pfanne mit Teig so dünn wie möglich füllen, bis der Boden gleichmäßig bedeckt ist. Bei mittlerer Temperatur backen lassen, bis der Pfannkuchen auch von oben durchgebacken aussieht, dann den Pfannkuchen mit einem flachen Heber wenden und von der anderen Seite backen, bis er golden mit leichten Röstfarben ist. Pro Teller einen Pfannkuchen mit Sauce servieren.

Capellini aglio & olio mit Meeresfrüchten (2 Portionen)

100 g Capellini pro Person

2 l Wasser

2 TL Salz

2 EL Olivenöl

2 Knoblauchzwiebeln, gehackt

½ TL Chili-Flocken

150 g Meeresfrüchte

1 EL Petersilie

½ Tasse geriebener Parmesan

Wasser zum Kochen bringen. Inzwischen Öl in einer Pfanne erhitzen, langsam Knoblauch und Chili-Flocken darin sautieren. Meeresfrüchte entsprechend unterschiedlicher Garzeit hinzufügen. Kochendes Wasser salzen. Capellini hineingeben und drei Minuten kochen lassen. Die Capellini abgießen und zur Mischung aus Meeresfrüchten und Öl hinzufügen.

In tiefen Tellern servieren. Mit Parmesan und Petersilie bestreuen.

Tipp: Zeste und Saft einer halben Zitrone verleihen dem Gericht eine zusätzliche Tiefe.

Hähnchenbrust-Roulade mit Tomatenreis (2 Portionen)

1 Hähnchenbrust, butterflied und plattiert

2 EL Basilikum-Pesto

½ Tasse zerkrümelten Feta

3 Scheiben Frühstücksspeck

Olivenöl zum Fetten der Backform

1 EL Olivenöl

½ Tasse Reis

1 ½ Tassen Wasser

1 TL Salz

1 Tomate, entkernt und feingehackt

Das Pesto gleichmäßig über das Fleisch verteilen. Feta gleichmäßig über das Pesto streuen. Hähnchenbrust parallel zum Schnitt aufrollen. Die Speckscheiben um die Hähnchen-Roulade wickeln, bis sie nahtlos bedeckt ist. Roulade in gefettete Form legen und 25 Minuten lang bei 175 Grad C im Ofen garen (Innentemperatur sollte 75 Grad C erreichen).

Inzwischen Öl in einem Topf erhitzen, gewaschenen Reis hinzufügen und im Öl wenden, bis er davon ummantelt ist. Wasser, Salz und Tomate hinzufügen. Zum Kochen bringen, zudecken, auf mittlere Hitze zurückschalten, bis Wasserhöhe auf Reishöhe ist. Abschalten, Deckel abnehmen und stehen lassen, bis Restwasser verdampft ist.

Mit Beilagensalat servieren.

Danksagung

Jedes Mal, wenn ich einen Wycliff-Roman in die Welt entlassen habe, habe ich sehr freundliche Reaktionen und fortwährende Ermutigung von meinen lieben Lesern erhalten. Herzlichen Dank. Besonderer Dank gilt jenen, die sich die Zeit genommen und die Mühe gemacht haben, in Druck- und/oder Online-Medien eine Kritik zu schreiben. So etwas bedeutet unendlich viel!

Für Teile meines historischen Plots habe ich Fakten zum ersten Weltkrieg von Wikipedia übernommen.

Ich fand die Live-Berichterstattung über die Bombardierung von Hawaii 1941 unter https://www.youtube.com/watch?v=6muWK4VMbEI&ab_chann el=NBCNews.

Das Buch, das John Jr.s berufliche Ambition verändert, ist Daniel J. Boorstins Klassiker „The Image".

Besonderer Dank gilt meinem Freund, Gärtnermeister Joseph "Joe" Machcinski, der mir erlaubt hat, Zitate von seiner geschäftlichen Facebook-Seite, Pangea Gardenscapes, LLC, zu verwenden (bitte auch https://www.pangeagardenscapes.com/ besuchen), um die Geschichte etwas „gartenbaumäßiger" zu machen.

Als ehemalige Militärs-Ehefrau und als Einwandererin konnte ich eigene Erfahrungen für die Geschichte von Ozzie und Emma verwenden; aber da enden auch schon alle Ähnlichkeiten.

Ozzie ist *keine* Kopie meines Mannes, und ich bin auch nicht Emma.

Besonderer Dank gilt meinen lieben Freunden und freiwilligen Lektoren, Dieter und Denise Mielimonka, die mir mit freundlicher, konstruktiver Kritik und Adleraugen dabei geholfen haben, mein Original-Manuskript zu verbessern.

Herzlicher Dank an Karen Lodder Carlsson (https://germangirlinamerica.com/), Angela Schofield (https://alltastesgerman.com/) und Pamela Lenz Sommer (https://thegermanradio.com/) – ich widme euch dieses Buch, weil ihr nicht nur einfach wundervolle und extrem unterstützende Freundinnen seid, sondern weil ihr überaus inspirierende Deutsch-Amerikanerinnen seid, die beweisen, dass Gärten, die man bewässert, unausweichlich grünen.

Vielen lieben Dank auch an all meine Autoren-Freunde, die mich ermutigt und inspiriert haben, während der Pandemie weiterzuschreiben. Ich habe mich bewusst entschlossen, das Thema „Virus" nicht in meine Wycliff-Romane aufzunehmen, damit sie ein Stück „heile Welt" bleiben.

Danke an all meine Freunde und meine Familie, wo auch immer ihr lebt, für Zuspruch, Inspiration, Nachfragen und sogar Drängen. Der Gedanke an euch lässt mich zielgerichtet schreiben.

Und danke, Donald, mein lieber, geduldiger Ehemann, für deine nie endende Unterstützung – das Gras auf meiner Seite ist grüner geworden, seit ich dir begegnet bin.

Susanne Bacon wurde in Stuttgart, Deutschland, geboren, hat einen Doppelmagister in Literaturwissenschaft und Linguistik und arbeitet seit über 20 Jahren als Schriftstellerin, Journalistin und Kolumnistin. Sie lebt mit ihrem Mann in der Region South Puget Sound im US-Bundesstaat Washington. Sie können mit ihr Kontakt aufnehmen über www.facebook.com/susannebaconauthor oder ihre Website besuchen unter https://susannebaconauthor.com/.

Das Glück der anderen ist Susanne Bacons siebter Wycliff-Roman.

Made in the USA
Columbia, SC
31 May 2021